【第六版】新版・俳句歳時記

春

桂　信子
金子兜太
草間時彦
廣瀬直人
古沢太穂
監修

雄山閣

序

季語には日本の風土に根ざした豊かな知恵、美意識、季節感が凝縮しています。その季語の集大成である「歳時記」は俳人や俳句を愛する方ばかりでなく、広く日本人に愛されてきました。

季語も俳句も時代とともに進化、発展しています。新しい世紀を迎えて、新しい時代に対応した歳時記が求められる所以です。

このたび雄山閣は、このような時代の要請に応え、携帯に便利な文庫版の歳時記を企画したところ、桂信子、金子兜太、草間時彦、廣瀬直人、古沢太穂の諸先生方が監修を引き受けてくださり、また多数の有力結社、有力俳人（巻末記載）のご協力を得ることができました。この「歳時記」は、企画より足掛け三年を経て完成しましたが、この間に故人となられた先生もおられます。ここでは企画発足当時のお名前を記し謝意といたしました。

この「新版・俳句歳時記」は、歳時記としては初めての試みとして、例句の一部を公募によって募集することにしました。この企画は当初賛否両論ありましたが、結果的に応募句約一万句（入選収録句約一千句）という大きな共感を得ることができました。

また、現代にふさわしい新季語の採用に努めました。その一部をあげれば、「リラ冷え」「花粉症」「ひとで」「冷し中華」「森林浴」「沖縄慰霊の日」「ラベンダー」「はまごう」「絹雲」「阪神淡路大震災忌」「クリオネ」などです。

さらに俳句の伝統を考慮しつつも、時代に即して季語の季節区分を改めました。それは「花火」（秋から夏）「蜻蛉」（秋から夏）「朝顔」（秋から夏）「西瓜」（秋から夏）「シクラメン」（春から冬）

などです。

この歳時記は、文庫版という制約から、いたずらに見出し季語の数を増やすよりも季語解説のやさしさと例句の充実に努め、俳句の実作の助けになることを目指しました。

さらに同じく歳時記として例句の理解を助けるため初めて「近現代俳人系統図」をつけました。

時代を反映する歳時記は、留まることなく進化することが求められます。この「新版・俳句歳時記」は、その名のとおり絶えず「新版」であることを目指し、数年ごとに改訂し、より正確で、より優れた例句の充実を行うものです。

俳人、俳句を愛する方、これから俳句を作り始めたいと思っている方の座右の書としてご愛用を切にお願いいたします。

二〇〇一年七月

雄山閣「新版・俳句歳時記」編纂委員会

「第六版刊行に際して」

『新版俳句歳時記』はおかげさまで、版を重ね二〇一六年に第五版を刊行することが出来ました。その後の季語の変遷、特に祝日法の改正による「山の日」などの新設を踏まえ、必要最小限の改定を加え、また若干の誤字・誤植などの訂正などを行い、ここに第六版を刊行することとしました。

これまでの版と大きく異なる点は、携帯利用の便も考慮して、合本でなく春・夏・秋・冬・新年の五分冊としたことです。引き続きご愛顧くださるようお願いいたします。

二〇二三年八月

雄山閣『新版俳句歳時記』編纂委員会

編集長　松田ひろむ

凡例

1　季節区分は、春は立春から立夏の前日までとし、以下、夏は立夏から立秋の前日まで、秋は立秋から立冬の前日まで、冬は立冬から立春の前日までとした。新年は正月に関係のある季語を収めた。例外的に一連の行事となる「端午の節句」(夏)や「原爆忌」(夏)などは季節がまたがっても一つの季とした。

2　季語の配列は、時候・天文・地理・生活・行事・動物・植物の順とし、同一系統のものをまとめるように努めた。

3　季語は俳句の伝統を考慮しつつも時代に応じて季節区分などの見直しを行い、また新季語の採用に努めた。季語解説の末尾に↓で関連のある季語を示した。

4　見出し季語は原則として、現代仮名づかいとしたが、現代仮名づかいでは意味が不明瞭な場合は、旧仮名づかいとした。

5　見出し季語の漢字表記部分にはふり仮名を付した。右側に現代仮名づかいを付し、旧仮名づかいが現代仮名づかいと異なる場合は、左側に旧仮名づかいを付した。

6　見出し季語に関連のある傍題・異名・別名は見出し季語の下に示した。

7　季語の解説は、平易で簡潔な記述とした。解説は、現代仮名づかいとしたが、引用部分は原則的には原文のままとした。

8　誤読のおそれのある漢字、難読と思われる漢字には、原文・原句のふり仮名の有無にこだわらず、現代仮名づかいでふり仮名を付した。

9　例句は広く秀句の収録を期するとともに、公募による入選句を収めた。近世の例句は一部表記を改めた場合もある。明治以降の例句は原文どおりとした。

10　季語・解説・例句の漢字は、原文・原句などの字体にかかわらず、新字体を用いることを原則とした。ただし、旧字体の方が適当と思われる部分は例外的に旧字体を使用した。引用部分や、作者名など固有名詞の旧字体部分は、原則として旧字体のままとした。ただし、元が旧字体であっても、新字体が広く一般的に使用されている固有名詞などは、例外的に新字体を使用した。なお新字体漢字の中で、「略字」と指摘される場合があるものでも、すでに広く一般の印刷物で使用されているものについては、そのままその字体を使用した。

11　例句の配列は、作者の時代順となるように努めた。近世の俳人は号のみ、明治以降の俳人は姓号で示した。

12　索引は、見出し季語のほか、傍題・異名を現代仮名づかいで五十音順に収めた。見出し季語はゴシック体で示した。

13　新年巻には付録として、行事一覧、忌日一覧、二十四節気七十二候表を掲載するとともに、別に近現代俳人系統図をつけた。また巻末には、春から新年までの総索引を付した。

目次

春

時候

天文

地理

生活

行事

動物

植物

春

時候

春（はる）　陽春（ようしゅん）　芳春（ほうしゅん）　三春　九春

立春（二月四日ごろ）から立夏（五月六日ごろ）の前日までの期間を指す。寒暖の実感からは少し早い感じもするが、動植物の動きにはすでにその兆しが見られる。明るく希望に満ちた心はずむ季節である。

蟇（ひき）ないて唐招提寺春いづこ　水原秋櫻子
山の春神々雲を白うしぬ　飯田蛇笏
倒れ来る北斗に春の声あげぬ　山田みづえ
剥落を夢に癒さむ春菩薩　林　翔
女身仏に春剥落のつづきをり　細見綾子
春ひとり槍投げて槍に歩み寄る　能村登四郎
雪の峯しづかに春ののぼりゆく　飯田龍太
法隆寺塀にこぼして春の柝　宮坂静生
春の櫂ひかりの渦を掻きにけり　橋本榮治
春はあけぼの憲法九条深く息　石塚真樹
るり紺欲しわたしの春をつないでおく　鎌倉佐弓

挙手をしたまま春の秩父に眠る子よ　夏石番矢
白波につねに囲まれ春岬　田川飛旅子
膝がくと春のはづれにかかりけり　上澤樹実人
水呑みに立ち寄る春の小学校　三品長生
ゆるゆると春追いゆかなどんこ舟　木部八千代
水音のつれづれに春うごきけり　東條陽之助
棒切れの持ちたくなりし春の畦　今関幸代
血圧計春の鼓動を捉へけり　鈴木栄子
万華鏡くるくる廻し春よ来い　吉野トシ子
信玄分水滔々と春押し運ぶ　藤原たかを
礎石たち大地の春の音を聴く　狭川青史

すこし春少し青空日捲（ひまく）りぬ　坂田栄三
後手に春の障子を寄せにけり　安原楢子
迎春の宴に南十字星　峰山　清
叱りしを春の下校の肩ぐるま　由利雪二
貝寄せてメニューいろいろ春岬　國武和子
雨上り春色俄（にわか）なる山河　安原良子
からつぽの春の古墳の二人かな　夏井いつき
春はあけぼの珈琲は炭火焼　田沢公登
城美（は）しき隣県（あがた）へ春の航　野上寛子
網を打つその一瞬の春の音　嶋村美知子
図書館の若さに曇る春の玻璃　片山亀夫
ひととせにひとつの春や伎芸天　宮地良彦

味噌工場春やダビンチ出てきさう　矢島　恵
春の窓前山満ちてくる萌（きざし）　新谷ひろし
春の墓人形昏れて子は見えず　飯田惇子
いつまでもとどまる春の雫かな　片山昭子
弥生杉に耳あて春の修羅となる　遠藤央子
さす・しめる・きる・もむ春の俎に　中村ふみ
春の幹たたいて山を下りてくる　山田哲夫
転がって春の音聞く飼葉桶　須山おもと
春が来るちひろの絵本開くやうに　福本五都美
何処までも海蹤いて来る能登の春　可児素子
春たのしコントラバスを抱えゆく　光成高志
ちんどん屋風をまとひつ春の町　高田馴三

二月（にがつ／にぐわつ）　二月尽（にがつじん）

月の初めに立春があり、この月から春が始まる。寒気はまだ厳しいが、日の光や動植物の動きには春の気配が感じられる。しばしば「二ン月」という用例を見かけることがあるが、根拠のない俗用で好ましくない。↓如月

梅檀のほろ／＼落る二月かな　正岡子規
風の耳拾ひあつめし二月かな　木村敏男

安房二月コーヒー店も花あふれ　新井英子
真白なる皿の息づく二月かな　島田文江

落慶の案内状くる梅二月　土永三輪子
土入れて土休ませる藪二月　鷲尾敏子
世辞のなきレジ計算書二月果て　吉田希山
石山の石も騒がぬ二月かな　田丸三樽
ごつごつと音して二月過ぎにけり　藤澤清子
二月とは言へあなどれぬ雪なりし　木野愛子
鷗舞ふ夕日の中を二月過ぐ　城　松喜
自転車に積む子落すな二月の陽　長田　蕗
山よりも山影の鋭き二月かな　川中由美子
荒波をかすめ来し風二月尽　印南頼子
気色ばむ二月の空となりにけり　篠原俊博
少年と水に翳ある二月かな　小田島亮悦
二月尽男女異なる時計見て　斉藤四四生
二月尽く遥けき国の南瓜（かぼちゃ）食ひ　斉藤淑子
男にもある更年期二月尽　森松　清
折鶴の紙にもどらぬ二月尽　友松照子

旧正月（きゅうしょうがつ／きゅうしょうぐわつ）　旧正（きゅうしょう）　春節（しゅんせつ）

旧暦の正月のこと。明治五年太陽暦採用以降も、月齢および太陰暦との関わりの強い農漁村には、旧正月あるいは月遅れの正月が習慣になっているところがある。ふるさとの懐かしさを感じさせる語である。「旧正」は略称。↓一月（冬）・正月（新年）

馬の目に旧正月の泪かな　佐川広治
旧正のミナト神戸に小買物　橋本　博
旧正の門の内なる野菜畑　吉田槻水
人垣に春節の龍起ち上がる　小路紫峡

寒明（かんあけ）　寒明く　寒の明け

寒は小寒（一月五日ごろ）に始まり、大寒（一月二十一日ごろ）を経て、さらに十五日目の節分までの約三十日間。その期間の終わるのが寒明である。したがって実際は立春と同じになるが、春へ

の期待を感じさせる立春に対して、寒明には厳しい寒から解放される安堵感がある。→立春・寒の入（冬）・寒（冬）

約束の机も買はな寒明くる　小林景峰
寒明けや嬰児のふぐりいさぎよき　渡辺立男
潮やけの顴骨（かんこつ）寒の明けにけり　塩原英子
烏賊の腸やすやす抜かれ寒明ける　鈴木智子
遺されて男厨房寒明けぬ　森　登
寒明けて天に帰りし修羅ひとつ　関野八千代

立春（りっしゅん）　春立つ　春来る（きたる）　立春大吉

旧暦では一年を三百六十日とし、それを十五日ずつに区切ったものが二十四節気である。その第一番が立春で、新暦の二月四日か五日にあたる。寒さはまだつづいているものの、明るい希望を予感させる節気である。「立春大吉」は立春をことほぐことばで、禅宗寺院などではこの札を入口に貼る。なお似ているが「今朝の春」、「今日の春」は新年の季語なので注意を要する。

春立つや醪（もろみ）に櫂（かい）の夢うつつ　宮坂静生
立春の臍の上向き加減かな　栗原利代子
かもめ舞う立春の空耀えり　青木規子
機糸の色の束より春立てり　清水節子
砂浴びの鶏の身震ひ春立てり　田中俊尾
包丁のリズム整ひ春立ちぬ　東浦佳子
立春の卵立ちたる夫婦かな　小宮山政子
立春の日射しへ雪を抛り上ぐ　大滝時司
水音が身から離れず春に入る　船水ゆき
潮境くっきりと春立ちにけり　木内怜子
鳩笛や駄菓子屋にも春来てゐたり　坂本米子
ペンギンの手はつなぎたし春来たる　丸山　工
立春や焼印確と工具箱　小野田明子
春立つやとりあげ婆として逝きぬ　谷口智行

早春（そうしゅん/さうしゆん）　初春（しょしゅん）　春の初め　軽暖（けいだん）

立春後しばらくの間の時候。だいたい二月中と見てよかろう。目に見えるもの耳に聞こえるものすべてが春は名ばかりという感じである。「初春」は「はつはる」と読むと新年の季語になるので注意を要する。↓春浅し

落石の谺は渓の早春譜　平田青雲
早春の出窓を開く少女見え　杉村昌信
早春や藁一本に水曲がり　田中純子
早春の硯に匂ふ水の色　白井恭郎

春浅し（はるあさし）　浅き春　浅春（せんしゅん）

立春後まだ日が浅く、寒さも残り、自然界にも春らしい気配の整っていない季節のことである。「早春」とほぼ同じだが、語感としては「春浅し」のほうが情緒的である。正岡子規撰『春夏秋冬』以後定着した季語といわれる。↓早春

春浅し死にゆく人を笑はせて　一條友子
春浅し海の音する貝洗ふ　弓木和子
春浅し海女小屋にあるランドセル　河西ふじ子
春浅きポンペイの街時止まる　渡部蜩硯
浅春やどこかに空気清浄器　小松原みや子
嬰のことなど手賀沼の春浅し　入倉朱王
レグホンの脚のうす紅春浅し　長尾康子
春浅き漁港休みの樽積まれ　山口幸代

冴返る（さえかえる/さえかへる）　凍返る（いてかえる）　寒戻る

春になって一度ゆるんだ寒気が、ふたたびぶり返すことをいう。春の初めは寒暖を繰り返しつつ

徐々に暖かくなってゆく。「冴ゆ」は冬の季語で、「冴返る」は冬と春の季節の鬩(せめ)ぎ合いを表わしている。しかし冴返った日のあとの暖かさはまた格別で、春の歓びが実感できる。↓余寒・春寒・冴ゆ（冬）

冴えかへるもののひとつに夜の鼻　加藤楸邨
冴返る湖東の雲が鬼の面　星野光二
戻り寒日蝕の陽に出土土器　青木満子
死後の値の保険に決まるもどり寒　水下寿代
裸婦像の吐息沈めて冴え返る　小川廣男
対岸に一灯ともり冴返る　大西比呂
胸うすき百済観音冴返る　川﨑美知子
海峡を渡る灯の橋冴返る　海老根筑川
ひとり佇つ東京駅の冴返る　小澤初江
冴返るビルを映してビルの窓　小林月子
暮れぎはの空水のごと冴返る　桜木俊晃
赤信号滅法長し冴返る　高橋秀夫
靴底に暗渠響き冴返る　長崎洋子
冴返る裸灯ひとつの杜氏部屋　二村美伽

余(よ)寒(かん)　残る寒さ

春になってもなお残っている寒さのこと。冴返るほどきびしい感じではないが、冬なお去りきらぬ寒さをいう。春寒とほとんど同じだが、春に心のかたむいている春寒に対して、余寒は寒さに心のかたむいている語である。↓春寒・冴返る

関守の火鉢小さき余寒かな　蕪村
水に落ちし椿の氷る余寒かな　几董
人間の宿泊禁ず地下余寒　沢木欣一
ショパンいま余寒の胸になだれこむ　木之下みゆき
チンと鳴る朝餉(げ)余寒のドル相場　大西やすし
木魚百ぽつくり寺の余寒かな　杉山青風
余寒なほ午前零時の腕時計　小川廣男
妻の座に胡坐かきたる余寒かな　片山依子

熊の皮はたと爪ある余寒かな　坂根と志
水掴む浚渫船の余寒かな　岡村一郎
海風の煽る余寒と思ひ歩す　成嶋瓢雨
サイレンの散らばって行く余寒かな　杉山加代
余寒なを姑の薬を小分けする　佐野笑子
余寒なほ仏を拝む十指にも　牧　辰夫

春寒（はるざむ）　春寒し　寒き春　春寒（しゅんかん）　料峭（りょうしょう）

春になってもなお感じられる寒さをいう。余寒とほぼ同じだが、寒さに心のかたむいている余寒に対して、春寒は春に心のかたむいている語である。古くは「春寒料峭」と一語としても用いられた。料峭は春風の肌に寒く感じられることをいう。↓余寒・冴返る

はる寒く葱の折れふす畠かな　太　祇
春寒し風の笹山ひるがへり　暁　台
春寒やぶつかり歩行（ある）く盲犬　村上鬼城
春寒や貝の中なる桜貝　松本たかし
春寒や竹の中なるかぐや姫　日野草城
春寒や媚薬は暗きみどりいろ　田中芳夫
春寒し被爆詩人の忌を修す　小林美智子
春寒をやや青すぎるアイシャドウ　桜木俊晃
春寒の魚拓の円き目玉かな　高井邦子
春寒くわが言ふ医師の言葉かな　新明紫明
春寒や大きな影の中に入る　矢部るみ子
春寒や貝のはなさぬ海の砂　いのうえかつこ
料峭や風景なべて遠くにあり　山崎　聰
料峭や括り直して野菜売る　原　光栄
料峭の鯉に微苦笑ありにけり　鈴木渥志
料峭や藁でくくりし鷹の爪　佐藤信子
春寒や還らぬ人に戦止む　若宮八恵
春寒や紅の残れる伎芸天　白井恭郎
春寒し凹みし子規の文机　原田澄子
踏まれたる邪鬼が目をむく春寒し　小木曽かね子

遅春（ちしゅん）　春遅し　春遅々（はるちち）

暦の上では春だが、なかなかその実感のともなわない季節感をいう。容易に去りやらない寒さの中にあって、確かな春を待ちこがれるこころである。北国や高原などにしばしばこの感じがある。似ているが「待春」は冬季。

春遅し泉の末の倒れ木も　石田波郷
わが快き日妻すぐれぬ日春遅々と　富安風生

春めく（はるめく）　春動く　春きざす

寒気がやわらいで、どことなく春らしい感じになってくることをいう。「めく」は、その兆し（きざ）の見えてくる意の接尾語。日の光、土の色、動植物の動きなどに、ふと春の来ていることを感じてときめくことがある。「春きざす」は「春めく」よりも具体的である。↓仲春

春めくや藪ありて雪ありて雪　一茶
春めきて雲にひかりのよみがへる　廣瀬直人
春めきてものの果てなる空の色　飯田蛇笏
天狼の青き光も春めけり　二口　毅

雨水（うすい）

二十四節気の一つ。旧暦では「正月の中（ちゅう）」で、新暦の二月十八、九日ごろにあたる。この季節になると雪が雨にかわることからの名称という。草木の芽が出はじめ、暖地では農耕も始まるころである。

渓川の石走らすも雨水かな　山根和子
桑の瘤芽吹くきざしの雨水かな　芋川幸子
藻を焼いて浜の煙れる雨水かな　棚山波朗
墨堤に人ごゑひびく雨水かな　喜多みき子

仲春（ちゅうしゅん）　春なかば

各季節を三つに分けて、それぞれ孟・仲・季、または初・仲・晩をつけていう言い方があるが、春の第二区分が「仲春」である。およそ新暦の三月にあたる。ときに冷えこむこともあるが、暖かさは確実に増してくる。↓早春・晩春

春なかば愁は松を仰ぎても　牧瀬蝉之助
春なかばどっと湯を占む自衛隊　武田涓滴

三月（さんがつ・さんぐわつ）

春は寒暖を繰り返しながら徐々に進んでゆくが、三月ともなると春はかなり定かとなる。行事の上でも雛祭、奈良東大寺お水取り、彼岸などと春らしくなり、花々や鳥の声もにぎやかになる。北国ではまだ春は浅いが、南国では燕なども来はじめる。↓弥生

大雨や花の三月ふりつぶす　一茶
三月の光の中の盲導犬　花島陽子
いきいきと三月生る雲の奥　飯田龍太
三月のさされ深き舟繋ぐ　谷口摩耶
彼の水筒三月の風にろろんと鳴る　星野紗一
三月の沖へ捧げて赤ん坊　山本源
ふるさとは陽（ひ）の音生めり三月来て　新谷ひろし
三月の日記びっしり生きること　中山純子
三月のきらめきとなり瀞（とろ）の水　臺きくえ
三月や丘に黒牛出揃ひて　高橋悦子

如月（きさらぎ）　衣更着（きさらぎ）

旧暦二月の異称。衣更着つまり衣類をさらに重ね着る意とするのは誤り。「生更ぎ」の意。（『広辞苑』）

「草焼き」の転とする田井信之説（『日本語の語源』）もある。新暦では二月末から三月末にあたるが、「如月」には冴え返る寒さの語感がある。↓二月

如月や松の苗うる松の下　惟然
井月(せいげつ)の村きさらぎの蝉の殻　宮坂静生
きさらぎや産毛のいろの遠木立　中村房子
きさらぎや水より淡き花活けて　朝倉和江
燐寸(マッチ)擦る微臭きさらぎ半ばなり　石田京子
きさらぎの京人形のひと引き目　豊田都峰
きさらぎや末寺にもある祝ひごと　加藤春子
きさらぎや布目瓦に銘一字　鹿島静子

シベリウス聴き如月の針使ふ　田代朝子
きさらぎの布絞られしまま乾く　杉山真佐子
きさらぎや研ぎ師来ている峡の家　横地かをる
如月は艀(はしけ)のごとし空に波　石田由美枝
如月の水の匂へる紙問屋　西尾りん三
きさらぎや紅絹もて磨く蒔絵椀　酒井智代
如月や鐘の余韻のうらおもて　石關洋子
如月の虫とぢ込めし琥珀かな　佐久間鳳汀

啓蟄(けいちつ)

二十四気の一つ。旧暦二月の節。雨水の後十五日で新暦では三月六日ごろにあたる。啓はひらく、蟄は地中に巣ごもる虫のことで、地中に冬眠していた虫が地上に姿をあらわす意の名称である。この語の関連に「地虫穴を出づ」「蛇穴を出づ」などがあるが、いっそう具体的、ユーモラスで俳意がある。またこの頃鳴る雷を「虫出しの雷」とも言う。↓蛇穴を出づ・地虫穴を出づ

啓蟄や短艇ひとつ湖を飛び　和田祥子
啓蟄の蟇庭隅を重くせり　石野冬青
生欠伸して啓蟄の日暮どき　平子公一

啓蟄や片寄せてあるお留め石　河野石嶺
帝陵に上らん地虫出でにけり　中瀬喜陽
啓蟄や防災倉庫の開きあり　今井真寿美

啓蟄や少年とじこめられている　北川邦陽
啓蟄や地球の裏より電話くる　佐竹　泰
啓蟄や午前七時に伸びる髭　田島秀子
啓蟄や紅さし街へ買物に　新山郁子
啓蟄やすんなり通る針の糸　明才地禮子
啓蟄や在所の畑の土竜塚　杉山青風
啓蟄や見覚えのある虫の皃（かお）　千葉みちる
啓蟄や蔵の窓より縄梯子　仲田益子
啓蟄や北に覚めざる湖のあり　豊田関子
啓蟄や一と鍬ごとの地の匂ひ　若菜たけを
けいちつや電話の奥に幼ごゑ　北村昭子
啓蟄の鍵を失くした貯金箱　長谷川治子
啓蟄の楽器屋の前通りけり　高木良多
啓蟄や地球が釦はづす音　林友次郎

春分（しゅんぶん）　中日（ちゅうにち）

二十四気の一つで、啓蟄の後十五日目。この日、太陽は春分点に達し、昼夜の時間の長さがほぼ等しくなる。おおむね新暦の三月二十一日ごろにあたる。この日はまた彼岸の中日でもあり仏事が行われる。かつての春季皇霊祭の日だが、現在は「春分の日」として国民の祝日に定められている。このころから気温の上がり方も大きくなり、春定まった感じになる。↓春分の日・彼岸・彼岸会・秋彼岸（秋）

春分のおどけ雀と目覚めけり　星野麥丘人
春分や手を吸ひにくる鯉の口　宇佐美魚目
春分の滑り台より眼鏡の子　桜井博道
春分や呆じてゐたる渕の龍　鈴木竜骨

彼岸（ひがん）　お彼岸　入彼岸（いりひがん）　彼岸過ぎ

春分の日を中日（ちゅうにち）として、その前後三日ずつ、計七日間を彼岸といい、仏事・法要が行われる。彼岸は仏教用語で悟りの世界の意で、迷いの世界を意味する此岸(しがん)の反対語である。信者は彼岸への救いを求めて法会に参加し墓参をする。彼岸の第一日を「入彼岸」、最終日を「彼岸ばらひ」という。「暑さ寒さも彼岸まで」ということば通りの好季節である。俳句ではただ「彼岸」といえば春のことで、秋の彼岸は「秋彼岸」と言い分けている。↓春分・彼岸会・秋彼岸（秋）

毎年よ彼岸の入に寒いのは　正岡子規
部屋に火を置いて壁塗る彼岸寒　平間彌生
空き袋脱兎にしたり風彼岸　福島美香子
役に立つ子を一人連れ彼岸かな　一柳文子
お彼岸の園に下ろさる車椅子　小林勲儒
朝の間の見えぬ雨なり春彼岸　安原楢子
とことはに添ふも縁や春彼岸　清治法子
声高に灸のはなし入彼岸　土田桂子
入彼岸口淋しさの空也蒸し　脇本千鶴子
糯米を半分殺す彼岸かな　山尾滋子

春社(しゅんしゃ)　社日(しゃにち)　社日様(さま)　社日参(まいり)　社翁(しゃおう)の雨

中国から渡ってきて定着した風俗で、土地や部族の守護神を社といい、春分または秋分にもっとも近い戊(つちのえ)の日を社日としてこれを祀った。春社は作物の育成を祈り、秋社は収穫を感謝する祭礼である。日本では民間信仰と結合して地方色豊かなさまざまな習俗を生んだが、現在では多くがすたれている。例えばこの日の酒は聾唖をなおすという「治聾酒(じろうしゅ)」の風習などもあったが、現在ではほとんど忘れられている。「社翁の雨」はこの日にかならず雨が降るという中国の言い伝え。

水飴の瓶の口切る社日かな　星野麦丘人
六歳の真顔春社のフォトパネル　松田ひろむ

晩春（ばんしゅん）

三春の最後の一つで、新暦の四月後半から五月立夏の前日までにあたる。まさに爛熟の春で、北国でも桜が咲き、南国では新緑が見られるようになる。近代になって使われはじめた季語で、どことなくけだるい語感がある。↓暮の春・行く春・春惜しむ

生涯のかかる晩春抜糸あと　中島斌雄　　晩春二人乱反射する八郎潟　福富健男

晩春の河内に低き葡萄棚　角川照子　　晩春の雨に光るは黒き貨車　南　椪琅

四月（しがつ・しぐわつ）

地上にはさまざまな花が咲き、空には小鳥が囀（さえず）る好季節である。人は花見に行楽にと浮かれる一方、入学入社等人生の新しい一歩を踏み出す心引き締まる季節でもある。また農作業も忙しくなり、総じて生々発展の明るくいきいきした月といえる。しかし気象関係は海山ともに荒れやすく、災害の起きやすい月でもある。↓卯月（夏）

座布団に語り部の居ず四月逝く　神蔵　器　　四月尽易きにながれゐたりしか　恩賀とみ子

詰襟のやうやく馴染み四月尽　兼安昭子　　テキストの表紙の固き四月かな　渡辺育子

弥生（やよい・やよひ）

旧暦三月の異称。草木がいよいよ生え育つ意の「いやおひ（弥生）」が語源といわれる。新暦では三月末から四月末にあたり、春深い季節である。古典的な雅（みやび）やかな語感をもつ季語である。↓

三月

終日の雨めづらしき弥生かな　信　徳
大仏の柱くぐるも弥生かな　闌　更
近づいて声なつかしき弥生かな　廣瀬直人
少女等のソックス白き弥生かな　伊東千代
組紐のいろの中より弥生かな　保住敬子
産声を弥生の海に展げけり　島崎悦子
目に見えて弥生一日の草の丈　清水里美
ただ真白逆光の中の弥生　斉藤栄子

清明（せいめい）

二十四節気の一つ。旧暦三月の節。春分から十五日目で、新暦の四月五日ごろにあたる。「清浄明潔」の略といわれ、中国では墓参が行なわれ、沖縄でも「清明節」「清明祭」として行なわれている。

清明の湯を出て嬰のまゆげかな　田中幸雪
托鉢の清明の鈴振りゆける　きちせ・あや
清明の風きらきらと一里塚　甘田正翠
清明祭香煙なびき家固し　多良間典男

春暁（しゅんぎょう）　春（はる）の暁（あかつき）　春の曙（あけぼの）　春の朝

春の夜明けがたのことであるが、あかつきは夜が明けようとしてまだ暗いころで、あけぼのはそれより後、夜がほのぼのと明けかけて、次第に物が見分けられるようになったころをいう。さらに朝はもっとおそい時間である。『枕草子』の冒頭に「春は曙」とあり、この季語と関連づけて連想されることが多い。

春暁のうすむらさきに枝の禽（とり）　飯田蛇笏
春暁の夢に力の入りけり　宮坂静生
五体投地春暁の堂鳴動す　岩崎眉乃
春暁の目覚め安けし母の家　望月田鶴子
春暁の移りつつある空の色　臺　きくえ
師弟共に若かりし夢春暁に　野中英照

春暁やいの一番の美しき鳥　津曲つた子
夢の妻春の夜明けに去り行けり　杉浦範昌
春暁のラジオの法話聞くとなく　間嶋茂男
春暁や点りしまゝの奥書院　大本正貴
春暁のテーブルにある定期券　齋藤　都
春暁の夢に未知の子産み落す　上野山明子

春昼（しゅんちゅう／しゅんちう）　春の昼

春の昼間をいうが、眠気を誘われるようなのどかな駘蕩（たいとう）とした気分をともなっている。したがって晩春の感じが濃く、初春にはふさわしくない。→炎昼（夏）

春の昼大きな籠の燃ゆるなり　和田耕三郎
春昼の格子戸睡き祇園かな　杉山青風
オムレツはひよこ色して春の昼　竹村幸子
どぜう屋の主下駄ばき春の昼　西堀貞子
春昼の第一病棟兵舎めく　大沢玲子
春昼のとろりと髪を刈られけり　小西明彦
春昼のまぶた重たき阿弥陀仏　矢神史子

春昼や突然目覚む冷蔵庫　浜本直子
春昼の一人の部屋に電子音　橋本喜夫
春昼のガリバーとなる心電図　小室善弘
やはらかに首立ててゐる春の昼　吉野裕之
時計塔より春昼のオルゴール　高喬一東
春昼の母乳吸ふ子の足遊び　酒井智代
春昼や代官坂に猫の飯　堀川けい子

春の暮（はるのくれ）　春の夕　春夕べ

春の夕暮。古くは春の季節の終わりの意味で使われたが、今では春の一日の夕暮の意味で使われている。「春の夕」とほとんど変わりがないが、語感の上からは「春の暮」のほうがややきっぱりしている。のどかな春の日を惜しむ情である。↓春の宵・暮の春

入あひの鐘もきこえず春の暮　芭蕉
春の暮家路に遠き人ばかり　蕪村
鈴に入る玉こそよけれ春のくれ　三橋敏雄
貝ひろふ影とおぼしき春夕べ　奥名春江
音楽の前進するや春の暮　千葉皓史
潮吹いて鯨老いゆく春の暮　木内彰志
知らぬ間の打ち身の蒼さ春の暮　黒河内多鶴子
警策（きょうさく）に発止と打たる春薄暮　大口公恵
真白なる猫が墓守る春の暮　吉野義子
春の暮牛舎に黒き人の影　藤岡勢伊自
白壁の白あふれだす春の暮　岩井三千代
大股の子に歩を合はせ春夕　坂本孝子

春の宵（はるのよい）　春宵（しゅんしょう）　宵の春

春の日が暮れて、まだ夜更けに至らないうちのころあいである。暖かく心にも浮きたつものがあって、そぞろ歩きのしたくなるような甘美な気分が漂っている。漢詩趣味につながる俳趣の季題と見られているが、蘇東坡の「春宵一刻価千金」の詩句はよく知られている。↓春の暮

公達（きんだち）に狐化けたり宵の春　蕪村
筋かひにふとん敷きたり宵の春　蕪村
春宵や駅の時計の五分経ち　中村汀女
婚の荷の重ねの淡し春の宵　橋本良子

限りなく娘との語らひ春の宵　山下孝子
春宵の黙に万金ありぬべし　内藤桂子
織田作の住みたる町の春の宵　髙見岳子
春宵やおのず歩の合ふ湖畔みち　乃万美奈子

春（はる）の夜（よ）　春夜（しゅんや）　夜半（よわ）の春

春の夜は暖かさもほどよく、身も心もゆったりとほぐれるようである。また目に見る月や耳に聞く琴笛の音などもどことなくうるんで艶冶（えんや）な情趣があり、古典和歌の時代から格別なものとして詠まれている。「春の夕」「春の宵」など似ているが、時刻は夕、宵、夜、夜半と更けてゆく。↓春の暮

春の夜や籠人（こもりど）ゆかし堂のすみ　芭蕉
春の夜や盥をこぼす町外れ　蕪村
春夜の街見んと玻璃拭く蝶の形に　横山白虹
春の夜経筍に龍の舞ひゐたり　一志貴美子
春の夜や墨に負けたる吉野紙　大石悦子
身籠りし子が帰りゐる春の夜　矢野芳湖

暖（あたた）か　春暖（しゅんだん）　ぬくし

寒くもなく暑くもない春のここちよい気温を体感温度で言いとめた語。春の喜びの気分がこめられている。「暖か」は一般語でもあるので秋冬にも使われることがあるが、俳句の上では区別して使う配慮が必要である。↓春暑し

暖かや飴の中から桃太郎　川端茅舎
オルゴール手廻しの音の暖かし　水原春郎
隠れたる子の尻見えて暖かし　中山一路
風鐸に李朝の音色あたたかし　浅賀君女
樅よ欅よ茂吉のうたはあたたかし　大野せいあ
足許に立ちたる影もあたたかし　中田豊助

影があり名前がありてあたたかし　山西雅子
幼ナ児の靴を揃へて暖かし　岩城美津子
執刀医創あとをほめあたたかし　宇野幸子
サーカスの象と撮られて暖かし　小林光枝
公園は雀の時間あたたかし　内田雪泉
あたゝかや煮つめて甘き瀬戸の魚　大沢呑舟

麗か（うらら）　うらら　うららけし　うららに　日うらうら　うらうら　麗日（れいじつ）

春の日が明るく照りわたって、天地万物ことごとくが柔らかく美しい様子。春まっ盛りの感じで、どちらかというと視覚的な語だが、のどかに安らかな心も含んでいる。また名詞と複合して、「山うらら」「海うらら」などとも使われる。↓秋麗（秋）

麗かにふたりごころのひとり道　小出秋光
麗らかや歩道タイルに時の鐘　名取志津
麗かや服薬をまた忘れたる　和田祥子
キムタクと同じ髪型春うらら　中川圭子
うららかや馬に曳かるる調教師　佐藤晴生
うららかや小鳥生みだす飴細工　濱永育治
実生松尺にみたずにうららけし　渡辺征子
なにもかもなくなっている麗かな　赤松　勝
尼様もヴィトンの鞄駅うらら　田口風子
うららかや恋の季節の動物園　波多野惇子

長閑（のどか）　長閑さ　のどけし　のどけさ　駘蕩（たいとう）

こころがゆったりとのびやかな状態。春日遅々として穏やかにくつろいだ気分の語である。名詞と複合して、「村のどか」「声のどか」などとも使われる。↓日永

長閑さや鼠のなめる角田川（すみだがわ）　一茶
波音のほかを忘れてゐてのどか　保坂伸秋

日永（ひなが）　永き日　永日（えいじつ）　日永し

春になってめっきり昼の時間が永くなったと感じられること。暦の上でもっとも日の長いのは夏至のころだが、日の短かい冬のあとなので春に日永の実感が強い。これも春の喜びの一つである。↓長閑・遅日

永き日を囀りたらぬひばりかな　芭蕉
鶏の座敷を歩く日永かな　一茶
醍醐寺の五重塔の日永かな　森潮
並木座の故人ばかりを観て日永　土橋たかを
諏訪日永蜆じよれんの棄てられて　田口彌生
百度石千度石あり日の永く　鈴木光枝
永き日の大路小路を下ル入ル　上林レイ子
永き日の猫の欠伸をもらひけり　山岡麥舟
音もなく象が膝折る日永かな　角和
売る仔牛梳きて永き日永くしぬ　西村琢
見舞妻かへりしあとの日永かな　辻文治
王宮の騎馬像跳ねしまま日永　白井恭郎

遅日（ちじつ）　遅き日　暮遅し　暮かぬる　夕永し

日永と同じだが、日永が昼の時間に焦点をおいているのに対して、遅日は日の暮れかたに焦点をおいている。やや爛熟の気分が感じられる。短日↔日永、暮早し↔暮遅し、などいずれも冬との対比で春を実感している。↓日永

遅き日のつもりて遠きむかしかな　蕪村
遅き日の光のせたり沖の浪　太祇
御神馬の首下げて来る遅日かな　長山順子
泥染の生きて遅日の黄八丈　石野冬青
樟脳の角のとれたる遅日かな　小形さとる
病みし眼にダリの時計となる遅日　荻野千枝

榛（はん）の木の畦に影曳く遅日かな　山敷恵三

隋の世の運河流れてゐる遅日　田中由子

わが岳の姿よきゆゑ暮遅し　藤原美峰

一筋の潮路まさしく遅日かな　岡部麗子

ちかぢかと孔雀を見たる遅日かな　宮本　邦

矢を削る音や遅日の竹干場　高橋悦子

花冷え（はなびえ）　花冷（はなびえ）

桜の咲くころの急な冷えこみのこと。桜の季節は気象の変動も大きく、時に春とも思えぬような冷えこみかたをすることもある。京都の花冷えはよく知られるが、吉野などの桜の名所の山や、桜の咲いている名もない盆地などにも見られる。また広く花どきのうそ寒さにも用いられる。

生誕も死も花冷えの寝間ひとつ　福田甲子雄

花冷えや鍵の掛かりし子の机　河合澄子

バリウムのつくる胃の翳さくら冷え　西村梛子

花冷えの喫茶に旧き蓄音機　杉山青風

また夜が来て花冷えの癌病棟　竹鼻瑠璃男

花冷や砂より抜けるハイヒール　新庄八重

花冷えと別の寒さの仏の間　甘田正翠

花冷の磁石を二十日鼠かな　宮坂静生

花散って花冷のこる奥出雲　稲田秋央

花冷ゆる戦艦大和忌日かな　和田知子

引く波に砂のつぶやく花の冷え　島田洋子

花冷えの夜はわが身に甘えけり　長坂洋子

じゃんけんの石にまつはる花の冷　石川美佐子

味噌蔵の男柱も花の冷　岡部名保子

花冷や師弟といふはかろからず　杉山岳陽

花冷の機内に一つチェロの席　石﨑多津子

花冷やこけしはみんな手を隠し　原　昭子

診疲れに加ふ花冷きのふけふ　新明紫明

海月やや深きを流れさくら冷　工藤義夫

甘言に乗りたる化粧花の冷え　藤野艶子

棺打つ二音の紡ぐ花の冷え　杉山加代

花冷えの十指を組めば思惟仏か　増田治子

蛙の目借時（かわずのめかりどき／かはづのめかりどき）　目借時

春深くうららとして思わず睡気をもよおすこと。昼間が中心の季節感だが夜間にも用いられる。語源には諸説あり、俗説だが、蛙に目を借りられるためというのが昔から知られている。俳味があるので、俳句の作例はほとんどがこれに従っている。他には、早春交尾をすませた蛙が雌雄離れてふたたび土中や草蔭に隠れる「媾離（めか）り時」の意とする山本健吉説や、蛙が異性を求める「妻狩（めか）り時」とする説などがある。

ほどきもの蛙に眼借られたる　高須禎子
嚙めば甘き峡の夕闇目借時　佐藤きみこ
六地蔵のひとつ瞑る目借時　川崎光一郎
人違ひして肩叩く目借時　徳丸峻二
闇の見ゆ蛙の借りに来ぬ眼（まなこ）　加藤あさじ
膝に読む本のぬくもり目借どき　作田文子
煮ものして窓のくもりし目借どき　檜　紀代
点滴に五体をあづけ目借時　青木暁雲

穀雨（こくう）

二十四節気の一つ。旧暦三月中気。百穀をうるおす春雨の意。清明の後十五日で、新暦四月二十日ごろにあたる。

掘返す塊光る穀雨かな　西山泊雲
穀雨なる決断の指開きつつ　松田ひろむ

春深し（はるふかし）　春闌（た）く　春更（ふ）く　春深む

春のさかりと思う時期をやや過ぎかけたころの季節感。野山でいえばみどりが目立つ中に、わずかに花が残るころあいである。爛熟の中に倦怠をふくむ気分が特徴。

春深し伊勢を戻りし一在所　太　祇
紙田よりしたたる水や春深し　奥山源丘
玉籬や玉のすだれの春深き　一　茶
江ノ島の春ふかまりし貝供養　太田昌子
まぶた重き仏を見たり深き春　細見綾子
板橋や春もふけゆく水あかり　芝　不器男

八十八夜（はちじゅうはちや／はちじふはちや）

立春から八十八日目で、新暦五月二、三日ごろにあたる。俗に「八十八夜の別れ霜」といって、春とはいえこのころまで霜の降りることがあるが、この日以後は降りなくなるという。播種、茶摘みなど農事が忙しくなる。

八十八夜海見る椅子を少し引く　星　多希子
地に置かる梵鐘八十八夜寒　谷口いつ子
甘露煮の諸子や八十八夜寒　筒井恭子
一本の杖も八十八夜にて　高橋富里
八十八夜草の匂ひの猫を抱く　坂本敏子
手で割れる八十八夜の卵かな　吉田さかえ
黒文字と和菓子と八十八夜かな　玉木克子
あかんぼに皺なき八十八夜かな　太田秋峰

春暑し（はるあつ）　春の暑さ　暑き春

晩春、汗ばむほどに気温が上がって、初夏を思わせるようなときがある。若い女性などいちはやく次の季節の先取りをして、軽やかになる。↓暖か

黒服の春暑き列上野出づ　飯田龍太
春の汗して男神ある峠越　森　澄雄

暮の春（くれのはる）　暮春（ぼしゅん）　春暮る　春の果

春の夕暮ではなく、季節としての春の終わりをいう。語感にまつわる情緒は「春の暮」に濃く、「暮の春」に淡い。→行く春・春惜しむ・晩春

いとはるる身を恨み寝やくれの春　蕪村
いづかたも水行く途中春の暮　永田耕衣
凧に鳴る撥も三味線草暮春　辻 帰帆
燭（しょく）つぎて暮春のほとけ揺らぎます　村山春子
丁字屋に鰻食べゐる暮春かな　小宮山政子
渡りたる橋ふり返る暮春かな　田内安寿加
姨捨（うばすて）の暮春の棚田天のもの　宮坂静生
人ごゑの水わたりくる暮春かな　勝又一透
暮の春もによもによと腹すいて　曽根原幾子
井戸埋める浄めの塩も暮春かな　河江麗子
跳べさうな川に沿ひゆく暮春かな　小川昇一
半島に日のあたりたる暮春かな　土井田晩聖

行く春（ゆくはる）　春行く　春終る　逝春（せいしゅん）　徂春（そしゅん）　春尽く

春の終わりで暮春と同じだが、季節を移りゆくものとして、惜しむこころをこめて「行く春」という。→春惜しむ

行く春や鳥啼き魚の目は泪（なみだ）　芭蕉
ゆく春やおもたき琵琶の抱きごころ　蕪村
行春や親になりたる盲犬　村上鬼城
行く春を走り抜けたる一馬身　笹尾照子
草に棲むもののくさいろ春の逝く　高橋千美
行く春の最後の一小節は雨　鈴木伸一
露西亜（ロシア）にも春行く頃や竈（かまど）持つ　富樫 均
行く春や昔話のどんとはれ　久根美和子
ゆく春やかたみに貰ふお六櫛　吉田ひで女
行く春の干し魚はみな身を反らし　村井一露

行く春や桑名十里の道しるべ　井上其竹
逝く春やひとりの部屋の影法師　黒岩恵美子
行く春や美しき姉太りゆく　阿川道代
ゆく春や下駄箱にある亡妻の靴　荒巻大愚

春惜しむ（はるおしむ／はるをしむ）　惜春（せきしゅん）

文字通り行く春を惜しむ主情的な季語である。春が明るくのびやかな、まさに千金の値（あたい）の季節だっただけに、これを惜しむこころにもひとしおのものがある。因（ちなみ）に季節を惜しむのは古典的には「春惜しむ」と「秋惜しむ」の二季だけである。↓暮の春・行く春

行く春を近江の人と惜しみける　芭蕉
手燭して庭ふむ人や春惜しむ　蕪村
あんぱんの葡萄の臍や春惜しむ　三好達治
春惜しむ白鳥（スワン）の如き尿瓶持ち　秋元不死男
うしろ手をつき沼人と春惜む　浅倉里水
岳あふぐわが惜春のチロル帽　澤田緑生
避難せし街を訪ねて春惜む　樹生まさゆき
忘れ物したる如くに春惜む　伊藤虚舟
朴（ほお）の実の漆黒に春惜しみけり　折井眞琴
惜春の少年の子規セピア色　岩田佳世子
惜春や暇を見つける暇のなく　大木涼子
還るべき星をたどりて春惜しむ　麻田すみえ

夏近し（なつちかし）　夏隣（なつどなり）　夏隣る（なつとなる）　五月近し

春がもっとも押しつまり、随時随所に夏の兆しが感じられるころである。いつしか春惜しむ気分も消えて、夏を迎える心構えが次第に確かになってくる。

清滝に宿かる夏の隣りかな　蓼太
樹の上の星の感触夏隣　小澤克己

弥生尽（やよいじん）　三月尽　四月尽

旧暦三月の晦日をいう。春が尽きる、惜春の感慨がこもる。三月尽も同じだが、新暦になって四月尽を春が尽きるという意味に詠むことも増えている。

怠りし返事書く日や弥生尽　几　董
蕩たけて紅の菓子あり弥生尽　水原秋櫻子
突き当たる鮨屋の迷路弥生尽　牧野桂一
本気度を半音あげて弥生尽　小平　湖
振り向けば青春だった弥生尽　宮　沢子
増えたるは小銭ばかりや三月尽　白石正人
締切のぎりぎりが癖三月尽　石口りんご
ネクタイにえくぼが生るる四月尽　松田ひろむ

天　文

春の日（はるのひ）　春日（はるび）　春日（しゅんじつ）　春日影　春入日

春の日には、春の太陽と春の一日という二つの意味がある。心がやさしくなるような春の上天気を春日和ともいうが、これも春の日と同じ意味である。↓日永

うたゝ寝のさむれば春の日くれたり　正岡子規
室戸岬汐目汐目に春没日（いりひ）　百瀬邦一郎
ぬかるみのいつか青める春日かな　富田木歩
春日燦サンタモニカの波頭　中村初枝
大いなる春日の翼垂れてあり　鈴木花蓑
鉋屑くるりと春日とり込めり　勝田清子

春光（しゅんこう）　春の光　春色（しゅんしょく）　春の色　春望（しゅんぼう）

あたたかく柔かい感じの春の風光をいう。春の景色や風の色である。語感のもつやや鋭い感じも、早春のものであろうが、普通には太陽の光のかがやかしさをこめていよう。

春光や遠まなざしの矢大臣　吉岡禅寺洞
春光や岩に嘴研ぐ川がらす　田中俊尾
春光や蘆にも見えて波一重　原石鼎
春光やこぼれてはづむ金米糖　龍野よし絵
春もやや光りのよどむ宙のさま　飯田蛇笏
春光の空の打擲抗打たれ　小林美夜子
暮れかかる雲の端に見し春の色　頴原退蔵
躓いて春のひかりにおどろきぬ　笠松道代
店奥にゐて春光を感じる日　岩川みえ女
春光の落書笑う指の丸　兵庫池人

春の空（はるのそら）　春空（はるぞら）　春天（しゅんてん）

のどかな春の空は、どこかうるんだように靄（もや）がかかることが多く、ほのかに白い。雲のない青空であってもそうである。

松島の鶴になりたや春の空　乙二
飛行機雲二本交叉す春の空　田川飛旅子
春天に鳩をあげたる伽藍かな　川端茅舎
とんと手をとんととび箱春の空　平井照敏
死は春の空の渚に遊ぶべし　石原八束
壺を抱く春空のもの皆入れて　高橋沐石
一寺より春天に消え木こり道　宇佐美魚目
鳶のかげ笠にかかるや春の空　吉田ひで女

春の雲（はるのくも）　春雲（はるぐも）

春の雲はあまりはっきりした形ではなく、薄曇りのように刷（は）いたように拡がる。夏雲や秋雲のようにくっきりと現われることは少ない。

今植し桜や世々の春の雲　也有
故郷は胸中にあり春の雲　名取桂子
春の雲一つになりて横長し　村上鬼城
春の雲子等とイルカを見に行かむ　橘　玲子
何もなく過ぎしがごとくし春の雲　横光利一
玄海の波あらく春雲置かず　細木芒角星
春の浮雲馬は埠頭に首たれて　佐藤鬼房
春の雲母にひとりのとき多く　田中一荷水
シャガールの女たちまち春の雲　加藤耕子
春の雲より囁きの光りかな　尾崎三翠
屋根の上に登りし頃の春の雲　高倉和子
春の雲やわらに使うサインペン　三田村弘子
春の雲嬰に三歩の力足　高橋青矢
浮かびくる鯉の大口春の雲　本宮哲郎

春の月（はるのつき）　春月（しゅんげつ）　春月夜（はるつきよ）　春満月

春さきの月の冴えの残りもいいが、ふっくらと重みのある橙色の満月がいい。春も終りの頃の月には赤味が少しましている。朧月（おぼろづき）とは区別して使うのが普通である。→朧月・月（秋）

配所には干網多し春の月　夏目漱石
山脈の空みどりなす春の月　相馬遷子
紺絣春月重く出でしかな　飯田龍太
もの忘れせし手つめたく春の月　松村蒼石
外にも出よ触るるばかりに春の月　中村汀女
春三日月近江は大き闇を持つ　鍵和田秞子
初恋のあとの永生き春満月　池田澄子
裏山に金粉散らし春の月　原　和子
春満月道が流れてゆくやうな　雨宮きぬよ
揚げ潮の気勢のとどく春新月　実籾　繁
流木に宿りし貝や春の月　森本節子
春月や天道説のすてがたき　佐藤　健
門限にいまだ間のあり春の月　吉田ひで女

春の月土蔵の尽くるところまで　大沢せい
新陵のいく夜を経たる春の月　井澤小枝子
欄干を越えてきさうな春の月　寿　芳江
春満月ぬっと土龍の鼻先へ　清水正彦
人に会うごとくに上る春の月　黒川花鳩
やはらかに陶土練りこむ春の月　新庄八重
紅紐の絵馬うちならぶ春の月　津森延世
隣村までの用足し春の月　小林景峰
見上ぐれば春満月をよぎる貨車　岡田治子
とめどなき迷いに父母呼ぶ春の月　原　尚子
洗ひをる両手に受けし春の月　林さわ子
春月に鍋宥めつつ豆を煮る　橋本と志
母の家の二階にねむる花月夜　宮川由美子

朧（おぼろ）　草朧（くさおぼろ）　鐘朧（かねおぼろ）　影朧（かげおぼろ）

春、低気圧によってもたらされる薄雲（巻層雲）におおわれ、夜の万象がかすんで見えることをいう。朧は景のみに限ったことではなく、もの音さえも「鐘朧」と情趣充分である。↓朧月・春の月・霞

門口のいぢくれ松もおぼろかな　一茶
貝こきと噛めば朧の安房の国　飯田龍太
おぼろより仏のりだす山の寺　桂　信子
星おぼろにて本流に力あり　千代田葛彦
枝打ちが下りて来ておる朧かな　森下草城子
むかう岸朧や寝釈迦山ありて　加藤耕子
終電車朧の中へ客降ろす　宮本径考
山おぼろ檻に納まる穴仏　高松遊絲
地球儀をつつんでゐたる朧かな　山川与志美
漕ぎはなれおぼろおぼろの浮御堂　小原弘幹
波音の遠くにありしおぼろかな　田井野ケイ
木の椀のふわふわ浮きておぼろかな　若井嘉津子
鐘おぼろ強く指組む懺悔台　きりぶち輝
船二つ離れてともるおぼろかな　工藤義夫
金粉の袖に附きくる朧かな　竹内悦子
藍染に灯までも青き朧かな　高田菲路
動く灯も動かざる灯も朧かな　伊藤孟峰
閉さでおく坊の雨戸や滝朧　峰山　清
光背の火焔のほかは朧なり　山内康典
酒蔵に人の入りゆく朧かな　豊田八重子
火を焚きし土なおぬくきおぼろかな　細木芒角星
船溜り船の素顔の朧にて　出田洋子
大むらさき羽化を待つ林朧かな　陣野今日子
波音のをりをり漏るる瀧かな　林　千恵子
千枚田朧へ影を重ねけり　松岡悠風
外濠の向う朧に牢屋町　石黒裕運

朧月（おぼろづき）　月朧（つきおぼろ）　朧夜（おぼろよ）　朧月夜（おぼろづきよ）

朧といえば月というほど、日本人に親しまれている言葉であり季語である。語源的に「おぼろ」は「おほ」（「おぼ」）で、うすぼんやりした状態をいう。多く天然の自然現象に用いられ、古来より人々の心をゆすぶった。↓春の月・朧

猫の恋やむとき閨の朧月　芭蕉
大原や蝶の出て舞ふ朧月　丈草
朧夜や女盗まんはかりごと　正岡子規
朧夜や顔に似合ぬ恋もあらん　夏目漱石
おぼろ夜の雪ふる夜にさも似たり　久保田万太郎
己が問ひ己が応へて朧月　角川照子
おぼろ夜のいちばんはじめから歩く　山崎　聰
仮初（かりそめ）に死を言ふなかれ月朧　小出秋光
骨の鮭朧の月夜遡れ　石川青狼
五位鷺を狂はす朧月夜かな　柳澤和子
朧夜の嘘が大きく育ちをり　藤原たかを
朧夜の胸のかたちに息をせり　中村正幸
村人と同じ師の墓朧月　岡本苔水
水吸つて大地ふくるる朧月　高島つよし
月おぼろ弧のしなやかに臥牛垣　杉山青風
おぼろ夜の胸の砂漠をだれか行く　長浜聰子
おぼろ夜の船に老人ばかり乗る　森　則夫
耳朶になほ鼓打つ音花月夜　下村良邨
諍いて席立つわれに朧月　大樫常人
おぼろ夜や紺を長子の色となし　石川雷児

春の星（はるのほし）　春星（しゅんせい）　星朧（ほしおぼろ）　春北斗（はるほくと）

春夜のうるんだような空に現われる星々のことである。オリオン星座は西、大熊座は北空天にかかり、獅子座は南、おとめ座は東に布置し、天の川は西方にかかる。他の季節より星空はうるみ、

どこか艶である。

門をさすむんと春の星　山口誓子
春の星かくて山家の匂ひそむ　中島月笠
つくねんと木馬よ春の星ともり　木下夕爾
一滴の春星山に加はれり　清水径子
心まで折れまじ春の星新た　藤木倶子
春の星ひとつふたつと銭湯へ　染谷はる子
繋留（けいりゅう）のボート逃げ出す春の星　清水緑子

獣らはみな北枕春の星　三好さら
春星やとはの氷河を村の空　有働　亨
いちめんの春星庫を開くなり　小形さとる
科学する子供と観たる春の星　源　一朝
春星に会へざる二夜隠岐にあり　吉田渭城
春星や眼鏡のほこり拭いてゐる　油井和子
春星へ輪ゴムを飛ばす夜業果つ　井上真実

春の闇（はるのやみ）　春闇（はるやみ）

月明りのない春の夜の、おぼろに潤んだような闇をいうのである。やわらかくどこか明るい感じはなつかしく、どこか艶なものをふくむ闇である。

春の闇幼きおそれふと復（かえ）る　中村草田男
とどまれば共にとどまる春の闇　湊　楊一郎
春の闇阿蘇の火柱夜もすがら　吉武月二郎
春の闇息づくものを八方に　園　一勢
うかうかと飲んでしまえり春の闇　秋尾　敏

現し世は虚実混沌春の闇　杉山青風
人声が動かしてゆく春の闇　寺井満穂
春の闇暴走族を呑みおほす　西岡正保
春の闇春の粒子をただよはせ　吉開さつき
子兎に歯の生えかかる春の闇　増田陽一

春風（はるかぜ）　春の風（はる）　春風（しゅんぷう）

春先の風にはまだ冷気が通っているが、春風は暖かくおだやかなやさしい風である。駘蕩としてのびやかな気分を誘い出してくれる。春には時として強風も吹くが、これとは区別しておきたい。

春風や堤長うして家遠し　蕪　村
何見ても親し春風吹くときは　藤崎久を
春風に派手なスカーフ巻いてみる　吉田喜美子
との曇るくぬぎ山から春の風　永峰久比古
春風やリュック一つでフランスへ　岡田京花
死火山の隣りの山の春の風　城岩　喜
両の手に包んで放つ春の風　押谷　隆
下北半島や春風くばる郵便夫　杉浦範昌
釣人の寡黙ほどけり春の風　算用子百合
春の風ガラスを珠にふくらます　坂本ひろし

東風（こち）　朝東風（あさごち）　強東風（つよごち）　雲雀東風（ひばり）　鰆東風（さわら）　梅東風　桜東風

春になって冬型の気圧配置がくずれるとき東から吹いてくる風をいう。まだ冷気を含んでいるが、伸びはじめた日脚のなかで心なごませる風である。ただ雨を伴うことも多くまた強風となることもあって、漁民にとっては厄介な東風である。地方によってさまざまな呼び方があるのも面白い。

背割鮒東風吹くほどの乾きかな　宇佐美不喚楼
夕東風や海の船ゐる隅田川　水原秋櫻子
獅子頭まつる神座荒東風す　角川源義
新造の舟板東風の浜に干す　千々和恵美子
馬の耳見てゐれば東風吹きにけり　高　千夏子
青東風に花ひらくごと赤子覚め　井上純郎

東風の波切つて八つの櫂揃ふ　奥田麦穂
東風の母発車のきはにもの言ひだす　橋本草郎
梅東風へ車夫前傾の深さかな　朝妻　力
筏から筏へ朝の東風吹けり　丸田　肇

貝寄風（かいよせ）　貝寄（かいよせ）

大阪四天王寺の聖霊会（しょうりょうえ）（旧暦二月二十二日）のお供えの筒花は、難波の岸に打ち寄せた貝殻で作ったことから、この頃に吹く風のことをいう。

貝寄せや我もうれしき難波人　松瀬青々
貝寄風に玉と拾ひし珊瑚かな　佐藤清香
貝寄や南紀の旅の笠一つ　飯田蛇笏
はるかより貝寄風山本五十六（やまもといそろく）忌　川村悠太
貝寄風に乗りて帰郷の船迅し　中村草田男
貝寄風に吹かれて使ふ遠めがね　田中幸雪

涅槃西風（ねはんにし）　涅槃吹（ねはんぶき）　彼岸西風（ひがんにし）

涅槃会（旧暦二月十五日）前後に吹きつづく西風のこと。釈迦入滅の西方浄土からの迎えの風と呼ばれている。春の寒さが残る頃の強い西風である。

磯寺へ参る漁師や涅槃西風　青木月斗
ひよめきは角の痕なり涅槃西風　丸山靖子
境内は梅ばかりなり涅槃西風　加藤知世子
鳴るものはみな鳴らし来て涅槃西風　松井鴉城夫
春一番二番三番涅槃西風　清水基吉
涅槃西風濁世に雨をもたらせし　立木彰子
涅槃西風直火に乗せる貝ひとつ　中原道夫
大鍋につみれ汁噴く涅槃西風　三浦京子
鉢の土挨となりぬ涅槃西風　竹野房子
湯の釜に南無の六字や涅槃西風　新家節美
涅槃西風金の際立つ仏具店　松下信子
道産馬の四肢張つて佇つ涅槃西風　上原律子

涅槃西風夜を海老寝の二度童子(わらし)　小野冬芽
今旅のどのあたりなる涅槃西風　今成志津
水かけて洗ふ鳥かご涅槃西風　鳥飼土筆
彼岸西風竿に抱きつく婆の服　古河ともこ
俎板に鯛どきどきと涅槃西風　平井幸子
涅槃西風眠り薬のききはじむ　政野すず子

比良八荒(ひらはっこう)　比良の八荒　八講(はっこう)の荒れ　八荒(はっこう)

比良山地から吹き下ろす冷たい北または西の強風。かつて行われていた比良八講の旧暦二月二十四日のころ寒気が戻り湖上が荒れる。

八荒やこゑふえそめし百千鳥　森　澄雄
湖底より鐘がきこゆる比良八荒　品川鈴子
腸(はらわた)の厚きところや比良八荒　松田ひろむ
比良八荒ニゴイを甘く煮ています　石口　榮
八荒や湖口に地霊噴き上げて　牧野桂一
ありがたや白湯には白湯の比良八荒　小平　湖

春一番(はるいちばん)　春二番　春三番

春になって最初に吹く強い南風のことで、もともと壱岐の漁師たちの言葉である。この風に巻き込まれた海難も多く、漁師たちに恐れられている。春二番、春三番とつづき、時には春四番まである。

呼ぶ声も吹き散る島の春一番　中村苑子
山峡に星を片寄せ春一番　戸恒東人
春一番通る大敷網の海　芳野正王
春一番揃って禅僧剃髪式　舘　柳歩
呼鈴は空耳なりし春一番　田中湖葉
春一番帆船無風の壜の中　河村　昇
巻貝の奥に目覚めし春一番　佐藤成之
春一番霧島山を袈裟切りに　遠井俊二
春一番函屋は紙の香のなかに　張田裕恵
ラヴチェアのラヴおそろしき春一番　加藤山査子
農機具の納屋の戸敲く春一番　井内簾水
春一番椿の首を狩りに来る　川崎益太郎

風光る(かぜひかる)　光る風

晴ればれとした春の日の風で、まだ少しの冷たさと尖りをもっている。明るい陽光のなかの尖りであり、きらめきである。

文鳥や籠白金に光る風　寺田寅彦
生れて十日生命が赤し風がまぶし　中村草田男
三月風ひと日ひかりてはたと寒し　森　澄雄
風光るエアロビクスの大鏡　宮脇良子
一点を揺れるヨットや風光る　鈴木智子
風光る海の匂ひのエアメール　北村照子
風光る沖にうさぎの跳びはじめ　鈴木恵美子
髪染めしばかりの妻や風光る　内田安茂
確かなる射程の鳥よ風光る　立川京子
風光る芙美子流転の漁師町　中村一維
遠き橋いま渡る橋風光る　安部美どり
風光る少年に部屋与へられ　飯野紫星
風光る鳥になりたき子と駈けて　村田洋子
直立の兎の耳や風光る　ともたけりつ子
なつかしきくねくね道や風光る　市野沢弘子
太陽の力あるとき風光る　中村陽子
立ち上がる仕掛け絵本や風光る　高橋秋子
風光るやや大きめの園服に　賀谷祐一
窯出しの浅黄の小鉢風光る　垣迫俊子
修復の檜の足場風光る　岡崎淳子

春疾風(はるはやて)　春嵐(はるあらし)　春荒れ

春の強風で、乾燥していれば砂を巻きあげ口の中がざらざらになったりする。またフェーン現象を発生させたり、海難や雪山遭難を惹起することもある。多くは日本海低気圧が通過するときに起る。

春嵐鳴りとよもすも病家族　石田波郷　春荒れのひと夜や鶴の釘隠し　長崎玲子
春疾風教師いくたび手を洗ふ　伊藤通明　札所出て里道一里春疾風　吉木フミエ
春疾風茶髪慣れては案じては　岡山令子　春嵐白雲海へ海へとぶ　井村美治子
石の絵に硬貨弾かれ春嵐　秋尾　敏　春嵐去りて霊峰煙めけり　吉井竹志
海峡に灯す破船や春疾風　田代朝子　口といふ口の鳴りだす春嵐　服部早苗

春北風（はるならい）　春北風（はるきた）

春の天気が安定しないのは、移動性の高気圧と低気圧が、日本列島を西から東へ、交互に進むからで、この経路にしたがって天気はさまざまに変化する。特に北では冬型にもどり雪まじりの北寄りの風が吹くことをいう。

山に住み時をはかなむ春北風　飯田蛇笏　セザンヌの描きし色味春北風　新山郁子
海のもの軋ませてをり春北風　伊藤通明　艶聞（えんぶん）に火のついてゐる春北風　鈴木節子
春北風や海峡抜ける旭日旗　山本慶一郎　椎の木は弔辞聞く木か春北風　須山おもと

春塵（しゅんじん）　春の塵（はるのちり）　春埃（はるぼこり）

春は暖かくても寒くても風の立つことが多くなる。ことにローム層地帯の関東地方では、風に砂塵が舞い上る風塵現象がよく見られる。しかし、これに近い現象は日本の各地においても同じように見られる現象である。

春塵やいつひろごりし生活（たつき）の輪　久保田万太郎
春塵に息浅くして魚のごとし　野沢節子
一悶着あるごと春塵払ひけり　森　敏子
踏まれゐる邪鬼につもれる春挨　野村美恵
売れ残る干支の置物春の塵　渡辺　皓
糸車の春のほこりを廻しけり　平田はるこ
春挨そつと拭いたる子の遺影　吉田きみ
けだるさやピアノの上の春挨　筑間美江

黄砂（こうさ／くわうさ）

霾（ばい）　霾る（つちふ）　霾ぐもり（よな）　霾天（ばいてん）　黄塵（こうじん）　黄砂降る　黄沙（こうさ）

中国大陸の黄土高原を黄塵万丈となす吹き荒れが偏西風にのって多く九州を中心とした西日本に黄砂となってふりそそぐ。黄砂がくると太陽は光を失い、空は黄褐色となってはてしなく、干物を屋外に出すことも出来ない。時には黄砂の範囲は関東地方にも及ぶ。

玄海に烽（とぶひ）の道や黄沙来る　柴田佐知子
ジンギスカン走りし日より霾れり　有馬朗人
黄砂降り籠にけばだつ白兎　横山房子
霾天や砂漠が抱く月の湖　山田涼子
霾るを憶良の子らは見上げしか　松田紀子
草稿の黄沙指もて払ひけり　花田由子
黄塵の生れ止まざる国に来し　金田志津枝
霾りて鴉の鳴かぬ日なりけり　籘原零子
黄砂ふる子の落書のボンネット　蔵本丈晶
霾や立ちあがりくる兵馬俑　上阪幸恵
騎馬族の商とし眺むつちぐもり　竹中弘明
霾や肉鳥として駝鳥飼ふ　小室風詩
猛獣の檻の目粗し霾くもり　石田阿畏子
霾るやひよこ固まる小屋の隅　田中俊尾
遼太郎逝きてモンゴルより黄砂　柳澤一生
黄砂ふる朝より二杯目のコーヒー　足柄史子
象の背にキリンの首に黄沙降る　石川天虫
つちふるや乗る人のなき観覧車　瀧登喜子
霾や母国語少しづつ忘れ　鈴木きぬ絵
近くして遠き隣国つちふれる　中村まゆみ
放牧の牛の百頭黄沙降る　藤井啓子
トランペット吹けばいよいよ黄沙降る　塩路隆子

春雨（はるさめ）　春の雨　春霖（しゅんりん）

春に降るしっとりした雨である。温暖前線が近づくと、地雨性の雨がしとしと降る。雨粒は小さく、雨量が少ないのが大方であるが、寒冷前線に変れば、時として強い雨になることがある。→春時雨

春雨や蓬をのばす草の道　芭　蕉
春雨やもの書ぬ身のあはれなる　蕪　村
春の雨久しく聞かぬ長恨歌　松田紀子
春の雨やみて雀の水浴びす　松本ヤチヨ
職退いて朝寝の夫や春の雨　國武和子
起きねばの春雨を聞く胸の拳　田村千代子
万葉の恋の碑春の雨　吉田喜美子
春の雨天地無用の荷を濡らす　本多栄次郎
酢の倉の運河引き込む春の雨　今泉かの子
春の雨一葉そよぎて四方明るし　剣持洋子

春時雨（はるしぐれ）　春の驟雨（しゅうう）

春になって降る時雨のこと。冬の時雨と違って明るく、ときとして華やかな趣もある。多くは一過性であるが、春驟雨となればやや強い雨脚ではなかろうか。→春雨

春の驟雨たまたま妻と町にあれば　安住　敦
春しぐれ戦友会に遺児ひとり　松崎　豊
老の恋春の時雨はすぐやみて　草間時彦
凪ならで春のしぐれの竹林　野沢節子
不意に湧く破滅心や春時雨　辰野利彦
春時雨欠たるもあり義士の墓　生田喬也
ＳＬのおまけの汽笛春時雨　柚木治子
春しぐれ悲運の御陵去り難し　関根きみ子

菜種梅雨（なたねづゆ）

菜の花の咲く時期に降る長雨のこと。現在では菜種油を作ることもなくなったので、観賞用や食材としての菜の花ばかりだが、かつては菜種を採った後の殻を積み上げて火を放ったが、この炎上の火が菜殻火であった。

菜種梅雨負け犬去りてわれ佇ちぬ　岸田稚魚
咳こもごも流転身一つ菜種梅雨　目迫秩父
菜種梅雨念仏の膝つめあわせ　桂　信子
うつうつと鬱出られず菜種梅雨　加藤早記子
菜種梅雨針が一本胸の中　石田風女
銭湯の廃業届け菜種梅雨　高杉杜詩花
菜種梅雨星現れてもう消へし　大熊義和
菜種梅雨雲間におとすボールペン　平田　薫

春の雪（はるのゆき）　春雪（しゅんせつ）　春吹雪（はるふぶき）　淡雪（あわゆき）　沫雪（あわゆき）　牡丹雪（ぼたんゆき）　桜隠し

春になって降る雪のこと。春、気温が上昇しての雪は雪片が大きく、牡丹のように見えることから「牡丹雪」ともいう。→雪の果・斑雪・雪（冬）

下町は雨になりけり春の雪　正岡子規
春雪のしばらく降るや海の上　前田普羅
春の雪青菜をゆでてゐたる間も　細見綾子
春雪三日祭の如く過ぎにけり　石田波郷
地階の灯春の雪ふる樹のもとに　中村汀女
逢ふための一歩踏み出す春の雪　清水基吉
大層に考えずとも春の雪　花谷和子
青空が見えて気抜けす春の雪　吉沢紀子
紅をひく鏡の中へ春の雪　豊田喜久子
春の雪吾子の恋人餉に加へ　田中純子
ふりむけばふかぶかと眸が春の雪　及川知子
脳死といふ別れのありぬ春の雪　石原　翠
折鶴の羽折れてより春の雪　東　智恵子
ペンションの早き目覚めや春の雪　嶋村美知子

春の雪身に添ひやすし消えやすし　桑原視草
杉玉の杉匂ひたつ春の雪　岡本芳子
春の雪一茶を語るには足りぬ　佐々木久代
詩なさぬ間に消え失せし春の雪　駒井えつ子
春の雪ふし目節目に人の恩　田村やゐ
春の雪ならば木綿の傘にせむ　中村ひでよ
春の雪天草雛は子を抱けり　鈴木厚子
春の雪二の丸三の丸に舞ふ　雨宮更聞
春雪をのせて一枝の朱ばしれり　赤城さかえ
くづすことも積木の遊び春の雪　土井ゆう子
しづるとき薄墨となる春の雪　岩坂満寿枝
音もなく棹さす舟や春の雪　高橋千枝子
春雪や誰にともなく港の灯　川村静子
業平の墓へ春雪漕ぎゆきて　大東晶子
早春の雪バレリーナ箸使う　岩淵稲花
春雪を歩きつづけて身籠れる　早川きく
淡雪の袋に透ける秤り菓子　伊藤通明
淡雪の舞ふやはらぎを闇に追ふ　深谷雄大
淡雪や京のうつはに京の菓子　岡田文子
淡雪の身ほとりに消え水に消え　西山昌子
美しき夜となしつつ牡丹雪　森　澄雄
ゆつくりと烏丸通り牡丹雪　角川照子
村中の時計のゆるむ牡丹雪　秋本敦子
英霊たちのタラップとなる牡丹雪　栃窪　浩
山川もすこし呆けし牡丹雪　松浦　力
まつすぐやまたまつすぐに牡丹雪　安原楢子

斑雪(はだれ)

斑雪(はだれゆき)　はだら雪　はだら　はだれ野

降りつもった雪がまばらに見えるさまで、ただしくは「はだれ雪」のこと。また、原野山麓などに、まだらに消え残った雪のこともいうので、降るさまの斑雪と、消え残る斑雪があるのである。

↓春の雪

はだれ野や満月をとぶ夕鴉　金尾梅の門
はだれ野に朽ちて簓(ささら)の仏かな　小原啄葉
斑雪嶺や雀尾長も声潤ひ　行木翠葉子
斑雪嶺を仰ぎ応挙の絵を見たり　越智照美

放哉の若狭の寺の斑雪かな　今福心太　斑雪山はるかに鹿が耳立てる　藤森都史子
蒼天に鷹の帆翔斑雪村　佐藤国夫　斑雪野や産着干さるる牧夫寮　丸山美奈子
杜氏帰る斑雪山肌海へ垂れ　安達峰雪　はだれ雪モンマルトルの紅灯に　荒木忠男

雪の果（ゆきのはて）　名残の雪（なごりのゆき）　雪の別れ　別れ雪　忘れ雪　涅槃雪（ねはんゆき）

雪の降りじまいの意である。終雪期はそれぞれの地域や年によって多少の変動はあるが、西日本では三月十日〜二十日頃、東北・北海道では四月から五月半ば頃をいう。名残の雪・雪の別れ・別れ雪には詠嘆の思いが濃い。↓春の雪

大江山うちかがやける雪の果　加藤三七子　陽が射して雪の別れを甘やかす　岩崎法水
天河に追ひつきたりし雪の果　野澤節子　子離れの運否天賦や別れ雪　清治法子
雪の果さくらと呼びしえびの色　伊藤通明　東京のせまき空より忘れ雪　土橋たかを

春の霙（はるのみぞれ）　春霙（はるみぞれ）

春になって降る霙のことである。雨と雪が混じって降るのが霙であるが、春になっても寒気の戻りがあれば春の霙となる。ただ季節が春に移っているので、すぐに晴れてゆくことが多い。↓霙（冬）

もろもろの木に降る春の霙かな　原石鼎　隠れ湯のひとりの昼や春霙　戸田道子

春の霰（はるのあられ）　春霰（はるあられ）　春霰（しゅんさん）

霰は冬季であるが、春の霰は文字通り春になって降る霰のことである。春のはじめの頃であれば

冬季と同じような天文の現象がある。ただ、春という言葉のひびきのなかでは、撥ねる霞には楽しいものがある。↓霞（冬）

春霞やころがり戻る畑の鶏　野村泊月　　源氏香春の霞となりにける　延広禎一
春霞夢引き戻す思ひあり　森　敏子　　身軽さは風の春霞なりしかな　緒方　敬

春の霜（はるのしも）　春霜（しゅんそう）

春になって降る霜のことをいう。「八十八夜の忘れ霜」というように、八十八夜前後まで霜が降ることがある。霜といっても春のことだからすぐに溶けるが茶農家にとっては、この霜は大敵である。↓別れ霜

苗藁をほどく手荒れぬ春の霜　室生犀星　　春の霜レール曲げたる車止　吉村摂護
春の霜鶏に追はれし女の子　伊藤通明　　体重を少し浮かせて春の霜　佐々木久代
絶命の寸前にして春の霜　野見山朱鳥　　道祖神の彫の曖昧春の霜　小林美夜子

別れ霜（わかれじも）　忘れ霜　霜の名残　霜の別れ　霜の果　晩霜（ばんそう）

降霜の終りをいう。だいたい八十八夜前後である。この春遅い時期の霜は茶園（かつては桑畑なども）に大きな損害をもたらすことがある。多くは大陸からの移動性高気圧により夜間の放射冷却によるものである。↓春の霜

情淡き村やことしも別れ霜　百合山羽公　　浮き上がる飛石一つ忘れ霜　内藤千鶴子
搾乳のこぼれし温み別れ霜　星野光二　　忘れ霜モノクロ映画に血の騒ぐ　小池　溢
かわかわと鴉が嗤（わら）ふ別れ霜　宮本径考　　晩霜の予報高原星満つる　杉山鶴子

春の虹（はるのにじ）　初虹（はつにじ）

春になって現れる虹のことである。単に「虹」といえば夏の季語である。初虹は春になって初めての虹で、二十四節気の清明の三候に「虹始めて見る」と書かれている。淡くすぐに消える春の虹であるが趣は深い。↓虹（夏）

奥美濃のなかなか消えぬ春の虹　細見綾子
貧富すべなし春の虹どこからも見ゆ　本多　脩
ほとばしる乳に噎せる子春の虹　小野とみえ
みんなみに根の残りたる春の虹　伊藤通明

春雷（しゅんらい）　春の雷（はるのらい）　初雷（はつらい）　虫出しの雷（むしだしのらい）　虫出し

立春以後の雷をいい、はじめての雷を初雷という。雷は夏に多い気象現象であるが、春雷は夏の雷のように激しくはない。多くは二、三度で終るが、そこに春雷の趣がある。↓雷（夏）

春雷や三代にして芸は成る　中村草田男
あえかなる薔薇撰りをれば春の雷　石田波郷
春雷の出口は海の底なりし　松本ヤチヨ
春雷や人を疎むは己れをも　高倉和子
春の雷人はときどき生き足りて　津根元　潮
春の雷大阪の灯を昏くせり　松村富雄
人体は哀しき器春の雷　鈴木けんじ
春雷に一瞬目覚夢うつつ　太田富美子
春雷や書物の森というコラム　斎藤一也
春雷の舌っ足らずに終りたる　八坂　洵
ふり乱すほどの髪なく春の雷　田村やゑ
春雷や母の掌いつも温かし　岩切恭子
春雷や素彫り能面眼を持たず　松本幹雄
春雷やいのちあらたに厩の灯　東田ただし
不意打の春雷亡夫を連れ去りぬ　生野　雅
春雷の身裡の瑕瑾暴きだす　火村卓造

春雷や闇にとがりし耳幾つ　中澤康人
骸骨の模型がきしみ春の雷　大槻和木
皿の魚の生身に震ふ春の雷　細木芒角星
虫出しの雷厚き唇もてり　堂島一草女

佐保姫（さおひめ・さほひめ）

奈良の佐保山を神格化した女神のことで、春の山野の造化を司るとされている。中国の五行説にもとづくもので、方向を四季に配すると東は春にあたり、秋の竜田姫と対をなしている。春の女神として佐保姫の音感もなつかしい。→龍田姫（秋）

佐保姫の裾にかくるゝ雉子哉　松瀬青々
佐保姫の解きし帯かも虹淡し　橋本榮治
佐保姫の先触れや雨こまやかに　小澤満佐子
佐保姫の海を渡りしのちの恋　栗田恭子

霞（かすみ）　春霞（はるがすみ）　朝霞　夕霞　晩霞　遠霞（とおがすみ）　薄霞　棚霞　霞む

水蒸気が多くなる春には、いたるところに薄雲のようにたちこめてくるのが霞である。霞は昼間のみに使い、夜は「朧」である。→朧

春なれや名もなき山の薄霞　芭蕉
行く人の霞になってしまひけり　正岡子規
われは恋ひきみは晩霞を告げわたる　渡辺白泉
一村に投網かけたる朝霞　高島光陽子
沖霞む龍馬見しもの吾に見えず　西川雅文
かすみけり近江女の面より　加藤三七子
夕霞サラダを街に買ひに出て　依光正樹
雪嶺の霞むといふはやさしかり　平林春子
近江富士かすむ翁の笠ほどに　安田春峰
白波を繰り出してゐる霞かな　きちせ・あや
霞みゐる沖胴長の油槽船　塩川雄三
霞より川現れて甲斐を出づ　神蔵　器

振り返る島を霞の遠くせり　関根きみ子
手放しに霞喰らうて天馬たり　伊藤　格
国分つ大河霞まぬ日とてなし　桜木俊晃
弟と日暮れを立てば鐘霞む　柴崎七重

陽炎（かげろう・かげろふ）　糸遊（いとゆう）　糸子（いとし）　遊糸（ゆうし）　野馬（やば）　かぎろい

あたたかくて風がなく、よく晴れた日、遠くのものがゆらゆらと揺れて見える現象である。太陽によってあたためられた地層から空気が上昇するとその下に濃度の異った空気が入ることによって光線が不規則に屈折し、この気層を通して見る景はゆらいで見える。

丈六にかげろふ高し石の上　芭　蕉
かげろふと字にかくやうにかげろへる　富安風生
かげろふと遊んでゐたる素足かな　酒井裕子
かげらふの向ふの青し母住む町　中嶋秀子
陽炎やおとぎの国の時計台　及川秋美
陽炎の中とは知らず留まりぬ　滝沢汎水
村陽炎ゆがみしものはゆがみおり　鈴木八駛郎
かぎろひの野に石の貌石の尻　竹市悠紗
陽炎や古希の情熱かと思ふ　橋本敏子
陽炎にことばの端が消えてゆく　持永ひろし
することもなく陽炎の中にをり　柘植草風
陽炎の中を田舟のすれちがふ　武田禅次
開拓の道まっすぐに陽炎へる　川村暮秋
かげろふを壊してゆきぬ小学生　瀧沢宏司
かげろひて波より来たり砂丘馬車　古藤みづ絵
さつきまで居りしところの陽炎へり　秋山英子
かげろふに懸け余したる梯子かな　小山森生
かげろうのどこを掴めば兄還る　成清正之
陽炎を科学に括り嫌はるる　金子雄山
かげろえる河岸や釣りては放ちては　鈴木　炯

春陰（しゅんいん）

春の曇りがちの空のようすをいう。やや翳りをおびた語感から主観的な使われ方をすることもある。時期的に「花曇」と重なるが、これは別である。↓花曇

春陰や厳にかへりし海士（あま）が墓　加藤楸邨
春陰の海の底鳴り親不知（おやしらず）　松村蒼石
春陰の国旗の中を妻帰る　中村草田男
春陰や微熱のとれぬ妻の顔　中西　清

花曇（はなぐもり）　養花天（ようかてん）

桜が咲くころの、はっきりしない薄曇りのことをいう。すこし重くるしい気分を誘ったりする。気温はやや高く、花曇りのあとは雨になることがある。↓春陰

花曇かるく一ぜん食べにけり　久保田万太郎
婚礼の家具満載や花曇り　徳久　俊
研ぎ上げし剃刀にほふ花曇　日野草城
花曇橋より低き仁王門　和田八重子
嫁ぎたる日も花曇りなりしかな　津森延世
見知り顔名前浮かばず花曇り　伊藤　徹
半玉の根付の鈴の花曇　高田好子
養花天老母にめしを喰ふちから　たむらちせい
花ぐもり機織る音のねむきこと　杉山青風
縦吊りの鉄骨の宙花曇り　森　洋
花曇をんなの厠混み合へり　佐藤洋子
ホームレスの目覚まし時計花曇　荒井まり子

鳥曇（とりぐもり）　鳥風（とりかぜ）　鳥雲（とりぐも）

春になって渡り鳥が北へ帰ってゆくころの曇り空のこと。また渡り鳥の群れ飛ぶ音が風のように感じられることが「鳥風」で、その時にあらわれる雲が「鳥雲」である。↓鳥帰る

鳥ぐもり子が嫁してあと妻残る　安住　敦
底のなきしづかさにあり鳥曇　石川桂郎
唐招提寺伽藍の布置や鳥曇　森　澄雄
出漁の見送りの浜鳥曇　津森延世
絵付筆壺にいろいろ鳥曇　黒木千代子
歩きつつ人の老いゆく鳥曇り　高橋寛子
鳥ぐもり干潟八方うごき出す　高安正子
墨染を銀座に見たる鳥曇　新井礼子
釈迦の眉うすく彫られて鳥曇　隈元拓夫
テトラポットの太腿ならぶ鳥曇り　国領恭子
駅弁の蓋の飯粒鳥曇り　門前正徳
静脈に薬入りゆく鳥曇　中村里子

リラ冷え（び）　リラの雨

リラ（ライラック）はモクセイ科の落葉木。北国の花で春、枝先に多数の小花が円錐状につき芳香を放つ。この花の咲く頃の冷えを「リラ冷え」と呼び、雨を「リラの雨」という。比較的新しい季語である。↓ライラック

リラ冷えに古りたる町の新聞社　森田　峠
リラ冷えや旅の地酒をすこし酌み　館岡沙織
リラ冷えや双手は己れ抱くことも　柴田佐知子
リラ冷えや歯車見せる置時計　松居萬里子
リラ冷や猫背を写す大鏡　榛谷美枝子
リラ冷や鏡に向かふ馬と騎手　折井眞琴
りら冷や旧姓呼ばれる地下茶房　明才地禮子
リラ冷といふ書き出しの美しき　大沢呑舟

蜃気楼（しんきろう）　海市（かいし）　山市（さんし）　蜃市（しんし）　蜃楼（かいやぐら）　喜見城（きけんじょう）

春や夏、地表や海面近くの温度差によって空気の不均等が生じ、光が異常屈折して、遠くの風景や物体が空中へ浮上する現象をいう。富山湾や天草周辺など、特に出現することで知られている。

蜃気楼沖にも祭あるごとし　鷹羽狩行
ものいはぬ女の佇てり蜃気楼　加藤三七子
うつそみをまぼろしといふ蜃気楼　岡本爽子
海市見せむとかどはかされし子もありき　小林貴子
海市見に子供病院看護婦長　折井眞琴
蜃気楼将棋倒しに消えにけり　三村純也
海鳴りを聞き蜃気楼いまだ見ず　平間眞木子
蜃気楼だんまりの犀あゆみ来る　白澤良子
海市からとしか思へぬ郵便物　仲　寒蟬
尋ね人住む街ならむ海市立つ　島田高志
海市うしろの鏡落ちさうな　柿本多映
列柱の一本欠けし海市かな　水野恒彦
蜃気楼消えてしばらく波さわぐ　吉川康子
人の世の生死なにほど蜃気楼　森久保美子

逃げ水（にげみず／にげみづ）　逃水（にげみず）

日差しが強くなると、地面や草原の遠くがかげろうようにもえたち、ゆらゆらする水たまりのようなものができる。近づいていくと遠ざかり遠ざかりして逃げる。一種の蜃気楼（しんきろう）現象であるが、「東路にありといふなるにげ水のにげのがれてもよをすぐすかな」（『散木奇歌集』）と古歌にも詠まれている。舗装路の多くなった現代、よく晴れた日には、どこにおいても見られる現象である。

逃げ水の逃ぐるを追ひてわが五十路　鷹羽狩行
逃水の果て敦煌の在りにけり　宇咲冬男
逃水や驢馬にて運ぶ壷の水　澤田緑生
逃水や砂漠に貝の化石売　石野冬青
早退の子や逃水の上をゆく　中嶋鬼谷
逃水に入り車の解けてゆく　金子千侍
逃水や一途ときには疎ましき　田代民子
石蹴りし子は逃水のゆるる中　中村ふみ
逃水や追はぬつもりの影を追ふ　佐藤浪子
逃げ水の逃げゆく先や母の国　水野真由美
追ひかけてをれば逃水現はるる　佐藤秋水
逃水の逃げ果せけり日本海　熊谷静石
逃げ水やつひの日まで妻として　須賀一恵
逃げ水の逃げどころなき水の郷　黒坂紫陽子
逃げ水の野にタンク車を突き放す　内田牧人
逃げ水のなだれて海へ落ちにけり　島田たみ子
逃水を太平洋に追ひ落とす　河合　清
逃げ水の中へ中へと郵便夫　鈴木蝶次

春の夕焼（はるのゆうやけ／はるのゆふやけ）

春夕焼

夕焼は四季いずれにも現れるが、春は空中に水蒸気が多く、柔らかい感じでさまざまな色の変化が見られる。単に「夕焼」といえば夏の季語である。↓夕焼（夏）

地に子供春の夕焼母のごとし　三谷　昭
雪山に春の夕焼滝をなす　飯田龍太
レモンティ春夕焼けの消ゆるまで　小林寿子
春夕焼ジャングルジムより子をとり出す　井上真実
縄とびの波の向うに春夕焼　小林蘇美
遊ぶ輪を春夕焼に解かれけり　長島武彦

地　理

春の山(はるのやま)　春山　春嶺(しゅんれい)　弥生山(やよいやま)　春山辺(はるやまべ)

春の山の趣は、木ひとつを見ても芽吹こうとして悪阻(つわ)って来る早春から、木の芽が膨らみ、柔らかな葉を広げてくる晩春までと、その時々によって異なっている。雪解けの山、斑雪山、山野草が芽吹き、萌え始める山、桜や辛夷の花が咲き、霞の棚引く山、風が光り日差しの明るい山、谷々を鳴らして流れる川も水量が増え、小鳥の囀りに満ちる山などと、その姿はさまざまである。春嶺は「しゅんれい」と音訓みをするので聳え立つ山の感じがする。弥生山は旧暦の三月の山であり、春山辺は山菜を摘みに入ったりする仲春以降の山辺の感じが強い。↓山笑う

春の山屍を埋めて空しかり　高浜虚子
犬二頭跳び込んで行く春の山　飯田綾子
春山の色に消えたる箒売　中村苑子
釘打って釘からゆるぶ春の山　坂本ひろし
硯師の一服春の山を見て　森田公司
アンパンの白あん黒あん春の山　今吉忠男
春の山好きなところに並べ置く　加藤かな文
春山に雲を育てて逝きしかな　佐藤映二

山笑う(やまわらう)　笑う山

江戸時代、其諺の著した季寄せである、『滑稽雑談』の解説を訓み下すと、「郭煕の書譜に云ふ、春山淡冶(たんや)にして笑ふが如く」と書かれている。「淡冶」とはあっさりしてなまめかしい様であるが、

「山笑う」という季語はこの文から生まれたものである。明るくなった日差しのもと、山桜が咲き、柔らかな木々の緑につつまれた、生気に満ちあふれた山の姿である。↓春の山・山眠る（冬）

切口の大円盤や山笑ふ　阿波野青畝
山笑ふ二上山は笑はざる　川崎展宏
神隠しありし里山笑ひ初む　青木重行
ワープロは新仮名づかひ山笑ふ　佐藤星雲子
笑ひ皺殖やして山の笑ひけり　林田江美
かるがると死後の約束山笑ふ　竹之内清江
山笑ふうしろの山も笑ふなり　石川静雪
傘寿得て米寿を目ざす山笑ふ　竹下一記
山笑ふ木には戻れぬこけしかな　小林松風
生き死は人の世のこと山笑ふ　半田陽生
一族の真ん中に母山笑う　伊関葉子
山笑ふどこに置いてもきしむ椅子　鈴木さち子
川どれも海へ走れり山笑ふ　久野鈴一
山笑ふあつけらかんと物忘れ　杉山青風
手入良き仏足石や山笑う　脇本良太郎
噴煙の仁王立ちして山笑う　仲丸くら

春の野（はるの）　春野（はるの）　はるぬ　春郊（しゅんこう）

雪が消えはじめ、ものの芽の出始めた早春から蒲公英や紫雲英の花が咲き、土筆が伸び出て、蓬の緑が萌える晩春まで、姿を、趣を変えてゆく野のことである。「春の野にすみれ摘みにと来しわれぞ野をなつかしみ一夜寝にける」という『万葉集』の山部赤人の歌はよく知られているが、やはり摘み草や野遊び、青きを踏むなどと、春の到来を待ちわびていた人の、こころはずむ遊びの場である。「はるぬ」は、『万葉集』で「はるのぬ」・「はるぬ」と読ませてきたことから使われた傍題季語であるが、例句はほとんどない。「春郊」は、春の野原のことである。

↓野遊び

吾も春の野に下り立てば紫に　星野立子
五合庵天にも春野にも近し　落合水尾
春の野を持上（もた）げて伯耆大山を　森　澄雄
傾いてゐるところより春野かな　藤本美和子

焼野（やけの）　焼野原（やけのはら）　焼原（やけはら）　末黒野（すぐろの）　末黒（すぐろ）

早春のころ、放牧する牛馬の飼料となる草、刈り敷きとして田畑に入れる緑肥の草、屋根材とする萱や籬にする萩、日覆いにする芦、食用にする蕨や薇などがよく生長するように、また、冬眠中の害虫やその卵を駆除するために焼いた野である。「末黒野」は、燃えきらずに草木の先が黒く焼け残っている野のことで、薄は背丈もあって目立つから、古歌にも「末黒の薄」と詠まれ、季語ともなっている。→山焼く・野焼く

しののめに小雨降り出す野焼きかな　蕪　村
末黒野のざつと焼きたるところかな　岩尾中正
昼ながら月かゝりゐる焼野かな　原　石鼎
末黒野のはや青みたるひとところ　八木秋水
ぬくみある焼野の径を戻りけり　関根きみ子
末黒野となりぬ一と日を籠るまに　松本田寿子
ひとのため末黒野を行き落膽す　藤田湘子
天界の入口めきて末黒山　関野八千代

春の水（はるのみず）　春水（しゅんすい）　水の春

陶淵明の詩句に「春水四沢に満つ」とあるが、東風の吹き始めた頃からの雪解けの水や春の雨によって渓谷や河川、湖沼、池などの水嵩が増え、谷の水鳴りの音も高まる。明るい日差しを受けて流れる川の瀬音も軽やかになり、湖や沼もまぶしいまでに日のひかりを返して輝く。そんな明るさを纏ったゆたかな春の水である。→水温む・春潮

春水と行くを止むれば流れ去る　山口誓子
しがらみを抜けてふたたび春の水　鷹羽狩行
春の水堰き止められて匂いけり　宇咲冬男
新らしき杭のまはりの春の水　小澤克己
体内もほぼ春水となりにけり　鳥居おさむ
さらさらと音を流して春の水　斉藤友栄
春水の水琴窟（すいきんくつ）の音となる　山下美典
書を蔵す春水の豊かなるがごと　大木格次郎

水温む（みずぬるむ・みづぬるむ）　温む、水

春が立ってしばらくすると、河川や湖沼、池や泉など、暮らしにかかわっている水が、心なしかあたたまってきたように感じる。早春の香りを届けてくれる芹が田溝の水に出てきたり、浅い流れや湖沼、池の水草も芽を吹いて来る。水が温むと鮒や諸子などの魚も動き始め、きらきらと水中に身を輝かせる。水の色も明るくなったように感じられる。→春の水

流れ合うてひとつぬるみや淵も瀬も　千代女
水ぬるむ頃や女のわたし守　蕪村
これよりは恋や事業や水温む　高浜虚子
しなやかな子の蒙古痣（あざ）水温む　佐藤鬼房
逆流をすこしこころみ水温む　上田五千石
一の堰二の堰越えて水温む　森高たかし
水温む紺屋に届く布百反　小林千穂子
八十の童心や水温む　本多栄次郎
店頭にパリの書あふれ水温む　本山卓日子
天井へ鼠戻りて水温む　真山尹
水温む流るるものに歩を合はせ　平手むつ子
日輪をとろりとのせて水ぬるむ　高井瑛子

海明け

一月下旬ごろから北海道オホーツク海沿岸に接岸していた流氷が、彼岸が近づき、南からの風が吹くようになると、きしみながら沖に出て、太平洋の方に流れ去って行く。地球の温暖化によるのか、早い年では、二月終わりに流氷が沖に去ったこともあった。流氷の退去はふつう三月半ばごろからで、四月初めには流氷はなくなり、船舶の航行の可能となる日を「海明け」という。海は明るくなり、小さな漁船もエンジン音を高めて沖合に出て行き、漁港は賑わいを取り戻す。

海明けの海の匂ひの男唄　深谷雄大
海明けが来る搾乳の湯気の中　野々村晃二
種牛の鳴く海明けのオホーツク　佐野農人
海明けや女系三代続きをり　佐藤信子

春の川

春川　春江　春の江

雪解けによって徐々に水嵩の増して来た川はやがて濁流となってくる。寒冷地の川では、川一面に張っていた氷が割れ、氷片を鳴らしながら流れる。仲春も過ぎると、濁りも収まり、川面は日の光を反射してまばゆいばかりに輝く。かつては、山の雪解け水を利用して鉄砲堰を組み、木流しをした。唱歌「春の小川」に詠われている景色が春の川の趣である。晩春、落花を浮かべて流れている川であり、魚や水棲昆虫たちの動きも活発になる。

一桶の藍流しけり春の川　正岡子規
邑よりの濁りをやゝに春の川　上田五千石
春の川水が水押し流れ行く　古屋秀雄
春の川くちやくちやにして鱒掴む　三木多美子
子へ送る手紙のやうな春の川　鈴木　郁
石ひとつひとつに躍り春の川　田中利子

春(はる)の海(うみ)　　春の浜　春の渚(なぎさ)　春の磯(いそ)　春の岬

木枯らしが吹きつのって荒れることの多かった冬の海も、春ともなると穏やかに凪ぐ日が多くなって来る。蕪村の句にあるように、のたりのたりと波ものびやかに伸びて、浜に、渚に寄せては返している。さざ波は麗らかな春の日差しをとらえて、輝きを空に返している明るい海である。魚の動きも活発になり、瀬戸内の海では産卵に集まって来た魚が魚島をなすことがある。ヨットの白帆も目に付くようになり、島巡りの遊船も賑わうようになる。こんな穏やかな海が「春の海」の本意であるが、時には東風が吹いて大時化になったり、春一番、二番などの風に荒れることもある海である。「春の磯」では、磯菜を摘んだり、磯ものと呼ばれる貝を採ったりして、磯遊びを楽しむ。

春の海ひねもすのたりのたりかな　蕪村
家持の妻恋舟か春の海　高浜虚子
春の海竜のおとし子拾ひけり　幸田露伴
春の海四角の黒きもの沈む　山口誓子
シャム猫の眼に春の海二タかけら　鈴木貞雄
子の声の溢るる春の渚かな　原昭二
春の海のたりのたりとサーファー自爆　室生幸太郎
春の海コップの水のごと平　山崎一義

春(はる)の波(なみ)　　春の浪　春濤(しゅんとう)　春怒濤(はるどとう)　春の川波(かわなみ)

穏やかな日差しのもと、砂浜に、磯に、岸に打ち寄せる、ゆったりとした、のびやかな波である。ひたひたと音立てて係留している船に寄せる波も日の光を跳ね返している。湖や沼、大きな池の場合も「春の波」といってよいが、日の光を刻み込んだようにまばゆいさざ波である。「春濤」・

「春怒濤」というと、荒磯や断崖に打ち寄せる、沖からうねって来る大きな波であるが、潮の色は春らしく青く明るい色で、砕けたときの色は白色がまぶしい。「春の川波」も、落花を浮かべ、日をきらめかせながら流れている波である。↓春潮

ひらかなの柔らかさもて春の波　富安風生

人恋へば春の怒濤にふるゝまで　久保美智子

翅たてゝ鴎の乗りし春の浪　鈴木花蓑

島抜けの磯やとどろく春怒濤　田中俊尾

人の世のことばに倦みぬ春の浪　三橋鷹女

春濤の軸巻くごとく駈けり来る　飯尾婦美代

春潮（しゅんちょう）　春の潮（しお）　彼岸潮（ひがんしお）

冬の間の暗かった潮色は、春の日差しに透くように明るくなってくる。日の光を一面に受けて、ありがたいとしか言い表せないように春の潮は沖にまで明るく輝く。彼岸の頃は潮の干満の差が大きく、鳴門海峡や瀬戸内の瀬戸と呼ばれるところでは、大きな渦潮や渦をなした早い潮の流れが見られる。ふだん見られなかった地磯や暗礁が現れたりして、磯の海草や貝を採ったりすることができる。砂浜の広がる外海や湾内では、干潟が広々と現れ、春を待ちわびていた人の潮干狩りの声々に賑わう。鮑や栄螺も解禁になり、春潮に潜る海女の磯笛や磯嘆きを聞き始めるのも、春潮の輝きのなかである。↓春の波・春の水

暁や北斗を浸す春の潮　松瀬青々

恣意（しい）棄てに来し春潮のクリスタル　松本千鶴子

春潮といへば必ず門司を思ふ　高浜虚子

春潮やあとかたもなく夜は去りし　大久保和子

虚空蔵足裏に春の潮満つ　小形さとる

春潮に向けて護符置く海女の小屋　長浜聰子

春の潮わが青春に寮歌あり　和田あきを

春潮と人魚の像と睦み合ふ　天岡宇津彦

潮干潟（しおひがた）　潮干・干潟

春は潮の干満が大きくなり、干潮時には干潟をひろびろとして退く。特に彼岸のころは広い干潟が現れ、潮干狩で賑わう。潮干は干潟の意。かつて干潟は各地にあったが埋立で失われたものも多い。東京湾最奥の三番瀬（千葉県）など残された干潟の保全活動も進められている。↓潮干狩

青天のとつぱづれなり潮干潟　一　茶
足跡へ潮干染み入る傘寿かな　磯部薫子
飢深しコンクリートの崖干潟へ垂る　古沢太穂
夜更かしの身を晒したる潮干潟　白石正人
さて穴にもどるか干潟見つくして　正木ゆう子
このところ距離ある親子潮干潟　杉浦一枝
先生はいつも普段着潮干潟　牧野桂一
こんな日は恋の手ほどき潮干潟　宮　沢子
二人なら歩いて行けた潮干潟　川崎果連
潮干潟八十代の好奇心　小高沙羅

春田（はるた）　春の田　げんげ田　花田

一毛作の田、雪国では秋の刈り入れの終わった田を懇ろに耕している。雪のない地方でも冬耕をして春を待っている。そんな田の雪が解け、春らしく黒々と現れた土に草が柔らかな緑の色を萌え立たせ、肥料がわりに蒔かれた紫雲英（げんげ）が花を咲かせ始めた田である。春の田は、かつては牛馬を使って荒鋤きをしていたが、今では耕転機を入れて田を鋤き返したり、あるいはそんな田に水を張ったりもしている。やがて本格的に田を鋤き、田水を張って畦を塗り、田植え準備に入っていく田である。「花田」とは、まだ早苗を植えていない田のことであるが、紫雲英田のことをいう地方もある。↓苗代・田打

みちのくの伊達の郡の春田かな　富安風生
東京の中の葛西の春田かな　久保田万太郎
春田ゆく人の後ろも大和かな　金丸　保
よろよろと畦のかよへる春田かな　綾部仁喜
げんげ田に息ひそめたる子を捜す　岡原美智子
げんげ田に寝し青春を失へる　田村一翠
紫雲英田のひかり揉み合ふ安曇（あずみ）かな　宮坂秋湖
大利根の水に始まる春田かな　鬼島雄司

苗代（なわしろ／なはしろ）　苗田（なえた）　苗代田（なわしろた）　種案山子（たねかかし）　苗代時（なわしろどき）　苗代寒（なわしろざむ）

早苗を作るために、種籾を下ろして生育させるための田のことである。普通、水の便利のよいところに作った。水を張った苗代田に種選び、種浸しを終えた籾種を蒔くのは八十八夜前後を目処にしている。鳩や雀に折角の籾を食べられないように種案山子を立てたりもする。猫柳の枝などを苗代に挿したり、苗代粥を炊いたりして田の神を祀った。いまでは、田植機によって田植えが行われ、機械植えに適うように育苗温室などで箱苗が作られるようになり、苗代はほとんど作られなくなった。苗代に苗が育つころ、急に冷え込んで遅霜があったりするが、そんな寒さを「苗代寒」という。

↓春田・代田（夏）・田植（夏）

苗代の雨緑なり三坪程　正岡子規
苗代の密生密の密なるもの　山口誓子
幾世継ぐ苗代なれどみづみづし　村上義長
貧なれど野卑にはあらず種案山子　平瀬　元
かはたれの水の閑なす種案山子　古山のぼる
足もとの少し不安気種案山子　小向知枝

春の土（はるのつち）　土恋し・土匂う・土現（あらわ）る

雪国の人々や雪は少なくとも凍てつきの厳しい北国の人々の春を待つ思いは切なるものがある。雪が解けて現れた土に、凍てが緩んで柔らかくなった土に、なによりも春の訪れを感じる。「土恋し」、「土現る」などという傍題季語も雪国や北国にふさわしい。そんな雪国や北国でなくても、暖かな日差しを受けた春の土に親しみを覚え、庭の土作りをして花苗を植えたり、種を蒔いたりする。柔らかな土の感触に、日差しに触れた土の匂いに春を感じ、土いじりも楽しくなる。「土匂ふ」という傍題季語はそんなときに生きる。

鉛筆を落せば立ちぬ春の土　高浜虚子
閼伽（あか）の水撒きて匂はす春の土　松倉ゆずる
太陽へ裏返されて春の土　山崎ひさを
巡礼の踏み固めたる春の土　石山佇牛
手でほぐす土にも春の匂いかな　細木芒角星
仁丹の銀まろび落つ春の土　高橋敦子

春泥（しゅんでい）　春の泥

春のぬかるみのことである。雪や霜、あるいは凍て込んでいた地が暖かくなって解け、ぬかるんで来る。さらに、春の雨が降ったりして、地道や公園の地肌の出ているところなどが泥の道となったり、どろどろになったりして通行に難渋することもある。奈良公園など、鹿がそんなぬかるみを好んで、ぬたを打っていたりする。そんなぬかるみだが、なんとなく春の季的情趣の豊かな季語である。俳誌「宝船」「倦鳥」を主宰した松瀬青々が明治三十年代に季語として定着させた。

塔の前金堂の前春の泥　高浜虚子
春泥を歩く汽笛の鳴る方へ　細見綾子
春泥や馬頭観音つんのめり　山田みづえ
春泥の高野を往たり来たりかな　小形さとる
春泥のもつとも窪むところ照り　山西雅子
春泥の猫叱りつつ洗ひやる　吉田きよ子
春泥の子供洗へば吾子となる　北野ふみ
春泥の靴揃へあり牧の弥撒（ミサ）　太田昌子
春泥の桂馬跳びせし日遠くなる　倍　憲一
春泥や肩に登りし吾子の尻　鈴木五鈴

残雪（ざんせつ）　雪残る　残る雪　日陰雪

冬の間に降り積もった雪が、春になっても解けずに残っているのが残雪である。屋根から下ろされた雪や除雪車の押し寄せた雪、山道や燧道口の吹きだまりになったところでは、相当量の雪が春遅くまで残っていたりする。雪国の、残雪の山々は遠くから見ていると、白銀に輝いているが、近づいて見ると、随分と汚れていたりする。それでも桜や桃、杏の花の上に浮き立つように輝いている遠くの高山の残雪は格別にまばゆい。さまざまに残る雪は、晩春に至るまでその情趣を味わうことができる。陰になった家の裏や山の岩陰、崖の下に残っている雪を、「陰雪」、「日陰雪」ともいう。

↓雪間・雪崩・雪解

木枕のあかや伊吹に残る雪　丈草
伊吹嶽残雪天に離れ去る　山口誓子
一枚の餅のごとくに雪残る　川端茅舎
残雪や河口に出づる北きつね　服部鹿頭矢
残雪といふといへども深かりし　成嶋瓢雨
齢惜しむ残雪の嶺輝けば　大野岳翠
残雪の緊りかげんを歩きけり　黒米満男
合掌の棟の残雪弾け落つ　伊藤紫都子
残雪や鯉おのづから寄り添ひて　佐々木千代恵
残雪や濃い牛乳は噛んで飲む　勝海信子
残雪やアウシュヴィッツの門に立つ　渡部蜩硯
残雪や合掌民家に蚕臭消ゆ　岡部六弥太

雪形（ゆきがた）

春になって、高い山々に降り積もっていた雪が解け、黒い岩肌が現れてくるが、その描き出す模様をさまざまのものの姿に見立てたのが雪形である。雪形は自然暦の一種で、それが現れたことで、代田掻き、種蒔きや田植えの目安としたものである。富士山の農鳥、米山の鯉形、越中僧岳の入道、白馬岳の代馬、鹿島槍ケ岳の獅子と鶴、爺岳の種蒔き爺さん、木曽駒ヶ岳の駒と稗蒔き爺さん、木曽南駒ヶ岳の五人坊主などがよく知られている。

雪形の代馬夜毎沢下る　松田ひろむ
雪形の種撒き爺や鎌を研ぐ　堀越すず子
豪快に晴れ雪形に蝶のあり　瀧澤宏司
雪形の睫が動く五円玉　姉崎蕗子

雪間（ゆきま）

雪のひま　雪の絶間（たえま）　雪間草（ゆきまぐさ）

冬の間、一面に敷き詰めていた雪が、春となった日差しに解けてうすくなる。蕗の薹や芽を吹きはじめた草、地に突き出た石などのあるところは、さらに雪解けが進んで、地肌が現れてくる。この雪のところどころ解けて消えた隙間をいう。雪国の人々にとっては、確かに春の来たことを実感する現象である。こんな雪間に緑を見せて萌え始めた草を「雪間草」という。↓残雪

山鳥の樵を化す雪間かな　支考
手綱解く馬柵の日溜り雪間草　上原律子
紫と雪間の土を見ることも　高浜虚子
太陽に覗かれてゐる雪間かな　細井路子

雪崩（なだれ）

雪なだれ

冬の間の雪崩は、雪の上に積もった新雪が滑り落ちる表層雪崩が多かったが、春になっての雪崩は、底から解けはじめた積雪と地面の間に雪解水が流れて起こる全層雪崩が主となる。積雪一メートルをはるかにこす高山の雪が、暖かな湿った南風に吹き煽られたり、雨が降ったりした後に、山上や山腹から一気に崩れ落ちる現象である。日本海側の地方では「底雪崩」とか「地こすり」と呼んでいる。ときには、雪崩は山腹や山裾の民家にまで崩れて来て、家々を押し倒したり埋めたりするので、雪国の山里では、春の雪崩は恐れられている。↓残雪・雪解

国二つ呼びかひ落す雪崩かな　前田普羅
高きより雪崩れて最上川塞ぐ　山口誓子
蒼穹に雪崩れし谿のなほひゞく　石橋辰之助
天心の月ふるひたる雪崩かな　吉田冬葉
銃声に山は雪崩れて轟けり　なかたに蘭
菜を洗ふ表層雪崩つづきをり　秋本敦子

雪解(ゆきどけ)　雪解(ゆきげ)　雪解水(ゆきげみず)　雪解川(ゆきげがわ)　雪解風(ゆきげかぜ)　雪解光(ゆきげこう)　雪解雫(ゆきげしずく)　雪解野(ゆきげの)

雪国や山岳地帯に降り積もっていた雪が、春となって暖かくなり、解けはじめることである。春めいた日差しや暖かな南からの雪解風、雨によって雪国の、山岳地帯の雪は解けるが、はじめは沢や谷の濁りもなく川の淵なども青く澄んでいる。雪解けが進むと、谷を煽るようにして落ちて来た水は、柔らかくなった土を巻き込んで濁流となり、雪解川はときには洪水を引き起こしたりする。雪解雫は萱屋根に積もった雪からてきてきと雫しているのが似つかわしい。雪解けを促す春の日差しはまぶしく、地に空に雪解けの光がちりばめられたようにはじけている。そんな野原が雪解野である。雨の降った後など、山の残雪から濃い靄が立ったりするが、それが「雪解靄」である。↓残雪・雪しろ

雪どけの音聞いてゐる朝寝かな　几董
雪解けて村一ぱいの子ども哉　一茶
雪解川名山けづる響かな　前田普羅
雪解ける越後の山をさらけだし　齊藤美規
雪解風我が行く先を告げにくる　岡林博茂
雪解川奥の院より札流す　島田高志
父の忌や曠野(こうや)を頒(わか)つ雪解川　宮田和子
山毛欅林のがうがう鳴って雪解急　大下秀子
ひさびさに嫁来るはなし雪解川　米澤勝廣
大山女背の斑光らす雪解水　火村卓造
野の涯の荒き起伏の雪解光　咲間匡
町を走るは叡山の雪解水　久野洋子
雪解沢見て引き返すけもの道　栗原稜歩
空倉(からくら)のまゆの匂ひの雪解かな　中澤康人
稚魚どれも上流に向き雪解光　村岡悠
水甕の周りから雪解けてをり　高橋将夫

雪解水苑を頽ちてほとばしり　成嶋瓢雨
雪解川蚕飼ひの村をゆさぶれり　小林共代
雪解風漁師の声は魚のこゑ　辻　蕗
泰然と山起ち山はみな雪解　清水青風
雪解風熊の罠組む鉄の音　四條五郎
雪解川風は光の翼もつ　永峰久比古
倒れゐし塔婆起こして雪解かな　浜　喜久美
百禽の雪解の杜に来て睦(なじ)む　中條富子
カレーズに満つ天山の雪解水　西村正子

目の奥へ人形のひく雪解光　山本一糸
雪解の痘痕の田面展べにけり　燕昇司正夫
寺の山学校の山雪解風　星野真理子
えぞ大河雪解の濁り押しゆけり　小笠原弘順
高牧の雪解竪琴鳴るごとし　長崎玲子
雪解風ほとけの母を安房に訪ひ　庄司圭吾
雪解川加賀の城下を貫けり　福沢義男
良寛の海の荒立つ雪解風　佐藤なか
雪解風山の娘の婚近き　鈴木玲子

雪(ゆき)しろ　雪汁(ゆきじる)　雪濁り　雪しろ水

山や野原、田畑に積もっていた雪が春の暖かさに解けて流れるもので、ときにはシャーベット状になって流れていたりするのが「雪汁」である。そんな流れが谷に、支流に集まって、水量を、濁りを増しながら本流に合流する。積雪の多い日本海側では洪水となることがあるが、それが「春出水」である。そんな濁流は勢いをつけて海に流れ入り、沖にまで濁りを広げるが、それが「雪濁り」である。↓雪解

かうかうと雪代が目に眠られず　加藤楸邨
雪しろのひかりあまさず昏るるなり　岸田稚魚
雪代の激ちのかかる狐小屋　宮坂静生
立山の雨の雪代山女かな　福島　勲

雪代に座敷わらしが乗っていく　宮　慶一郎
痺れたる唇のままなる雪濁　折井眞琴
雪しろや水あふむけに流れけり　藤岡紫水
雪しろやをとこ先ゆき不透明　高田好子

凍解（いてどけ）　凍解（いてと）く　凍ゆるむ

寒冷地の舗装されていない道路をはじめ、地肌の現れている公園や田畑、湿地帯では、冬の間、地面そのものが凍てついている。そんな大地が春になって、はじめは昼間の凍てがゆるみ、夜にはまた凍てつきという状態を繰り返して、ぬかるみになってゆくのが「凍解」である。厳しい寒さに凍っていた水面の氷が割れて解けるのは、別の季語、「氷解」として扱う。↓氷解

凍解や戸口にしける さん俵　正岡子規
凍てゆるむ落石音や七こだま　加藤知世子
凍解や子の手を引いて父やさし　富安風生
二歳児のなぜなぜ言葉凍解ける　姉崎蕗子

薄氷（うすらひ）　薄氷（うすごおり）　春の氷　残る氷

春めいてきて、もう氷など張ることもないだろうと思っているころ、急に寒さが戻って来て、池や水たまり、雪解け水の残っている田などに、風が吹けば揺れるまでに薄い氷が張ったりすることがある。日が射してくれれば、すぐにでも解けてしまいそうな薄い氷のことである。江戸時代には「薄氷」は、冬の季語であったが、虚子編の『新歳時記』（三省堂刊）から春の部に入れられた。冬の間、池や沼に厚く張っていた氷が解けて薄くなったとはいえ、春に入っても残っているのが、「残る氷」である。

せりせりと薄氷杖のなすままに　山口誓子
薄氷の杭離るるに未練なし　滝　峻石
薄雪を乗せし薄氷銀閣寺　右城暮石
澄みきつて木賊の中の薄氷　水野恒彦
薄氷ひよどり花の如く啼く　飯田龍太
薄氷と水の間の夢ごこち　折井博子
潦（にわたずみ）薄氷しそめ牛受胎　宮坂静生
薄氷の縁よりとけて傾ぎけり　赤澤新子

蕊しべをくの字への字に薄氷　榎田きよ子
大沼の薄氷に月さしにけり　横田あつし
薄氷の草を離るるときの音　鈴木五鈴
君が代のところどころに薄氷　波多江敦子
薄氷を踏みて逆子と言はれたり　塩谷めぐみ
薄氷に鴨のつくりし鴨の道　小野ひさし
にはとりが脚のせてゐる春氷　木内彰志
薄氷や柄杓噛まれて居たりけり　冨谷季代女

氷解（こおりどけ・こほりどけ）

氷解く　氷消ゆ　解氷（かいひょう）　浮氷（うきごおり）

冬の間厚く凍てついていた河川や池、湖沼の氷が、春になってひび割れて解ける現象である。北海道や山岳地帯の湖沼では、ことに厚い氷が張り、スケートや魚の穴釣りをしていたが、そんな氷もとけるだけに、釣りが出来ないことよりも、春の訪れた喜びを感じるほうが大きい。ひび割れて離れた氷が水に、流れに浮き漂っているのが「浮氷」である。↓凍解・流氷

氷とくる水はびいどろながしかな　貞徳
浮氷藻屑の脚を垂れにけり　綾部仁喜
薔薇色の暈して日あり浮氷　鈴木花蓑
解氷の黒竜江の川祭　趙綽

流氷（りゅうひょう・りうひよう）

氷流る　流氷期

「流氷やところ定めずかかり船　鷺水」という句は、江戸時代の作品であるが、この流氷は結氷した川の氷の解けて流れているものである。現在では、流氷というと、一月下旬から三月下旬にかけて、サハリン東沖から南下して北海道オホーツク海沿岸に接岸する流氷群をいう。流氷原はその果てが見渡せないほどに広がり、漁港内にも押し入って来るので、漁船などは陸揚げされている。強い北風が吹きつけると、流氷は軋み、キイキイと不気味な音を立てる。彼岸が近づいて、南からの風が吹くようになると、流氷は沖に出て、太平洋の方に流れ去って行く。流氷の退去は三月終わ

り頃から四月初めが盛んで、船舶の航行が可能となる日を「海明け」という。日の出や月夜の流氷原は見事というより外がなく、よい句材である。近代的な装備をした流氷船も航行し、流氷祭りも行われて賑わっている。↓氷解・幻氷

流氷や宗谷の門波(となみ)荒れやまず　山口誓子
涯しなかりし獄と流氷無音に寝る　古沢太穂
ふかき鎛もちて流氷つながれり　津田清子
夜は子の眼(まなこ)しきつめ流氷期　松澤　昭
統詠群蒼然と昏れともないぬ　宇咲冬男
海豹(あざらし)のひとり遊びや流氷原　杉山鶴子
流氷の明りの届く始発駅　長尾岬月
流氷に注連(しめ)巻き流氷祭かな　石垣軒風子
流氷も吾が骨盤もきしむ頃　鈴木節子
屋根低き番屋閉ざせり流氷期　高橋良子
流氷の揺さぶつてゐる水平線　増田豊子
流氷の哭(な)く夜は聖書読むと言ふ　小枝秀穂女
切つ先を向けて流氷来りけり　佐藤緑芽
流氷の眼下に浮かぶ国境　川村暮秋
流氷の浜の底鳴り人拒む　大塚巌洲
尾白鷲天に流氷きしみ哭く　長谷川史郊
オホーツクや流氷のこゑ遙かより　徳永敬二
流氷へ割り込む大音声(だいおんじょう)の船　久保千鶴子

幻氷(げんぴょう)

北海道オホーツク海沿岸に接岸していた流氷群が、彼岸過ぎ頃になると沖の方に流れはじめて海明けの日が近づいてくる。そんなころ、光の異常屈折によって、沖にある流氷が海の上に浮き上がり、日差しがあるとゆらゆらと陽炎う現象で、いわば、流氷の生み出した蜃気楼である。↓流氷

幻氷や空のさざめきいつ消えし　深谷雄大
幻氷のせまりくる日の座礁船　石原八束
幻氷や貝の鈴鳴る紙鋏　坂井とみ子
幻氷は沖に知床晴れ渡る　安田竜生

生活

渡り漁夫（わたりぎょふ）　漁夫募（つの）る　漁夫来（く）る　ヤン衆来る

春先、北海道のニシン漁の最盛期に、網元にやとわれて北海道へ渡る季節労働者のことをいう。やん衆またはやんしゅともいう。おもに東北の漁村や農村の働き手が、現金収入を得るために北海道へ出向いたという歴史がある。北海道ニシンが記録的な漁獲量をとどめたのは明治三十年代。やん衆が活躍したのもこの時代である。昭和中期以降はニシンの大群が姿を消し、ニシン漁も衰退した。

渡り漁夫荷に一冊の文庫本　近藤一鴻
ポケットに御札縫ひこむ渡り漁夫　田中良次
喉仏のよく動く日や渡り漁夫　古川塔子
オカリナを吹き二代目の渡り漁夫　小平湖
勝浦へ渡り漁夫来る鮪来る　西畑幸子
渡り漁夫携帯電話夜な夜なの　菊池志乃

春闘（しゅんとう）　春季闘争

春季闘争の略。春、企業の行う賃上げにさきがけて、労働組合が賃金引上げのために行う要求闘争のこと。昭和三十年代以来、多くの企業、官公庁などが一丸となって全国的模範で労使交渉を展開している。

春闘のデモ行く声々輸血の刻　赤城さかえ
春闘練るバネ強き椅子夜の仲間　飯島草炎

春闘妥結トランペットに吹き込む息　中島斌雄
来迎図春闘はもう終りなり　星川木葛子
春闘のおのれ励ますビラを書く　延平いくと
後向きに児を負ふ人や春闘旗　小俣幸子

受験（じゅけん）　受験生　受験子　受験期　試験　入学試験　卒業試験　及第　落第　大試験

受験には学期試験、進級試験、卒業試験、及第試験、入学受験などがあるが、たいていは二月下旬から三月の上旬に行われる。それら春の試験を一括していう。幼児期から有名校受験のために過剰な競争に走る風潮を「お受験」というが、これは受験そのものではないので別物と考えるほうがいい。

大試験今終りたる比叡かな　五十嵐播水
試験果つ象は鼻から水噴いて　田口彌生
ゴムの葉にたまりし埃受験終ふ　渡辺満千子
どこよりも厠の温し大試験　国見敏子
大試験父の時計を腕に締む　足立のり子
受験子を待つ学校の大金庫　松村富雄
受験子へ言葉もかけず見送れる　岡安紀元
深呼吸つづけて二つ大試験　八幡里洋
誤字ひとつぶっきらぼうな受験絵馬　松本三千夫
母情より父情のかなし大試験　田島　霽
受験了ふ観音山の日向みち　田中鬼骨
受験生乗せて満員電車かな　おおば水杜
受験子の投石海へくりかへす　太田昌子
落第の机に深く彫りし名よ　行方克巳

卒業（そつぎょう・そつげふ）　卒業生　卒業式　卒業期　卒業証書　卒業歌

卒業のための式典は、各学校とも三月上旬に行われるところが多い。卒業生のひとりひとりに卒業証書が授与される。進級するもの、社会へ出てゆくものと境遇はさまざまだが、学業を終えた安堵感と級友との惜別の念が複雑に交差する。式次第はかつてのように一律ではなく、学校によってさまざまである。

かたまりてなかなか散らぬ卒業子　由利雪二
卒業の真顔災禍の校庭に　池田啓三
卒業の盲学生ら握手せり　小室風詩
廃校式次に控へて卒業す　藤田美智子
演劇にかけし青春卒業す　山崎和代
馬の目を念入りに拭き卒業す　折井眞琴
卒業歌沖に真白き船一つ　濱永育治
直角に曲り卒業証書受く　真下耕月
思い出を紙筒に入れ卒業す　斉藤浩美
学帽を天に投げ上げ卒業す　上崎暮潮
群鴎卒業航海挙手に発つ　西村梛子
卒業歌八雲の裔を師と仰ぎ　長谷川史郊
雪国の海きらきらと卒業す　高木弘子
卒業の少女に日射す父母の墓　服部ますみ
いびつなる自画像残し卒業す　河合澄子
校長と初めて握手卒業す　赤澤新子
母の手に明るく育ち卒業す　岩川みえ女
空気まで持ち去りしごと卒業す　江川由紀子
父の声もちし吾子なり卒業歌　小川廣男
遠き日の共に泣きたる卒業歌　原田和子
卒業生らしきが掃きし校舎裏　加藤正尚
木を植ゑて風桃色に卒業す　小嶋治子
裏山に巣箱を掛けて卒業す　原口洋子
卒業の子が拾ひ集めし言葉　太郎良昌子
卒業す以下同文の一人とし　大久保白村
茶髪の子髪かきあげて卒業式　大谷美入
こころざしアフリカにあり卒業す　大島たけし
卒業の日の下駄箱を閉める音　長島富郎

春休（はるやすみ）

日本の各学校の新学期は四月なので、学年末から新学期までのあいだを春休み休暇とする。夏休み、冬休みとちがい、学年が終わったという解放感と、新学年への期待をあじわう休暇となる。

青かりし鴉の卵春休　山田みづえ
縄跳びの縄びゅんびゅんと春休　湯沢千代子
くちぼそを捕り少年の春休み　平手むつ子
撒水のしぶき虹なす春休み　鈴木智子
春休み木乃伊（みいら）纏ひし裂に砂　田口彌生
父の纜発止と受けて春休み　斎藤節子

入学（にゅうがく・にふがく）　入学式　入学児　新入生　一年生　入園　進学

新学期を迎える各学校では、四月上旬にあたらしく一年生が入ってくる。ことに小学一年生が、小さいからだに緊張と不安と期待をみなぎらせて父母によりそっているすがたは愛らしく、ほほえましい。中学や高校で制服がある場合、まだ身にそぐわない感じでいかにも新入生という雰囲気がただよう。

鉛筆に残る歯のあと合格す　吉野トシ子
とんとんと二階を降りて合格子　豊田八重子
進学生襟足青く上京す　篠宮信子
腕白のズボンずり上げ進級す　小県一雄
入学式の真中何か落ちる音　衣斐ちづ子
聞かん坊入学前途多難なり　桑垣あづさ
夭折のさだめと知らず入学す　秋山卓三
空色は男の色よ新学期　田島秀子
大梯子掛け入学者発表す　佐伯哲草
入学やはじめて手にす定期券　村上桂月
父の意に添はぬ学部に入学す　小堀弘恵
牧の子は藁のにほひや入学す　稲生正子
出迎への校旗が波止に新教師　星野秀則
頬燃えて立つ壇上の新教師　田中俊尾

遠足（えんそく）

古代、踏青や野遊びのように春の野にでかける風習があった。現代も、幼稚園、小学校、中学校などでは、新学期がはじまり、あたらしい環境に慣れたころ、一同で戸外にでかけてゆく。当節では、春の遠足、秋の運動会という代表的な学校行事を季節を特定せずに行うところもふえているが、慣例として俳句ではこれを春の季語としている。

遠足の列大丸の中とおる　田川飛旅子
遠足の子にどつしりと馬老いて　曽根原幾子
遠足の渦ガウディの螺旋より　石﨑多寿子
遠足やひとり唄へばみな唄ふ　今津貴尉
校門を出て遠足の列膨る　鈴木夢亭
診断書書く遠足に行けますと　平野仲一
岩角で割る遠足の茹で卵　山崎ひさを
海見えてより遠足の海の歌　川原つう
遠足の輪唱に森ふくれけり　真田清見
屈ませて遠足の子の数かぞふ　田中はな

花衣（はなごろも）　花見衣　花見小袖

花見にでかけるときに着る衣装のこと。かつては花見のための晴れ着や小袖があったのだが、〈花衣ぬぐやまつはる紐いろ〳〵　杉田久女〉が知られるようになってからは、花見のときに着ていた和服をさしていうことが多くなった。

花衣ぬぐやまつはる紐いろ〳〵　杉田久女
風聞をたたみ込んだる花ごろも　谷口亜岐夫
花衣たたみ終へたる日の重さ　吉野のぶ子
花衣たたむ恋せし日のごとく　中村初枝
花衣脱ぎて夜勤の看護婦に　阿久津渓音子
嬉野の雨を拒まず花衣　松村幸子

花衣たたむ座敷に風入れて　上住和子
花衣脱ぐもう一枚のはなごろも　木村せゑじ

春服（しゅんぷく）　春の服　春装（しゅんそう）　春コート　春セーター　春手套（はるしゅとう）

春になって着る服のこと。春めいてくると、いつしか冬の重い防寒用の装いを脱ぎ、春の服を着るために、街をゆく人たちの装いが軽くなり、街が明るくなる。かつては「スプリングコート」と称する春のコートや「春手袋」などが女性の春の装いとして定着していたが、いつしかこれらの言葉も聞かれなくなった。なお「春着」というと新年の晴れ着となる。

春装に真間の継橋踰（こ）えゆけり　大野林火
春服の声も化粧ひてゐたりけり　田口一男
春服疲れし訥々の弁黒瞳澄み　赤城さかえ
春の服着てもとりのこされてゐる　津高里永子
抱きあげて吾子の春装やはらかく　能村研三
河原に干す釦の取れし春の服　松本美代子
春服や武家町深く鴎来る　大峯あきら
春衣直しあひして修業僧　清水教子
ト音記号踊ってゐるよ春の服　小沢比呂子
春服やバスの車体の漫画文字　小高沙羅

春袷（はるあわせ／はるあはせ）

裏地をつけた着物が袷。秋から春にかけて袷を着るが、とくに春になって着る袷を春袷という。冬季、羽織やコートでおおわれていた着物が、春になって目立つようになる。色柄も春らしく、心身ともに軽く明るい感じになる。

そよそよと生きて来しなり春袷　山田みづえ
母ならぬ身に紐強く春袷　井上　雪

春（はる）ショール

春季用のショールのこと。防寒や塵よけのためではなく、ファッションとしてもちいることが多い。そのため、素材もレースや絹、薄地ウールなどが珍重される。

幕間の席にたたまれ春ショール　鈴木寿美子
橋の無き数寄屋橋行く春ショール　鈴木智子

春日傘（はるひがさ）

春の日差しは意外につよく、まぶしいもの。日傘は夏のものだが、春にもちいるものを春日傘という。実用ばかりでなく、おしゃれにもちいることもある。↓日傘（夏）

水郷の水の暗さよ春日傘　柳澤和子
浜の名が好きで来し海春日傘　藤田信子
三四郎池のほとりの春日傘　南　桂介
落柿舎より去来の墓へ春日傘　倉田武夫

花菜漬（はななづけ）　菜の花漬

アブラナの花のつぼみを摘みとって塩漬けにしたもの。京名物として知られた春の漬物の一つである。花の黄色と花の香りがいかにも春らしく、炊きたてのご飯にもお茶漬けにも酒の肴にもよく合う。

花菜漬二人住まいの石軽く　大月さかゑ
板前のまかなひ飯の花菜漬　鈴木智子

桜漬（さくらづけ）　花漬　桜湯

七分咲きの八重桜を梅白酢と塩で漬けたもの。一輪二輪に熱湯を注ぎ飲用する。湯の中の花びらが大きく開き、いい香りがする。結納や婚礼など、慶事の席にこれを出す風習が残っている。

止みそうな雨あがらずよ桜漬　岸田稚魚　　桜湯やみんないい顔して撮らる　黄川田美千穂

飲みほしてよりさくら湯のにほひけり　後藤兼志　　桜湯や隣の彼のぎごちなく　工藤眞智子

蕗味噌（ふきみそ）

蕗のとうを練り込んだなめ味噌のこと。早春、まだ雪が残っているような野の日だまりに蕗のとうが芽をもたげてくる。その蕗のとうを茹で、水にさらして細かく刻む。これを赤味噌、みりん、砂糖とともにとろ火で練りあげる。蕗のとうの苦みが野趣に富んだ早春の風味をかもす。酒肴としても好まれている。↓蕗

蕗味噌や夫逝きてわれ死に易き　武居愛　　蕗味噌の焦げ弟の忌と思ふ　角野良生

木の芽和（きのめあえ／きのめあへ）　山椒和（さんしょうあえ）　木の芽味噌　山椒味噌　木の芽漬

この木の芽とは、山椒の木の芽のこと。木の芽をすり鉢ですって、味噌、みりん、砂糖、だしなどとともに練り、季節の野菜や魚介の茹でたものを和える。木の芽の香りと、あざやかなみどりが食膳に春の季節感をただよわせる。↓山椒の芽

木の芽和へ女楽しむ事多き　及川貞　　アパートがつひの棲家か木の芽和　鈴木真砂女

木の芽食うべ六腑も青き出羽の旅　堀口星眠
五時間の時差ある夫婦木の芽和　小高沙羅
鞍馬への雨やはらかし木の芽和　鈴木道子
下の子の父の背越えし木の芽和　小平湖

田楽（でんがく）　木の芽田楽　田楽豆腐　田楽焼　田楽刺

木の芽田楽、田楽豆腐のことをいう。短冊に切った豆腐を串にさして焼き、調味した味噌を塗る。この味噌に山椒の木の芽をすりこむ。味噌は好みで白味噌にしたり、赤味噌にしたりさまざまである。豆腐だけでなく、里いもやこんにゃくに味噌を塗った田楽もあるが、春の田楽といえば、木の芽味噌をもちいた豆腐田楽をさす。

ご城下の豆腐田楽二本差し　田部黙蛙
田楽の匂ひが先に届きけり　山本圭子

青饅（あおぬた／あをぬた）

春の野菜と魚介類を酢味噌で和えたもの。好みで酢味噌にからしを入れることもある。魚介は地域によってさまざまだが、おもに貝のむき身、イカなどをつかう。海に遠い山間ではタニシをもちいるところもある。

青饅や雨ともならず夜の曇り　大野林火
青饅を好きの嫌ひの三世代　太田貞雄
青饅や志野の器の紅さして　松田ひろむ
青饅や母の好みは父好み　丸山美智子

蜆汁（しじみじる）

蜆は四季を通してあるが、もっとも美味だといわれる瀬田蜆の旬は春。この蜆を汁の具にしたものが蜆汁である。かつては、暮らしているところの川や湖でとれた蜆を朝の味噌汁に入れるというほどに庶民的で身近かであった。現在、食用となっているものの多くは大和蜆で、こちらの句は冬。これは寒蜆と呼ばれている。↓蜆

喪の明けて更に淋しや蜆汁　古川淳子
金婚も常のごと過ぐ蜆汁　石野冬青

蒸鰈（むしがれい／むしがれひ）　柳むし　柳むしがれい

ヤナギカレイ〈柳虫鰈〉を蒸して陰干しにしたもの。蒸鰈にしたヤナギカレイは笹鰈とも若狭鰈ともよばれ、福井県若狭湾の名産品として知られる。身が薄く、透明なのが上等。〈若狭には仏多くて蒸鰈　森澄雄〉〈蒸鰈焼くまでの骨透きにけり　草間時彦〉は、蒸鰈のことをよく伝えた句。くせのない淡泊な味で、ご飯にも酒肴にも喜ばれる一品である。

若狭には仏多くて蒸鰈　森　澄雄
骨離れよき蒸鰈むしりをり　佐々木久代
暮れ切つてよりの集ひや蒸鰈　小林貴子
蒸鰈海よりも陸さきに昏れ　児玉輝代

干鰈（ほしがれい／ほしがれひ）

乾鰈とも書く。鰈のはらを抜き、日に干したもので、骨が透き通って見える。さっと炙って食べる。また瀬戸内海に沿った地域に、短時間日に干すでびら（手平）と呼ばれる干鰈もある。これは焼いたものを槌でたたき、骨と身を離す。さっぱりした春の味覚である。

古き津の軒重なれり干鰈　佐野美智
干鰈眼窩（がんか）に涙せしあとか　山中蛍火

白子干（しらすぼし）　白子　ちりめんじゃこ　ちりめん

ちりめんじゃこのこと。鰯の稚魚を干したもの、蒸して干したものもある。大根おろしに添えて醤油で食べるのが一般的な食べ方。さっぱりしていて栄養価も高く、親しみやすい食品である。

旅先の暮らしのにほひ白子干　成瀬靖子

白子干火の島の海かがやきて　長友砂峰

目刺（めざし）　頬刺（ほほざし）

鰯の目に藁や竹串をとおして干物にしたもの。一連に五、六尾の鰯がならぶ。頬のエラに刺したものは頬刺というが、当節の塩乾物売場などでは、どちらも目刺と呼んでいるようである。鰯の種類や干し加減で味もいろいろ。なかには高級品もある。〈山越へし藁まだ青き新目刺　福田甲子雄〉は、山国の人々にもなじみ深い製品であることをうかがわせる句。

ひとつづつ目刺を解き三鬼の忌　福島　勲

旅人に浜の土産屋目刺焼く　斉藤友栄

目刺買ふ漢の素顔見られゐて　小川玉泉

目刺より抜く一本の強き藁　大牧　広

干鱈（ひだら）　干楤（ほしだら）　乾鱈（ほしだら）　棒鱈（ぼうだら）

塩をしたスケソウダラを干したもの。さっと炙り、割いて食べる。マダラを干したものが棒鱈。米のとぎ汁や水につけて戻し、野菜とともに煮たり、甘露煮にしたりする。昔から、鮮魚の入りにくい山間部などで珍重された塩乾製品の一つである。

棒鱈の棒のいよいよ世紀末　宮坂静生

わが血筋処世にうとく干鱈噛む　小倉英男

沖よりの金星鱈の干しあがり　岡澤康司
棒鱈や下戸の夫と下戸の妻　近藤昌子

壺焼（つぼやき）　焼栄螺（やきさざえ）

春が旬であるサザエを、殻のまま直火でやいたもの。捕ったばかりのサザエを、磯で焼いて食べるような野趣にみちたものから、身をいったん抜きとって刻み、ミツバやギンナンなどを調味料とともにふたたび殻に入れて焼いたものまで、いずれも磯の香りのする春の一品。

壺焼やいの一番の隅の客　石田波郷
壺焼や止むけしきなき雨の中　日美清史

鶯餅（うぐいすもち・うぐひすもち）

餅や求肥であんをつつみ、鶯を連想させる青きな粉をまぶした和菓子で、かたちも鶯に似せている。江戸時代から春の菓子舗に出ていたとのこと。〈街の雨鶯餅がもう出たか　富安風生〉にあるように、その色、形、鶯餅という名などが春のおとずれを感じさせる餅菓子である。

うち伏して鶯餅の息づけり　福地記代
鶯餅空気のやうな粉食うべ　新谷ひろし
鶯餅箱に片寄る雨の午後　本田恵美子
手をそえてうぐいす餅の粉こぼし　白石清江

蕨餅（わらびもち）

秋に蕨の根茎からとった澱粉をもち米とともにかため、きな粉、蜜などをまぶして食べる。市販の蕨粉で簡単に自宅でできる。

奈良坂の割箸しろし蕨餅　田島和生
青によし奈良の都の蕨餅　天谷　敦

草餅（くさもち）　蓬餅（よもぎもち）　草の餅　母子餅（ははこもち）　草団子

早春の野の蓬を摘み、茹でる。水でさらし、細かく刻み、蒸した上新粉にまぜ、あんをつつむ。また、餅をつくときに刻んだ蓬を入れ、あんをつつんだものもある。これは蓬餅の名で親しまれている。葉が五、六枚出たくらいの蓬がやわらかく、香りもよい。

蓬餅供へ言ひ訳してしまふ　高瀬恵子
朝市の農婦の皺や草の餅　梶原敏子
草餅屋金子みすゞの詩集売る　高松早基子
航海に持たせて太き蓬餅　田代キミ子
出来立ての草餅を掌に室生口　佐藤映二
蓬餅一つ残りし末子かな　松浦　力

桜餅（さくらもち）

あんの入った桜色の餅菓子を塩漬けした桜の葉でつつんだ和菓子のこと。地域によって製法にちがいがある。小麦粉を溶き、鉄板で焼きあんをつつむのが関東風、道明寺粉を蒸してあんをつつむのが関西風。いずれも淡いピンクで色付けをする。代表的な春の和菓子。

結ばずに使う風呂敷さくら餅　青木規子
立ちさうでたたぬ茶柱さくら餅　丸井巴水
座る位置変えてもひとり桜餅　山﨑禎子
いましがたまでの雨音桜餅　福井隆子
ふと触れし女湿りの桜餅　小澤克己
桜餅そろそろ樋を直さねば　水野李村
ご城下へまいにち買ひに桜餅　神戸秀子
さくら餅幸分つごと手渡しぬ　渡辺立男

菱餅（ひしもち）

雛祭の雛段にそなえる菱形の餅で、現在では白、緑、紅の三色のものを重ねて盛る。ところによっては五色のところもある。「雛あられ」とともに雛段に供える菓子として親しまれている。↓雛

菱餅のひし形は誰が思ひなる　細見綾子

菱餅やまつわることももう少し　松田ひろむ

菱餅や今日の練習逆あがり　能美澄江

菱餅のその色も織り絹の村　守屋明俊

菱餅の角の崩るる夜の雨　小泉義重

菱餅の対角線に妻と我　田口一男

椿餅（つばきもち）

上新粉を蒸し、あんをつつむ。これを艶のよい椿の葉二枚ではさむ。春の和菓子としては草餅や桜餅のほうに人気が集まるようだが、菓子の歴史としては、椿餅がもっとも古い。

うすうすと海の艶くる椿餅　宮本つる子

中年の恋占いに椿餅　倉本　岬

菜飯（なめし）

大根葉や小松菜など、緑のあざやかな菜の刻んだものをご飯に炊き込む方法と、炊き上げた御飯に刻んだ菜を混ぜる方法がある。いずれもうすい塩味をきかせる。もともとは米を節約するための糅飯（かてめし）（まぜめし）の一つであった。現在では春の風味を味わう飯になっている。

夫の留守一人の昼餉（ひるげ）菜飯かな　鈴木久子

菜飯あらばなにもいらぬという男　工藤眞智子

白酒（しろざけ）

もち米を蒸し、こうじ、しょうちゅう、清酒を混ぜて数日おき、みりんを加えて臼でひく。白く濁ってとろりとしており、舌ざわりもこってりしている。古くはこれを飲むと邪気はらいになるといわれていたものが、いつのころからか、雛の日に雛段に供える酒となった。↓雛

白酒を紐のごとくにつがれけり　高浜虚子

白酒を飲む傍に地酒置き　岡安仁義

数の子製す（かずのこせいす）　数の子干す　新数の子

ニシンから卵巣を取り出し、塩水にひたす。幾度も水を替えると、数の子はふっくらとして独特の色艶を出す。これを干す。この作業は三月、ニシン漁の最盛期におこなわれる。↓鰊

鴎は輪を描き数の子を干す日和　菅原風舟

数の子を抜くやひかりの粒あふれ　角谷昌子

春の灯（はるのひ）　春燈（しゅんとう）　春ともし　春の燭（しょく）

おぼろの春、灯までがうるんでみえる。実際に灯が他季にくらべて特別だというのではなく、あくまで春の艶冶な情感を灯に託したもの。「燈」は「灯」の旧漢字だが、「春灯」は「春燈」と書いた方がよいと説く人もいる。

春燈やはなのごとくに嬰のなみだ　飯田蛇笏

近松の遊びし茶屋の春灯　山本圭子

春の燈や女は持たぬ喉佛　日野草城

春灯祇園は道へ零れけり　金田志津枝

春の灯の届くポストを覗きけり　安済久美子

春灯や「ほ」の席で見る橋之助　長戸弥知香

春の炉（はるのろ）

春炉（はるろ）　春囲炉裏　炉塞（ろふさぎ）　炉の名残　炉蓋（ろぶた）　春暖炉（はるだんろ）

春になってなおつかう炉のことをいう。冬の炉ほどに強い火を焚きつづけるというのではないのだが、寒さのきびしい地域や山岳地帯では、春になってもまだ炉を塞がずに夜など火を焚くことがある。↓炉（冬）

春の炉に焚く松かさのにほひけり　藤岡筑邨
炉を閉ぢてよりの山野に親しめり　山口苔石
波飛沫かぶりきし身を春の炉に　久保美智子
ははの座の空いてしまひし炉を塞ぐ　馬場修子

春炬燵（はるごたつ）

春の炬燵

春になってもまだかたづけずに出してある炬燵のこと。春になって昼間は暖かくても、夜になると膝のあたりに寒さが残るような時季の炬燵のことで、冬の炬燵にはない情趣がある。↓炬燵（冬）

新聞をひろげつぱなし春炬燵　川崎展宏
肩書きの一つ落ちたり春炬燵　吉田　修
そばに置く鳥類図鑑春炬燵　松村陽子
春炬燵母の涙を見てしまふ　平間眞木子
春炬燵つよき女のやつれし背　大前　博
春炬燵たたみて未練残りけり　白石台水
春炬燵またはじめから桃太郎　吉田花宰相
ひつそりと母をあたため春炬燵　岡崎桂子
春炬燵湯気の赤子を裏返す　塚原いま乃
山地図を展（ひら）きしままの春炬燵　本郷をさむ
春炬燵出だし書出し出てこない　増田豊子
人形も茶話の一人や春炬燵　石川　幸

春火鉢（はるひばち）　春火桶

春になっても夜など寒い日がつづくようなとき、火鉢に手をかざすようなことがある。そんな火鉢のことを春火鉢という。↓火鉢（冬）

男来て声をつつしむ春火鉢　廣瀬直人
春火桶置いて昇殿控への間　吉田槻水
唐子の絵踊りだしたる春火鉢　工藤眞智子
毛氈の上に置かれて春火鉢　岩本栄子

炬燵塞ぐ（こたつふさぐ）　炬燵の名残

暖かくなって、使わなくなった炬燵をかたづけること。やぐら炬燵のやぐらをとりのけたり、堀炬燵を畳で塞いだりすると、急に部屋が広々と感じられる。炉を塞ぐことを「炉塞ぎ」という。

伊香保呂の湯湿り炬燵塞ぎけり　久米三汀
福だるま見下ろす炬燵塞ぎけり　津高里永子

暖炉納む（だんろおさむ／だんろをさむ）　暖炉外す　ストーブ除く

春になり、用のなくなった暖炉、ストーブなどを納戸や物置に納めること。北国や、山間部では、苗代寒のころまで暖房具を出しているところもある。

売り急ぐ館の暖炉納めけり　田中良次
明日こそ暖炉納むと寝（いね）にけり　工藤眞智子

厩出し（うまやだし）　まやだし

春になり、冬のあいだ外に出すことのなかった牛や馬を厩から外に出す。牛馬を外気にふれさせ、厩の敷藁をあたらしいものに替える。ただし、牛馬による耕作の少なくなった現今、一般農家でこのようなことを見ることもなくなった。

厩出しの大きかりける馬の顔　森田　峠
南無妙の声が尻うつ厩出し　福田甲子雄
足元に消ゆる地霧や厩出し　中島畦雨
厩出し九重も阿蘇も隣り組　倉田凡人

北窓開く（きたまどひらく）

冬のあいだ、寒い北風をふせぐために北に面した窓を閉めきりにしたり、カーテンを張りめぐらせたりする。さらに外側からむしろやビニールでおおうこともある。春になり、あたたかくなり、その北窓を開けることをいう。↓北窓塞ぐ（冬）

北窓を開く誰かに会ふやうに　今井杏太郎
北窓を開きて鍋の湯気を浴ぶ　金丸孝子
北窓を開き南の窓磨く　岸　洋子
文鎮の重さ北窓開きけり　能美澄江
北窓開くおまえとは別れたい　如月真菜
北窓を開けておもしろ子育期　古川塔子

目貼剝ぐ（めばりはぐ）

冬の隙間風をさけるために、建具や壁の隙間に目貼りをする。あたたかくなって、その目貼りを剝ぐことをいう。かつての木造住宅は気密性に乏しく、思わぬところから冷たい隙間風が吹き込むことがおおかった。↓目貼（冬）

目貼剝ぐ空のひろさに歌ふ子よ　豊山千蔭
目貼剝ぐ潮風などもあてにして　大津幸奈
羽黒権現真正面の目貼剝ぐ　粕谷容子
肩こりの癒えし思ひや目張剝ぐ　近衛節子

雪囲とる　雪垣解く　雪除とる　冬構解く　雪吊解く

降雪地帯では、家屋、駅舎などをそと側からむしろでおおい囲んで、雪害や吹雪からまもる。春になり、雪が降らなくなってから、その囲いを取ることをいう。家屋だけでなく、墓などの雪囲もとる。→雪囲（冬）

雪囲除れし仏間に日本海　木村蕪城
雪囲い解くや風巻く父の家　伊藤登久子
雪囲い解く寺山に入るかな　岡村千恵子
雪囲解かれし枝のはねかへる　太田貞雄

雪割　雪切

北国では、春になっても街路や道路の根雪が解けず、凍ったままでいつまでも残っていることがある。その雪を割って、捨てにゆくことをいう。いずれは解けるものだが、すこしでも早く土を見たいという春を待つ気分のあふれた作業である。

雪割りて真青な笹をひらめかす　加藤楸邨
朝より陽の射す庭の雪を割る　敦賀皓子
唇紅き女雪割る街に住み　沢木欣一
雪割りの手ごころ花の芽のあり処　佐原トシ
路地裏で母の雪割頓挫せり　安西篤
雪割の人寄せつけぬ父の背ナ　小沢比呂子

屋根替　葺替　屋根葺く

まだ民家の屋根が茅葺きであったころ、屋根替は家をまもるものにとっての大仕事であった。茅の調達、職人の手配など、出費もかさみ、一代一度の行事だといわれたほどである。専門職人にたのみ、屋根の茅を葺き替える。期間は春の農閑期にするところがおおかった。現在では、特殊な建物以外でこれを見ることは少なくなった。

屋根替の上下の声を鳥よぎる　松田都青

葺替の萱屑踏みて詣でけり　秋山英子

垣繕う（かきつくろう／かきつくろふ）　垣手入れ

生垣、板垣、竹垣、柴垣などが、風雪で荒れる。板がめくれたり、縄が朽ちたりした垣を繕うことをいう。

垣繕いおりぬ巨きな人なりし　山中蛍火

牛飼に嫁来る垣を繕ひし　菊池志乃

寂庵の繕はれたる垣根かな　太田貞雄

きりきりと麻緒匂はせ垣繕ふ　脇本千鶴子

麦踏（むぎふみ）　麦を踏む

稲の取入れをすませたあとの田に麦を蒔く。その麦の芽が伸びてくるころに霜が降り、麦の根が土から浮く。それを押さえ込み、茎を強くして分けつをうながすために麦の芽を踏む。現在では、畝を立てずに麦を蒔くので、麦踏みも専用のローラーを用いている。稲の裏作に麦をつくっていたころ、懐手に頬かむりをしてたんねんに足で踏んでいた姿も、いまでは郷愁のなかの風景となった。

↓青麦

麦踏やみんな独りになつてゆく　田川飛旅子

折り返すとき背をのばし麦を踏む　上木輝子

麦踏みしばかりの乱れありにけり　佐山けさ子

宅地並課税の畑に麦を踏む　瀬上　實

石を切る山の光りて麦を踏む　安藤　節

麦を踏む比良八荒へ身を晒し　清水志郎

麦踏むや主義も主張も持たずして　野村　由
麦踏みて足裏やさしくなりにけり　沢田まさみ

野焼く（のやく）

野焼　野火　草焼く　堤焼く

冬が去り、野の風がおだやかになるころ、野の枯草を焼き払うために野に火を放つ。害虫の卵や幼虫を退治し、あたらしい青草が生えるように、これを行う。野火ともいう。焼いたあとの黒い野を焼野、末黒野という。↓焼野

古き世の火の色うごく野焼かな　飯田蛇笏
吾が髪もかく燃ゆるべし野火熾ん（さかん）　長谷川秋子
ほのぼのとアイヌコタンの遠き野火　内田圭介
閘門（こうもん）に待つ一隻や土堤を焼く　脇本良太郎
野火消えて消えざるものの胸にあり　真木礼子
安土より火の手のあがる野焼かな　後藤兼志
国盗りのさまにひろがり野焼きの炎　三島敏恵
阿弥陀岳畦火の上にゆらぎをり　小口理市
野を焼いて神話の端を焦しおり　石井直子
眼のごとく石乾きをり野火のあと　新谷ひろし
残さるることを怖れて野火走る　露木まもる
激しければ透明となる野焼の火　向山文子
子のなみだいつしか野火のゆきわたり　依光正樹
剣豪の勢い偲ぶ野火猛る　磯野充伯
野火はみな救世観音へ向かひけり　九鬼あきゑ
曲り家に馬ゐて野火に嘶けり　佐々木北闘
ふるさとの起伏のすべて野火が知る　中村正幸
浮き出でし閘門の錆野火猛る　斉藤輝子
朽舟を飲みこむ野火の速さかな　堀井より子
猛ける野火仏の千手けむるかな　兵庫池人
野火を見し夜のまな板の傷無数　寺島敦子
野火を背に男黙せり遠筑波　大野岳翠
野火這うて芦は水面へ倒れゆく　浅倉里水
野火走る己れのあげし煙追ひ　瀧　登喜子
野火の舌横道に逸れ叩かるる　田村睦代
野火つけてあと魍魎（もうりょう）にまかせけり　島田　柊

野焼始まる阿蘇上空のほうき星　野田田美子
携帯の電話片手に野焼かな　神郡　貢

山焼く（やまやく）

山焼　焼山（やけやま）　山火

かつて焼畑農業が行われていたころ、山岳では山を焼き、その跡地にソバ、ヒエなどを蒔いた。現在の山焼きは、古い柴や枯草を焼きあたらしい芽を期待するためのもの。山火は山焼きのこと。

南の山火の闇のありにけり　小菅佳子
山焼のはじめの焔注連囲ひ　渋谷　澪
山焼きし匂ひがぬっと奈良の町　高畑浩平
山焼や火焔太鼓の響きせり　武井与始子

畑焼く（はたやく）

畑焼　畦焼く（あぜやく）　畦焼　畦火

畑に散らばった藁芥や枯草を焼くこと。害虫の卵や幼虫を殺し、灰を畑の肥料にする。同じように田の畦なども焼くが、いずれも早春の農作業の一つ。まだ冬の名残のただよう田畑から煙がたちのぼる風景は、早春の風物として目に残る。

畦焼く火古墳の裾に移りけり　鳥海高志
跡を継ぐ青年がゐて畦を焼く　川邊草人
畦焼きのけむり沁みたる野良着脱ぐ　吉野トシ子
畦を焼く頃にきまって薬売り　中澤　悠

芝焼く（しばやく）

芝焼　芝火（しばび）

早春、野山を焼くのと同じように、田畑や土手、庭園などの芝を焼く。古い草を焼き、あたらしい芝の発芽をうながすのである。

芝焼を仕切る消防喇叭長　真山　尹
芝焼きし夜は雨音に睡り落つ　石垣希余子

耕（たがやし）　耕す　春耕（しゅんこう）　耕人（こうじん）　耕馬（こうば）　耕牛（こうぎゅう）　馬耕（ばこう）　耕耘機（こううんき）

冬のあいだ雪の下にかくれていた田畑の土を、春に耕すこと。春の農作業の第一歩である。かつては牛や馬に鋤を曳かせて土を起こしたが、現在では耕うん機をつかうところが多い。種を蒔いたり、苗を植えたりするためには、土を細かく砕かなくてはならない。耕すは田返すの意。↓秋耕（秋）・冬耕（冬）

耕せばうごき憩へばしづかな土　中村草田男
天近し祈りのごとく耕せば　黒島一司
耕して寂蓼ゆさぶりつくすかな　沼尻玲子
鳥海山仰ぎ仰ぎて耕せり　佐藤サチ
天山を父とし荒土耕せる　大内君子
傍らに須恵器の破片耕せり　西野敦子
バス止まり呉れて横切る耕耘機　浅井八郎
いい汗をかいて一畝耕せり　城野都生子
耕すや航跡遠くへは行かず　冨川仁一郎
耕して一日風の中にゐる　香下寿外
春耕のこれが今年の田の香り　米澤勝廣
春耕す農夫頑固に土守る　明才地禮子
春耕や時に咳き入る耕耘機　高木淳之介
筑波嶺を見る春耕の鍬立てて　和井田なを
耕人の鋤き込んでゆく光かな　工藤眞一
耕して耕して父母消えにけり　清水志郎

田打（たうち）　春田打　田を打つ　田を返す　田を鋤（す）く

水田稲作のための田を打ち、代田に適うようにすること。田の土に深く鍬を入れて起こした大きな土塊を、細かく砕き、いつでも水が引けるようにしておく。現在はもっぱら耕耘機がこの作業をするが、牛馬と人力でやっていた時代は、たいへんな重労働であった。地域によって、田打ちを開始するおおよその目印になる自然暦があり、それにしたがって作業をすすめてきた。田打ちを済ませるだいたいの目安は八十八夜。

生きかはり死にかはりして打つ田かな　村上鬼城
みづうみの凪のつづきの春田打ち　山崎満世
田鋤牛にぶき空気にぶつかりぬ　宮坂静生
代数のきらひな末の春田打　金子雄山
とびの輪の祷りのごとし春田打　穂苅富美子
本降りとなるまで山の春田打つ　後藤浩子
田の水を浴びて白馬が出羽を鋤く　平畑静塔
春田打菩薩の山の暮るるまで　池田まつ子

畑打（はたうち）　畑打つ（はたけうつ）　畑鋤く（はたけすく）　畑返す（はたけかえす）

野菜や園芸のための畑を打ち起こし、種蒔きができるようにすること。畝を立てたり、短冊形の畑をつくったりする。

動くとも見えで畑打つ男かな　去来
畑打やひとり見送る天津雁　細木芒角星
畑を鋤き山肌の荒れ負いいたる　宇咲冬男
定年の男となりの畑も打つ　中根洋子

畦塗（あぜぬり）　畔塗（くろぬり）　塗畦（ぬりあぜ）

水を張った代田の水が漏れないように、特殊な鍬で畦を塗り固めてゆく。畦は田ごとの境の役もするから、ことにきっちりと塗り固めた。塗ったばかりの畔を利用して植える豆が畔豆である。

ふたかみに見下ろされをり畦を塗る　中島みちこ
畦塗って有明月に手を合はす　市原あつし
畦塗って男まさりの息を吐く　安達実生子
畦塗の夕日に押されゐたりけり　柳澤和子

畦塗の踏み固めをる鼠穴　福神規子
小器用に鍬を扱ひ畦を塗る　平松草太
塗り終へて畦黒檀の日を返す　三輪閑蛙
太陽と木のある畦を塗りにけり　金田咲子
槍穂高雲被て見えぬ畦を塗る　小林景峰
円盤のまはる新型畦塗機　佐藤稲舟
二百枚棚田の畦の塗り上がる　本西満穂子
畦を塗る一鍬ごとに水とばし　森岡花雷

種物（たねもの）

物種（ものだね）　花種（はなだね）　種物屋　種売　種袋

春の田畑の蒔く穀物、春蒔きの野菜、草花などの種をいう。自家で採ったもの、種屋で購入したものなどいろいろある。

たましひとときどき笑ふ花の種　佐怒賀正美
花種の心許なき軽さ買ふ　岡矢　筍
亡きひとの字でありけり種袋　南美智子
手拭ひを縫ひ合せたる種袋　本宮哲郎
種袋一つ一つに母の文字　大政光子
人参の絵が濡れてゐる種袋　阿部菁女
種袋振って臓器の音がする　小内春邑子
父よりの古封筒を種袋　坪井洋司
市役所に用あり種物屋も覗く　和田智子
瓢種貰ひに行くや蛸提げて　橘　肖吉

種選（たねえらび）

種選（たねより）　種選（たねえらみ）

苗代に蒔くよい種もみを選ぶ作業をいう。昨秋に袋に入れて保存しておいた籾を塩水に浸す。すると未成熟で軽い籾は浮き上がる。これを取り除き、沈んだよい籾を籾だねとしてつかう。

人ごゑの日向にまはる種選び　児玉輝代
種選ぶ鼻先すぐに信濃川　加藤有水

種浸し（たねひたし）　種かし　種ふて　種浸ける　種ふせる　籾浸ける　種井（たねい）　種俵（たねだわら）　種池

種選で選んだ良質の籾だねを一週間から十日ばかり水に浸しておく。すると籾がふくれ、発芽の兆しをみせはじめる。この籾を乾かして苗代田に蒔く。かつては俵や叺に入れた種もみをそのまま水に浸していた。このための池を種井という。

種俵緋鯉の水につけてあり　星野立子
水まるく回してゐたる種浸し　松村富雄
地震（ない）のあと水脈（みお）変りたる種井かな　成田黄二
種池の木木に快楽（けらく）の雀かな　加藤あさじ
種井澄み観世世に出し土舞台　北出礼子
大山の伏流といふ種井かな　波出石品女

種蒔（たねまき）　種下し（たねおろし）　播種（はしゅ）　籾蒔く　籾下す　種案山子

種蒔は苗代に籾を蒔くことである。彼岸前後から八十八夜前後にかけて種蒔の好時期とされている。南国では雲雀が鳴く頃、北国では辛夷の花が咲く頃。また山の残雪の形によって、種蒔の時期を知る土地が多い。塩水で種選びをした種籾を袋に入れて、更に十日間ほど水に浸した後、催芽（さいが）機で二日間ほど温め、かすかに芽が出た種籾を、整えた苗代に蒔いてゆく。田植機を使う今日の苗代はたくさんの育苗箱で仕切られている。種籾が蒔かれた苗代はビニールの幌で覆われる。いくつも並んだその幌が、春の野づらに白い波のように光って見える。種蒔は農家の祈りの作業である。

籾蒔いて田に胸映る白い山　和知喜八
きらきらと輝く種を蒔きにけり　星野立子
地をさするごとく種蒔くちちやはは　中村耕人
籾種を下して畦に護符をさす　馬越冬芝
馬鍛冶に馬をゆだねて種下す　沼澤石次
天が下孤独に堪へて種蒔ける　小林鹿郎

双子座は真上に明日は種おろそ　木戸岡武子
はろばろと甲斐の国にて種蒔けり　赤沼文子
腰まがり母の手低し種を蒔く　小林澄子
物種のおろしどころへ指の穴　中里二庵

物種蒔く（ものだねまく）

胡瓜（きゅうり）蒔く　南瓜（かぼちゃ）蒔く　糸瓜（へちま）蒔く　西瓜（すいか）蒔く　茄子（なす）蒔く

種籾以外の、穀類や蔬菜の種を蒔くことである。ふつう花種も物種にふくまれるが、花種を別個に立てたのは趣きがすこし違うからである。前年に採取した種を、一日水に浸し、すこしふくらみを帯びた種を苗床や耕した畑に蒔く。彼岸の頃から八十八夜の頃までが好期とされている。種物屋の美しい袋を蒔いた目じるしに立てて置くこともある。

庭に出て物種蒔くや病み上り　正岡子規
顔あげてごんぼう蒔くと答へけり　鈴木てい
南瓜蒔く水捌けのよき場所選び　鈴木豊子
鶏小屋に鶏閉ぢ込めてたばこ播く　佐藤安憲
三年の任期の官舎パセリ蒔く　井水貞子
晩年を頼る妻ゐて糸瓜蒔く　小川玉泉

花種蒔く（はなだねまく）

朝顔蒔く　夕顔蒔く

農家以外の一般の家庭で蒔く物種は、花の種が多い。朝顔や鶏頭その他、秋に咲く花に期待をかけて蒔くのである。殊に朝顔は子供にもよろこばれ、その種を蒔くことが家庭や学校にまで普及している。

あさがほを蒔く日神より賜ひし日　久保田万太郎
花言葉好きな言葉の種を蒔く　関千恵子
花種蒔く母よ小遣い呉れし手つき　林昌華
花種を蒔くや妬心を宥むべく　塩原英子
花種蒔くみんな出て来い出て来いと　森川恭衣
朝顔を蒔いて一日一事の身　松尾立石

香焚くに似てつまみ蒔く花の種子　和田祥子
花種を蒔きしその夜は饒舌に　吉川康子

苗床（なえどこ／なへどこ）
種床（たねどこ）　播床（まきどこ）　温床（おんしょう）　苗障子（なえしょうじ）

野菜、草花、樹木などの苗を育てるための小面積の床で、温床と冷床がある。温床は土に藁や堆肥を入れることによって、発酵熱で床を温かくし、さらに太陽熱を吸収するために、硝子、ビニール、油障子などを張る。冷床は風流しや日当りのよいところに直接つくられた苗床である。

ふるさとのまぶしきものに苗障子　池田弥生
種の殻つけ苗床の茄子元気　伊藤冨士子
苗床の機嫌を覗き父の朝　橋本佐智
苗床の土焼きてをり潟の村　森　重夫

苗札（なえふだ／なへふだ）

野菜や草花の種を温床や冷床に蒔き、また鉢におろしたとき、その品種や蒔いた月日などがわかるように、小さな木札に書いて立てておく。それを苗札という。品種や花が印刷された種袋を、そのまま苗札として利用することもある。

苗札を聖句つぶやく如く読む　上田五千石
苗札のたてこんでゐる幼稚園　高野ゆり子

苗木市（なえぎいち／なへぎいち）
植木市

庭木や花樹の苗木は、三、四月頃移植に適しているので、社寺の縁日などに、苗木市が立つことが多い。植木市でも苗木が並べられ、芽がふくらんだ苗木や、黄緑に萌えた植木が立ち並んで、心がはずむのである。

苗木市どこも入口どこも出口　北野民夫　ネクタイをゆるめて覗く苗木市　平野無石
苗木市安物ばかり売れ急ぎ　石塚友二　苗木市ぬかるみ跳んで客となる　中村房子
軍艦の泊まる港や植木市　栗原利代子　苗木市ひとりで持てぬ物を買ふ　岩下謐子

藍蒔く（あいまく・あゐまく）　藍植う

藍は藍色の染料をとるために栽培されるタデ科の一年草で、二月初旬に苗床に種を蒔き、二カ月半後、苗が二〇センチ前後に成長してから定植する。藍の育成は古くから盛んであったが、江戸時代から阿波国（徳島県）が主産地となった。

明日植うる藍の宵水たっぷりと　豊川湘風　十郎兵衛屋敷に植ゑて藍の苗　林　俊子

麻蒔く（あさまく）

麻はクワ科の一年草で、日本では古くから紅花、藍とともに大事に栽培された。種は三、四月ごろに蒔く。広島県の田唄に「麻蒔く頃はいつごろか、三月土用の中の頃、麻刈る頃はいつごろか、六月土用の中の頃」という唄があるという。麻糸の需要は減ったが、現在は栃木県が主産地である。

↓麻（夏）

陽炎の中にちらすや麻の種　樗　堂　麻を蒔く畑深打に熔岩浮び　久保　武

蓮植う（はすうう）

四、五月頃、泥田や泥沼に肥料を施し、蓮根を短く切って、縦に二〇センチほどの深さに植えこむのである。これで充分芽を出し、やがて蓮田となる。日当りのよいことが大事な条件である。

縄跳びの丘の下なる蓮を植う　加倉井秋を
蓮植うる泥を田舟で運びけり　遠藤三鈴
このたびは男天下で蓮植うる　松田ひろむ
泥飛びし帽子阿弥陀に蓮植うる　吉村よし比古

芋植う（いもうう）　里芋植う

里芋、八頭（やつがしら）、唐（とう）の芋などを植えることである。三、四月頃、やや日陰で水もちのよい土地に畑を作って植える。前年とれたものを種芋とする。種芋は穴の中に埋めたり、叺に入れて保存されたもの。重要な食材であり、各地に植えられるが、連作を嫌う。→芋（秋）

芋植ゑて手均らす土と血の通ふ　石川明石
小半日十坪の畑に芋植うる　志賀綾乃

馬鈴薯植う（ばれいしょうう）

馬鈴薯は前年とれた薯の中から大きめのものを選んで種薯とする。四月頃畑に畝を切り、堆肥を入れて、その上に種薯を三〇～五〇センチ間隔におき、土をかぶせてゆく。種薯は二つか四つに切り、切口に木炭をまぶして、芽の出る方を上に向けて植えるのである。涼しい気候に適しているので、北海道では大規模に栽培されている。暖地では二、三月頃に植え、水田の裏作や畑の輪作に栽培されている。戦後の食糧難時代は、国民がわずかの空地にも馬鈴薯を植えた経験があり、植え方を知っている人が多い。

馬鈴薯を植う汝が生まれし日のごとく　石田波郷
じやが薯を植ゑることばを置くごとく　矢島渚男
海鳴る丘つかみて重き薯植ゑゆく　加藤知世子
薯植うる泥の手太き生命線　亀井龍子

木の実植う（このみうう）

前年拾っておいた、椎、樫、松、橡、櫟、楢などの木の実を、春の彼岸のころ苗床に蒔くのであるが、木の実の場合、植えるという。山に直接植えることもあるが、大方は苗床で苗木に生長してから移植するのである。

木の実植ゑて短き人の命かな　尾崎迷堂

火の玉のやうな入日や木の実植う　中里結

球根植う（きゅうこんうう・きうこんう）

ダリア植う　百合植う

球根類の多くは夏の乾燥期や冬の低温期には生長を停止して休眠し、春に植えられて活動する。鱗茎（ユリ、チューリップ）、球茎（グラジオラス、クロッカス）、根茎（カンナ、アイリス）、塊根（ダリア、シャクヤク）に分けられる。球根には葉・茎・根などの養分がたくわえられており、花の夢を宿している。

球根を埋む秘密を埋むごとく　後藤綾子

チューリップ植う赤白と赤白と　工藤眞智子

果樹植う（かじゅうう・くわじゆう）

果樹の苗木を植えることをいう。春になると新しい根が生れ、新芽を吹き出して活動をはじめるが、その前に植えるのが適期とされている。この時期を逃さず、日当りのよいところに植える。果樹により、また地方によって異なるが、三月から四月初旬までがよいとされている。

ぶだう苗寸土に植えて子といる日　古沢太穂

桃栗三年婆七十歳の柿植うる　菊池志乃

苗木植う（なえぎう／なへぎう）　植林

杉、松、檜などの植林は三月から四月初旬が適期とされている。庭に植える樹木や果樹の苗木も、雨の多い四月頃に植えると根づきやすい。苗木は、杉は三年、松は二年、檜は四年のものが選ばれる。

ひざまづき檜苗植うる　上田五千石
山の雲一人占めして苗木植う　鈴木やす江
散骨の寄る辺の桜苗木かな　菊池志乃
杉苗植う学校林の遠き道　澤柳たか子
白樺の苗木植うるや丘の上　三宅優子
山国に嫁げば杉を植うことも　西尾　苑

剪定（せんてい）

果樹は結実をよくするために、徒長の枝や込み合った枝を剪定して、風通しや日あたりをよくする。芽が出る前の三月のはじめころが剪定の適期である。また、観賞のための花木や庭木は形をととのえるために剪定する。剪定の技術は年季を要するのである。

剪定師天に仕へて天を見ず　栗生純夫
剪定枝束ねて色の濃かりけり　宮坂静生
剪定夫ときどき川を見に行けり　中島ふき
無雑作と見ゆる剪定整ひ来　関根章子
青空を跨ぎて男剪定す　吉野亜紀
剪定の肘を縦走てんと虫　鈴木康允

接木（つぎき）　接穂（つぎほ）　砧木（だいぎ）　接木苗　芽接（めつぎ）　根接（ねつぎ）

芽や枝の一部を切り取って、同類で異る木の幹を接ぎ合わせ、果樹の改良や繁殖のための方法である。接いだ枝を接穂といい、接がれた木を砧木という。得られた苗を接木苗という。接穂の種類から芽接、根接に分けられる。砧木の樹液の循環が始まり、接穂の方はまだ活動していない時期が接木によいとされている。接いだ箇所は乾燥しないように、また、目じるしのために土や藁を赤いテープなどで被う。接木は主として果樹に行われるねんごろな作業である。

↓挿木

苞の中あめつちくらき接穂かな　橋本鶏二
医王嶺（いおうね）のあきらかとなり接木する　中西舗土
接木師に接穂三千刀一つ　岸霜蔭
気にかかる接木の縄を解きにけり　秋山英子

挿木（さしき）

挿葉　挿芽　挿穂　挿床（さしどこ）

樹の枝、梢、葉などを切り取り、土や砂に挿し、水を与えて発根させ、苗を作る方法である。挿木に用いる枝や葉を挿穂という。挿木が行われるのは彼岸前後から八十八夜頃にかけてである。↓接木

一枚の葉の凛として挿木かな　高浜虚子
挿木して小さき影の生れける　加藤静子
挿木せしゆゑ日に一度ここに来る　山口波津女
挿木して恋する人に逢ふごとく　藤澤清子
晩年の思ひにをりて挿木せり　森田公司
小鳥らのこゑこぼれ来る挿木かな　根岸善雄

根分（ねわけ）

菖蒲（しょうぶ）根分　株分

菊、萩、菖蒲、その他多年生の草花は、春先になると、古株から盛んに芽が出てくる。それを掘り出して一株ずつ分け植えなおすことを根分という。すてておけば根が張り過ぎて花つきがしだいに

悪くなり、枯死することもあるから、花を殖やしてゆくために根分をするのである。花を愛する人の楽しみの一つである。

約束の根分けの株のベルを押す　工藤眞智子
根分する降らず照らずの日を選び　太田貞雄
きりもなし菖蒲根分の猫車　守屋明俊
根分せる男の後通らねば　佐藤多津子

菊根分（きくねわけ）　菊分つ　菊植う

春になると、菊の根株から芽が萌え出してくるが、親根から切り離して、一本一本を別に植え直すのである。増植してよい菊の花を咲かせるために根分をする。清明から穀雨（四月五日〜二十日）の間がよいとされている。根をいためないように注意しなければいけない。↓根分・菊挿す（夏）

菊根分素描の力貯へよ　宮坂静生
妻の言ふとほりにしたり菊根分　安田明義
菊根分働くに似て遊ぶなり　石塚友二
しやつくりのいつしか止まり菊植ゑる　中島陽華
不思議田の一畝と決め菊根分　東野昭子
残されし日は数ふまじ菊根分　池内典子

萩根分（はぎねわけ）　萩植う

萩は春もなか頃になると、根もとから新芽がさかんに出てくる。根が張り過ぎると花のつきが悪くなり、枯死することもあるので、古株から根分けをして一本ずつ植えかえる。株をふやし、木の勢いをつよめるために必要な作業である。↓根分

手力の尼には無理や萩根分　河野静雲
萩根分終へて齢を顧みる　岡田飛鳥子
萩根分して小机に戻りけり　村山古郷
張り合ひて今は亡き人萩根分　五十嵐郁子

慈姑掘る

慈姑はオモダカ科の多年草で水田で栽培される。根株から四方へ地中枝をのばし、淡い藍色の球状の慈姑が生じる。収穫期は長く十一月下旬から四月頃までである。正月の煮物に欠かせない。東京近在に産する青慈姑、京都の壬生慈姑、大阪の吹田慈姑など様々である。うま煮にしたり、薄切りにして揚げものなどにする。

慈姑掘る門田深きに腰漬けて　石塚友二
慈姑掘る比婆ごん出るといふ峡に　佐藤夫雨子
泥出でし慈姑にほのと海のいろ　高橋　梓
門川に慈姑の泥を落しゐる　児玉輝代

桑解く　桑ほどく

冬の風雪から護るために、縄などで括っておいた桑の枝を、春の到来と共にほどいてやるのである。まだ葉はないが、ほどかれた桑の枝はバネのようにはずんで、のびのびと春の光を浴びているのを見ると、春のよろこびを感じる。↓桑（夏）

いっせいに桑解いてまた村しづか　鷲谷七菜子
桑解くや秩父に寂びし絹の道　国井遭子
吾が家より煙上れる桑をとく　篠崎圭介
暁の刻解かれぬ形に桑解かれ　赤城さかえ

霜くすべ

桑が芽ぐみ、葉が出て茎が伸びるころ、俄かに霜が下りることがある。桑の幼ない芽や葉が傷むのを防ぐために、霜の下りそうな寒い晩、籾殻や松葉などを焚いて煙幕をつくってやるが、これを霜くすべという。茶畑にも同じことをやる。

人影の立ちつかがみつ霜くすべ　松崎鉄之介

霜くすべ三里かなたに信濃口　飯田龍太

桑摘（くわつみ／くはつみ）

桑摘女（くわつみめ）　桑摘唄　桑籠（くわかご）　桑車（くわぐるま）

四月上旬の頃、孵化した蚕に与えるために桑摘がはじまる。卵からかえったばかりの毛蚕（けご）には、枝の先のやわらかい若芽を与え、成長するにつれて、葉を摘んで与える。しまいには枝ごととって与えるようになる。蚕は食欲がさかんで、昼ばかりではなく夜までも摘むことになる。主として女の仕事で、古くからの桑摘唄が残っている。

桑摘女かくれし顔をあげにけり　百合山羽公

学び舎の灯に顔上げぬ夜桑摘み　石橋辰之助

蚕飼（こがい／こがひ）

養蚕（ようさん）　種紙（たねがみ）　毛蚕（けご）　掃立（はきたて）　蚕の眠り　飼屋（かいや）　蚕棚（かいこだな）　蚕室（さんしつ）　蚕籠（こかご）　捨蚕（すてご）　蚕飼時（こがいどき）

蚕は春・夏・秋・晩秋と年四回飼育されるが、春蚕（はるご）と夏蚕（なつご）が収量が多い。蚕はふつう卵で越冬し、四月上旬孵化する。稚蚕期が終わると、二齢期、三齢期、四齢期、五齢期と過ぎて熟蚕となり、上蔟（じょうぞく）し、まゆを作り始める。

高嶺星蚕飼の村は寝しづまり　水原秋櫻子

蚕簿（えびら）より身をのり出して窺へる　堀江多真樹

姨捨の晴曇はげし捨蚕　宮坂静生

蚕飼する天の深さを吾のもの　中島ふき

羊の毛刈る（ひつじのけかる）

羊毛剪る（ようもうきる）　羊剪毛（ひつじせんもう）　剪毛期（せんもうき）

めん羊の毛は毛糸や毛織物の原料となる。その毛を刈る時期は春の陽光を浴びる四、五月頃である。

一頭当りの剪毛量は四キログラム内外で、一着の洋服に相当する分量である。体の右側から始めて頭頸部を経て左側に向い一周して、一枚の皮のように剪り取るのである。日本ではめん羊は主として、北海道や九州で飼育されている。

羊の毛刈る日近くて雲ひとつ　北　光星
刈られゆく羊は耳を立て通し　金子篤子
剪毛の羊身震ひして立ちぬ　柳澤和子
転がして腹に日当る羊刈る　川上百合子

茶摘（ちゃつみ）　一番茶　茶摘時　茶摘女　茶摘唄　茶摘籠　茶摘笠　茶山　茶唄　茶園

茶摘は四月上旬から始まり、八十八夜から二、三週間がもっとも盛んである。摘み始めてから十五日間位が一番茶で、二、三十日たって二番茶、続いて三番茶、四番茶まで摘む。赤襷、赤前垂に紅白染分の手拭をかぶり、茶摘籠を首に掛け、茶摘唄をうたいながら摘んだ、昔の茶摘女の情趣は、茶摘が機械化されると共に見られなくなった。宇治、静岡、信楽、狭山、八女、嬉野などは茶の名所である。静岡県の金谷では、毎年八十八夜に茶摘姿の若い娘たちの道中を行って昔のおもかげをしのんでいる。茶山は茶を植えている丘である。

青空へふくれあがりて茶山なる　富安風生
知覧茶の一番茶出て武家屋敷　堀越すず子
ひとごゑのやさしき茶山がくれかな　細川加賀
夫婦相和し茶摘機の響くなり　蒔田　晋
茶長者の名の摘籠を負ひ歩く　関戸靖子
世々嗣（つ）ぎて山肌荒き茶を摘めり　白鳥　峻

製茶（せいちゃ）　茶づくり　茶揉（も）み　焙炉（ほいろ）　焙炉場　焙炉師

摘んだ茶の葉はまず蒸籠（せいろう）で蒸してから焙炉の上で焙炉師が丹念に揉みあげる。摘んだ茶の葉はその日のうちに仕上げなければならない。できあがった製茶はさらに選り分けられる。今日、製茶はほとんど機械化されて、手揉みの茶は稀れになった。製茶工場の附近は茶の香りで充満するという。茶の湯に用いられる抹茶は、茶の葉を蒸したあと揉まずに乾燥させた碾茶を臼でひいて粉末としたもので、濃茶と薄茶がある。

懐柔を事とするなる製茶かな　相生垣瓜人　　製茶女のひそかに拭ふ胸の汗　二川茂徳
茶揉み衆渋手拭の色も競う　山中蛍火　　手揉み茶の針のごとくになりゆきぬ　平林孝子

鮎汲（あゆくみ）　稚鮎汲（ちあゆくみ）　小鮎汲（こあゆくみ）　鮎苗（あゆなえ）

鮎は秋に川の上流に卵を産み、生れた稚魚は海で育って、春になると川を遡ってゆく。小鮎の集団が急流を越えようとして飛びはねる。それをすくいとるのが鮎汲である。今日では鮎の漁が初夏の頃まで禁じられているので、すくった鮎は上流に移してやるという。↓若鮎

鮎汲の終日（ひねもす）岩に翼かな　蕪村　　岩打って滝となる瀬や小鮎汲む　杉下青蛙
鮎汲の背に風除の蓆幡　村上冬燕　　稚鮎汲む古りし柄杓もそのままに　太田貞雄

魞挿す（えりさす）　魞場　魞簀（えりす）

魞は河や湖沼に竹簀（たけす）を立てまわし、その奥を袋状に作り、魚がこれに沿って奥に入ると出ることができなくなる装置である。琵琶湖がことに盛んで、二月から三月中旬までの間、えり簀を挿す。袋状のところに舟を入れて、打ち網で魚をとる。鯉などをとる大えりは、仕掛けるのに一と月もかかるという。

魞を挿す力のかひな見ゆるかな　高浜年尾
無明より無明へ漕げる魞場かな　宮武寒々
魞挿すと堅田はひかり燦（きら）めく地　宮坂静生
一条の日矢沖にしてえりを挿す　中浜菌芽
篁（たかむら）の闇を負ひ来て魞を挿す　曽根原幾子
魞挿しの一人が舟の位置を守る　中澤文邦
魞挿して元に戻りし景色かな　山崎みのる
万葉の比良の大わだ魞を挿す　小田尚輝

上（のぼ）り簗（やな）

春、産卵のために川へさかのぼろうとする魚をとる仕掛けが上り簗である。木や竹などを並べて水を堰き、ひと所だけ魚の通るところを作っておき、そこに簗簀を張って、通過しようとする魚を捕らえる。川を上る魚を捕えるので上り簗といい、秋、川を下る魚を捕らえるのを下り簗という。現在では資源保護のため原則として禁じられている。↓簗（夏）・下り簗（秋）

上り簗雨の篁（たかむら）うちかぶり　水原秋櫻子
登り簗秩父は山を集めけり　落合水尾
上り簗こはごは覗くハイヒール　五十嵐みい
ひめごとの鮎焼く真昼上り簗　柳沢芳子

磯（いそ）竈（かまど）　磯焚火

春まだ寒いころ、海に入る海女たちが、浜に磯竈というものを作る。焚火のまわりを囲ったものである。その中で休んだり談笑したりする場所で、男はその中にはいれない。岩陰などを利用することもある。三重県志摩の浜にはいくつもの磯竈があるという。

口紅の濃くてにくまれ磯かまど　村上杏史
海人を恋ふ人魚伝説磯竈　稲岡達子

磯菜摘(いそなつみ)

磯菜は海岸の岩礁についている石蓴(あおさ)など、食用となる海藻類である。まだ寒い春の海水につかったり、時には波のしぶきを浴びながら摘みとるつらい仕事である。磯菜摘は古くからあって、古歌に残されている。貧しげに見えるが、熱い味噌汁などに放して春の味覚を楽しむのである。

防人(さきもり)の妻恋ふ歌や磯菜つむ　杉田久女
小島にも裏側ありて磯菜摘む　大向　稔
磯菜摘灯台白く抽(ぬき)ん出て　藤木倶子
磯菜摘安倍仲麻呂行つたきり　田中すゑ子

海女(あま)

磯人(いそど)　かつぎ　もぐり　海女の笛　磯なげき

海女は磯から海に入る磯海女と、船で沖に出てもぐる沖海女がある。磯海女は磯桶の浮力をたよりに腰につけた網もこの桶に結びつけてもぐる。沖海女は腰綱を船に結んでもぐる。採取物は、鮑・さざえ・若布・天草・荒布・ひじき・ふのり・海老などである。海上で息をととのえるときに洩らす口笛を、「海女の笛」あるいは「磯嘆き」という。伊勢、志摩、伊豆、安房、能登などが海女の地として昔から知られている。北限は岩手県久慈である。海女の活動は春の若布の解禁時から、九月中旬までである。

海女とても陸こそよけれ桃の花　高浜虚子
棒として引き上げらるる疲れ海女　石井いさお
海女潜く情死の海女の墓の下　奥谷亞津子
己が身を己がはげまし海女沈む　宇都木水晶花

木流し（きながし）　修羅落し（しゅらおとし）　初筏（はついかだ）

冬山で伐（き）られた材木は、丸太の上をすべらせる修羅落しか、橇などで川辺の土場に集められる。春になって川の水が増す時期に、網場（あば）まで材木を流し運ぶのを木流しという。網場（あば）に集まった材木を筏に組んで更に流し運ぶのだが、初筏はその初行事をいい、木材業者はその初筏の到着を祝う。初筏が無事に到着すれば、その年は幸運に恵まれるという。

初筏あやつる櫂の荒削り　小林広子

初筏つねより音の慎ましく　長屋せい子

磯遊び（いそあそび）　磯開き　磯祭

旧暦三月三日ごろは大潮にあたり、潮の干満の差が大きく、浜が遠くまで干上るので、多くの人が遊びに集まる。この風習は日本の各地にゆきわたっており、所によっては磯祭といい、草餅を食べたりする。九州北部地方では三月四日に磯遊びをし、これを「花散らし」といっている。磯開きは魚介解禁のことだが、磯遊び開始のことでもある。

磯開大きな月の昇りけり　宮坂静生

ベッドメイキングしたて磯遊の夜よ　田口彌生

明るくてつめたき島の磯あそび　津根元潮

よき海女になれる身ごなし磯遊　広波青

磯遊び波を追いつつ追われつつ　土井久子

むかし程鳴らぬ口笛磯遊び　萩原季葉

潮干狩（しおひがり／しほひがり）　潮干貝　潮干籠　潮干船

旧暦三月三日と四月八日、潮の満干の差がもっとも大きく、砂浜や磯浜など遠く干上るし、あたたかな時候となるので、各地で潮干狩が行われる。浅蜊・蛤・馬刀貝（まてがい）その他の磯の生きものを探す親子連れで賑わう。若い娘の潮干狩は浮世絵の画材になった。昔にくらべて今は潮干狩の収穫が少ない。↓潮干潟

穴守の御堂はるかに潮干狩　川端茅舎
島百戸出払つてゐる潮干狩　山田弘子
潮干狩夫人はだしになり給ふ　日野草城
灯台の影が日時計汐干狩　藤井亘
潮干狩脛長少女と一日あり　岸田稚魚
地球儀のころがつてゐる潮干狩　大石雄鬼

観潮（かんちょう／くわんてう）　渦見（うずみ）　渦潮見　渦見船　観潮船

春潮の干満によって生ずる渦潮を観ることである。特に鳴門海峡附の渦潮は春の彼岸の頃もっとも壮観である。その渦潮を観るために観潮船が出る。紀伊水道から大阪湾へ流れる潮と、瀬戸内海から流れる潮の落差が干満によって一メートル程になり、その渦は直径一〇メートルほどに達する。

渦潮に対ふこの大き寂しさは　橋本多佳子
観潮船傾ぎ女を抱きにけり　加藤三七子
母の渦子の渦鳴門故郷の渦　橋本夢道
渦潮の深き坩堝に月の影　稲荷島人

踏青（とうせい／たふせい）　青き踏む

踏青は、旧暦三月三日に野山で宴を催した中国の習俗に由来するという。踏青節という行事で、各地方によって節日に多少の相違があったが、その歳のとり入れの吉凶を占う意味があったという。それが後世にいたって、年々の春の行楽となったという。わが国では春の野山に萌えでた青草を踏んで遊ぶことにほかならない。踏青の喜びを味わうことである。↓野遊び

青き踏む左右の手左右の子にあたへ　加藤楸邨
青き踏むこころは海をゆくごとし　小池万里子
青き踏む華僑の娘(こ)らに纏足(てんそく)なし　吉岡鳴石
青き踏む嬰児嬰児の重さにて　塩川雄三
病むといふ翼の折れて青き踏む　早崎　明
ふところに母の手紙や青き踏む　大木さつき
青きふむ遠き一人を見失わず　細木芒角星
かかる里長生きしさう青き踏む　仁科聖鳥
青き踏む身ぬちの発条(ばね)をなだめつつ　小澤克己
踏青や相鉄線が川跨ぐ　山崎佳美
青き踏む背骨一本たてとほし　加藤耕子
踏青や口ついて出るマタイ伝　宗像ひで
この辺明日香野にして青き踏む　八木秋水
踏青や人はそれぞれ影を曳き　福島清恵
玉の子を授かりたくて青き踏む　佐藤　都
青き踏むどこにも地雷なき青さ　蛯子雷児

野遊(のあそ)び　山遊び　野がけ　春遊び　ピクニック

春になって、天気のよい日に、野に遊ぶことである。足をのばして山に遊ぶこともある。土筆(つくし)、蓬(よもぎ)、蕨(わらび)などを摘んだり、青い草原に弁当をひろげて一と時を楽しむのである。ひとりでもよいし、家族や友人と野山へ出かけるのもよい。せわしい生活から開放されるのが野遊びである。

↓踏青

野遊や肱つく草の日の匂ひ　大須賀乙字
貫之のあそびたる野に遊びけり　稲荷島人
野遊やいちごの味の子のあくび　田中幸雪
野遊びや老の一日すぐ暮れる　菅　敏夫
貝毒の出てくる頃や野に遊ぶ　上島清子
野遊びや笛吹く口をしてみたり　木曽シゲ子
野遊びの水車に向けて歩きけり　吉木フミエ
野遊びの帰り子の背の伸びてゐし　梅野廸子
木簡のうすれて読めぬ野に遊ぶ　古賀寿代
野遊びのごろごろ転げゐる子かな　浅倉里水

摘草（つみくさ）　草摘む　蓬摘む　芹摘む　土筆摘む

野原に出かけて春の草を摘むことである。蓬（よもぎ）・土筆（つくし）・芹（せり）・嫁菜などを籠に摘むと春の香りがいっぱいになる。雪国では雪が消えて草が青みはじめた土堤などに、逸早く草を摘んでいる人たちを見かける。牧歌的な風景である。

摘草の人また立ちて歩きけり　高野素十
摘草の掌にあふるるも子を持たず　柴田きよ子
摘草の先頭をゆく人さらひ　田村みどり
草摘の大きすぎたる袋かな　小野淳子
摘草の母子手を止め電車見る　根岸浩一
飢知らぬ手が摘草の籠満たす　竹中弘明

防風摘む（ぼうふうつむ）　防風掘る

防風は浜防風のことで、日本のいたるところの海岸で見られる。セリ科の宿根草で、根は砂の中にふかく入っている。二、三月頃、芹に似た葉が砂地にひろがって現われる。砂を掘って白い長い茎や紅色の葉柄や黄味を帯びた若芽を摘んで食用にする。酢のものや刺身のつまにすると独特の香りと辛味がある。↓浜防風・防風（夏）

摘むは防風 あれは墓だか 石ころだか　伊丹三樹彦
戯れが本気の防風摘みとなり　大島邦子
防風掘るのらりくらりの兵役遁（のが）れ　樫谷雅道
素手で掘る防風隠れ切支丹　伊達みえ子
防風摘む立てば沈みし水平線　猪股洋子
防風摘む角の浦曲にちらばりて　御堂御名子

梅見（うめみ）　観梅（かんばい）　梅見茶屋

春早々に咲く梅を愛（め）でることである。風はまだつめたい中に、紅や白の清楚な花の風情や、馥郁とした香りを求めて、人々は梅林をそぞろ歩くのである。昔は桜よりも梅が花の代表であった。梅見の客のために梅見茶屋があり、人々は梅見のひと時を楽しむ。水戸、熱海の梅林が広く知られている。↓梅・探梅（冬）

髪乱す梅見の風の強かりし　町　春草
観梅や地図に名もなき川耀ふ　松本三千夫

花見（はなみ）　観桜（かんおう）　桜狩（さくらがり）　花の宴（えん）　花筵（はなむしろ）　花見酒　花見客　花見人（びと）　花人（はなびと）

桜の花を鑑賞し楽しむこと。庶民の行楽となったのは、元禄以降のことである。「花より団子」というように花とともに酒肴を楽しむ。「花七日」といって、桜は七日を過ぎれば散りはじめる。それだけに花の盛りをさまざまに楽しむのだ。

花見バス待ちゐてひとりひとりなる　細見綾子
花筵野党与党の村議ゐて　井村順子
一枚はお遍路さんの花筵　南　冨美子
ユダ一人ゐる筈なれど花筵　伊藤稔代
太陽に湯気あげてゐる花筵　浜渦美好
町川や真昼真顔の花見船　久保田和子
学生は今日で終りといふ花見　阪西敦子
人の後人の歩みゐる桜狩　依田由基人
浜人ら豪胆に呑む花見酒　今　鴎昇
花筵ふいに淋しき風の中　林　青峰
座をつめてまた座をつめて花筵　石川天虫
病窓のひとりひとりの花見かな　木本光春

花篝（はなかがり）　花雪洞（はなぼんぼり）

夜桜を照らす花篝は、夜桜をひとしお引き立てる。満開の夜桜にゆらめく花篝の炎は凄艶である。花雪洞も夜桜に風趣を添えるもので、花下をめぐる人々を楽しませてくれる。京都円山公園の花篝は特に有名である。

燃え出づるあちらこちらの花篝　日野草城

花便りよく燃えさうな篝の字　奥田筆子

花守(はなもり)　桜守(さくらもり)　花の主

桜の花を守る人である。永年つとめている花守は、一本一本の桜の花のつき具合や樹形や樹齢を知っており、ねんごろに管理しているのである。「よしありげなる姿にて玉箒持ち、花かげを清め給ふは、花守にてましますか」という、謡曲「田村」は花守の本意を伝える一節である。

花守のさらさらと水のみにけり　岡井省二

花守に心開きし花のこゑ　大東晶子

花疲(はなづか)れ

花見に行って疲れることである。満開の花に浮かれて歩き、人混みにももまれて、帰り道や、家に着いてからどっと疲れが出たりする。花見酒に酔ったあとは殊に疲れを覚えるものである。もの憂い風情が漂よう季語でもある。

いつもより電車が揺れる花疲れ　中山洋子

着もの着ることから始まる花づかれ　亀山幽石

脱ぎ捨ての帯のはし踏む花疲れ　湯浅康右

花疲れ眠る子抱いて眠りけり　高橋うめ子

ボートレース　短艇競漕　競漕　レガッタ

ボートレースは三月から十一月まで催されるが、桜が咲く頃がもっとも盛んであり、華やかである。隅田川のほとりの向島がわが国のボートレースの発祥地という。関東では現在、埼玉県戸田のコース、関西では琵琶湖・瀬田川のレースが有名である。各大学のレースや社会人のレースがあって、応援も盛んである。隅田川の早慶レガッタに桜が似合う。

競艇のいよいよ曳かれ来たりけり　山口青邨
競漕の空しき艇庫潮さしぬ　山口誓子
競漕の波が土筆にいたりけり　佐藤瑠璃
しろがねにボートレースの水飛沫　猪俣千代子
競漕の余力の櫂に風ひかる　中村翠湖
レガッタや漕ぎ手一口水含む　岡本ひろみ

凧（たこ）　紙鳶（しえん）　いかのぼり　字凧　絵凧　奴凧　切凧　懸凧（かかりだこ）　はた

凧揚げは古くから行われていたが、凧と凧が糸をからませて切り合う凧合戦が主であったという。その風習は今も残っているが、凧揚げそのものを楽しむ遊びに変った。絵凧、字凧、奴凧、六角凧、うなり凧など種類も様々であり、大小も様々である。畳何畳分の大凧を長崎では「ばらもん凧」という。子供の小凧がひらひらと揚がるのも楽しく、枯木や電線にからまった懸り凧はもの悲しい。凧揚げの季節も一様ではないが、春風の頃が凧にふさわしい。↓正月の凧（新年）

凧あがれあがれ遂げ得ぬことばかり　林　翔
凧ひとつ浮ぶ小さな村の上　飯田龍太
弥彦晴仰げば小さき凧の紅　坂手美保
肩で風切つてまつさかさまの凧　中本憲己
うつとりと落ちゆくことも凧（いかのぼり）　藺草慶子
凧揚げて天の鼓動を掌に享くる　小田欣一
ひとつだけ下りては来ない奴凧　堂本ヒロ子
天の扉を次々と開け凧真白　秋山素子
放たれて自在をまかす凧の糸　松本詩葉子
凧の息伝はる糸を引きにけり　門伝史会
一家出て空ほがらかに凧上がる　杉山加代
古稀といふ童心にあり喧嘩凧　延平いくと
日陰村より糸出でていかのぼり　衣笠　葉
大凧を引き揚ぐ一の太鼓鳴る　浅井仁水

風船（ふうせん）　風船玉　紙風船　ゴム風船　風船売

風船は明治の中頃の紙風船からはじまった。色とりどりの紙を張り合せた風船である。穴から息をふきこんでふくらませ、手のひらで突いて遊ぶ女の子の玩具である。その後、薄いゴムに水素（現在はヘリウムガス）を入れてふくらました風船がつくられた。糸をつけて空中に浮かすのどかな玩具である。ゴム風船をたくさん屋台にくくりつけた風船売も春らしい。

風船を持つ手をつなぎ合ひにけり　行方克巳
経師屋の恋ふは人妻紙風船　曽根富久恵
木に懸かるマンガ風船何処より　石井喜美子
紙風船びりりびりりと空が触れ　神戸秀子
流されて風船空のまんなかへ　佐藤秋水
極楽へ風船逃れゆきにけり　正圓青灯
風船の産地は異国鳴りに鳴る　小林一考
薬売りの呉れし風船立方体　松岡博水
紙風船つくたび窪む鋳物の町　岩見ちづる
ゴム風船児より離れて海の上　井上美樹
紙風船がばごぼいふてふくらみぬ　広谷春彦
イルカ跳ぶ赤き風船めがけては　須磨佳雪

風車（かざぐるま）　風車売

色紙やセルロイドを数枚曲げ合せて花型に作り、竹の柄の先につける。風をうけて廻るが、走っても廻る玩具である。社寺の縁日や花見時などに風車売が出る。屋台につけた風車がいっせいに廻ってきれいである。春の景物として趣きがある。

大空へ鳩らんまんと風車　川端茅舎
風車風にまかせて売りゐたり　久保田重之
風車工房風の集まり来　田中芳子
観音の胎内に売る風車　畑中次郎

石鹸玉（しゃぼんだま）

石鹸水や無患子（むくろじ）の実を水に溶いた液に、麦藁の管やストローの先を浸して吹くと、美しい虹色の泡の玉が生れ、空中に飛ぶ。子どもたちの遊びで、春らしくのどかである。大小さまざまのシャボン玉が春風に流れては消えるさまがおもしろい。昔は石鹸水売も歩いて、上手に吹いてみせたが、今は見られなくなった。石鹸玉の童謡がなつかしい。

ふりあふぐ黒きひとみやしやぼん玉　日野草城
しやぼん玉尼僧の列を乱しけり　土肥あき子
しやぼん玉消える向うに飢餓の子等　小林正子
象の鼻吹きたるやうなシャボン玉　石河義介
胴ぶるひして離れたるしゃぼん玉　矢嶋栄子
一人子の鏡に吹けり石鹸玉　牧野暁行
母の気のすむまで吹いてしやぼん玉　武藤ほとり
しゃぼん玉ゆっくり吹けば邑ひろがる　秋武久仁
児の息を封じてシャボン玉みどり　由利雪二
石鹸玉仰ぐ子犬の鼻に消ゆ　岡部六弥太
しやぼん玉雲を映して子の忌日　樋口芦笛
しやぼん玉小さな風に逆らはず　堀之内末子
継ぐ息に歪んでをりぬ石鹸玉　鈴木有紗
一息を余し離るるしやぼん玉　なかのまさこ

雉笛（きじぶえ）

雉子をおびき寄せる狩猟のための笛で、雄笛と雌笛がある。薄い真鍮の板や桃の種や鹿の角でつくるという。穴のあけ具合で異なった音色を出す笛となる。雉笛は高度の技術が必要といわれる。発情期の雉子の鳴き声を出す笛である。↓雉

雉子笛を吹き森を見る空を見る　辻田克巳
雉笛や邑川光る雲の下　角川源義
雉笛の上手は雉の声となる　猪俣千代子
雉笛やアトリエの窓あいてゐる　津高里永子
現はるるともなき雉に雉の笛　太田貞雄
雉笛は雉よりさみし山よりも　守屋明俊

ぶらんこ

鞦韆（しゅうせん）　秋千（しゅうせん）　ふらここ　ふらんど　半仙戯（はんせんぎ）

ぶらんこは、鞦韆ともいい、もと中国に流行した遊戯であったという。蘇東坡の「春夜」と題した詩「春宵一刻値千金、花有清香月有陰、歌管楼台売寂々、鞦韆院落沈々」。これから鞦韆という言葉が春の季語になったといわれる。我が国では、ゆさわり、ふらここ、ぶらんこと名称が変ってきている。公園や校庭などに設けられているが、農村ではどこの家でも入口の土間の梁から、荒縄のぶらんこが吊られてあった。「半仙戯」はさながら羽化登仙の思いを催さしめるところから、中国で称えられたという。

鞦韆の花にうもれて見ゆるかな　原石鼎
鞦韆は漕ぐべし愛は奪ふべし　三橋鷹女
ぶらんこや山蹴りあげて海へひく　池津海彦
鞦韆のひとりで遊ぶ風の宵　岡澤康司
物くさの太郎祖として半仙戯　矢崎硯水
ふらここの会話あかるくすれ違う　ひねのひかる
ブランコの弓を射るよな赤い服　蘭東子
ふらここを大きく漕いで母を捨つ　池本光子
児は去りて陽がふらここを漕いでをり　林翔
ぶらんこを横に揺らして意地通す　三ヶ尻とし子
ふらここに引寄せられし天守閣　河合澄子
ふらここや日暮れて風の指定席　笹本カホル
ぶらんこを今度のる子が押してゐる　江本英一
ぶらんこを揺すりなりたいもの色々　寺井谷子
鞦韆や仏が乗ってかるくなる　新谷ひろし
ぶらんこの揺れて公園動き出す　船水ゆき

こぎ捨てのふらここのゆれ止まるまで　西村純吉
鞦韆に裾ひるがへし漕ぐ尼僧　吉田茂子
鞦韆や沖の潮目は一文字　向井克之介
ぶらんこに乗る一歳の自己主張　柴田三重子

春の風邪（はるのかぜ）　春風邪

春先は寒暖の変化が大きく、風邪を引きやすい季節である。しかし冬の風邪と違って、さほど長びかないで治ることが多いようである。春の風邪をひいて、うつうつとしている女性には、女性らしい情緒が感じられる。子供や老人もかかりやすく油断ならない。

春風邪をひいて紫じみてゐる　細見綾子
右脳のうつらうつらと春の風邪　野木桃花
春の風邪みんな嫁ぎてしまいけり　熊谷美智子
珈琲の味も香もなく春の風邪　植木千鶴子
みそ汁に少しの苦味春の風邪　佐藤きよ子
春の風邪逢へば治ってしまふのに　葉狩淳子
生返事してゐて春の風邪らしや　小堀弘恵
目覚めればすでに夕翳春の風邪　菅野一狼

花粉症（かふんしょう／かふんしやう）

マツ・スギ・ヤナギなど風媒花の雄しべの花粉が、春の風に吹きとばされて広く浮遊する。花粉に対する過敏症によってアレルギー疾患を起こす人が少なくない。結膜炎・鼻炎・気管支ぜんそく・皮膚炎症などである。空気中に飛散する花粉は眼に見えないまま、疾患を飛散するおぞましい春の現象である。花粉症が季語となったのは近年である。症状があっても原因が不明だったからであろうが、花粉症という言葉によって過敏性の人が多くなったようでもある。

心音に聞き耳をたて花粉症　鈴木石夫
花粉性昨日の脳が錆びるなり　鈴木八馳郎
花粉症の乙女のリボンゆらぎづめ　奈良比佐子
老犬も吾も涙目花粉症　天沼良江
大山の天狗が撒きし花粉症　野上貞勝
七曜の埋めつくされて花粉症　山崎せつ子
花粉症酔うては目鼻捨てたがる　福島　胖
花粉症にも患はず火伏凧　伊藤二瀬
一病に加へて花粉症となる　佐野克男
花粉症積もる話はまたにして　鎮田紅絲

朝寝（あさね）

あたたかくなると、寝心地もよくなり、つい寝ぼうをしてしまう。眠りからさめてもしばらくうつらうつらしている。かすかな朝のもの音や、小鳥の囀りなども眠りのなかにとけこんで快いのである。やはり春の情趣といってよい。

朝寝して白波の夢ひとり旅　金子兜太
朝寝せり木を挽く音と思ひつゝ　千代田葛彦
点滴の枷を解かれし朝寝かな　松村英子
大朝寝して六道の埒外に　瀬川芹子

春眠（しゅんみん）

春睡（しゅんすい）　春の眠り　春眠し

唐詩選の孟浩然の詩「春眠暁を覚えず」から用いられた季語である。春は曙の美しさに限るのだが、その曙も知らずに眠る心地よさも春のものである。通勤の電車などでも春は睡っている人を多く見かける。

春眠の大き国よりかへりきし　森　澄雄
春眠の底へ海鳴轟けり　寺岡情雨
春眠の奈落といふは明るくて　長山あや
春眠に意識過剰の肩を貸す　磯崎　清
春眠や失せ物戻る旅の宿　川上治子
春眠に大和魂なき電車　安田直子
春眠の糸たぐりてもたぐりても　岩井三千代
春眠や旅の枕に水ながる　原田豊子
春眠の齢を飾るなにもなし　黒田咲子
春眠し握りし切符黒くなる　志村宗明

春の夢（はるのゆめ）

春の眠りのなかの夢である。楽しい夢や悲しい夢もあるはずだが、春の情趣につながる夢がその本意であろう。「春の夜の夢」は古くからはかない人生のたとえにされている。快い眠りのなかの夢はつややかな情趣をともなうにせよ、しょせん夢である。

春の夢つづき煌（こう）たり疲れたり　中村草田男
キャラメルの味の確かや春の夢　折井眞琴
春夢の籤に乗りみる絵空事　西條李稞
春の夢天空駆けてゐる「わたし」　樋口津ぐ
はらからの宇宙遊泳春の夢　岡田久慧
春の夢尾鰭をつけて話しけり　大向　稔

春愁（しゅんしゅう／しゅんしう）

春愁（はるうれい）　春愁う　春かなし　春思（しゅんし）

のどかな春の雰囲気に包まれながら、そこはかとなくもの憂い思いや、哀愁をおぼえることである。男性よりも女性に多い心情と思われる。竹久夢二の絵の女性のように。だが、男性にもけっこう作例があり、女性とは一と味違うようである。

うすうすとわが春愁に飢もあり　能村登四郎
髪おほければ春愁の深きかな　三橋鷹女
山の湯や吾が春愁の花昏れず　宇田零雨
春愁の昨日死にたく今日生きたく　加藤三七子
春愁や縁切り絵馬の重なりて　杉山青風
春愁やひとりにつのる海の音　原　コウ子
春愁の生徒と知りて名指しけり　高田菲路
サイフォンの底なめる炎や春愁　堀川節子
ナフキンで口拭き春愁の図星さす　丸山佳子
春愁を鏡にたたみ込みにけり　田中延幸

春愁や心通はぬ子の寡黙　佐野とし子
ポプコーン喰みて春愁なしとせず　伊東　肇
春愁や開け閉めに鳴る小抽斗（こひきだし）　重松里人
春愁やはなびらいろの魚の腸　ほんだゆき
指の骨鳴らせしあとの春愁ひ　西川五郎
春愁や髪切る前もその後も　西村梛子
春愁や汐溜めて貝ひかるさへ　平田繭子
春愁や金の眼の深海魚　山下かず子
春愁ふ心世相につながりて　小林律子
やはらかく魚煮て春の愁かな　緒方　敬

行事

曲水（きょくすい）

曲水の宴（えん）　曲水（ごくすい）　流觴（りゅうしょう）　盃流し（さかずきながし）

三月三日に行われた風流な行事。禁中で行われた公事でもある。曲りくねった水流に座り杯を水面に浮かべてその杯が自分の前に流れてくるまでに詩を詠み、その杯をとって酒を飲む。

曲水に秀句の遅参気色あり　暁台
曲水や後手突いて夕日山　沙羅
曲水の詩や盃に遅れたる　正岡子規
曲水や草に置きたる小盃　高浜虚子

盃の花押しわけて流れけり　内藤鳴雪
流觴の鳥ともならず行方かな　飯田蛇笏
曲水の踵の真砂はらひけり　小林喜一郎
流觴の先に三日月かかりたる　小林貴子

建国記念日（けんこくきねんび）

建国の日　建国祭　紀元節

二月十一日。戦前は「紀元節」として祝された。戦後昭和二十三年に廃止されたが昭和四十一年「建国記念の日」として国民の祝日として復活した。ちなみに戦前の紀元節は、四方拝・天長節・明治節と共に四大節として祝われた。この祝日の復活については、さまざまな立場から論議を呼んだが結局復活することになった。

人の世になりても久し紀元節　正岡子規
大和なる雪の山々紀元節　富安風生

紀元節今なし埴輪遠くを見る　山口草堂
めざましき建国祭の牡丹雪　石原舟月

箸といふ文化が不思議建国日　林　翔
建国記念日年とって髭剛くなる　大西八州雄
建国祭軍歌雄々しくて悲し　小澤満佐子
がらがらと林鳴るなり建国祭　大牧　広
日の丸は父の胸板建国祭　宇咲冬男
建国の日やひたすらに薬缶鳴る　松本　旭
神話おほかた恋の争ひ建国日　草村素子
豆腐屋の笛もて建国の日の暮るる　岡崎光魚
建国日蛇は寝息を立ててをり　関口眞佐子
大和路の雪となりたる建国日　及川秋美
乗換のホーム違へし建国日　岩月星火
黄信号突つ切つてゐる建国日　田口風子

天皇誕生日（てんのうたんじょうび）

国民の祝日。「天皇の誕生日を祝う」ことを趣旨としている。今上天皇（徳仁（なるひと））の誕生日は二月二十三日。昭和天皇裕仁は四月二十九日。上皇明仁は十二月二十三日であった。二〇一九年（令和元年）は、即位が五月一日であったため天皇誕生日が存在しなかった。昭和以降、誕生日が晩春・冬・早春と変動したため、季節感はなくなった。なお皇嗣秋篠宮文仁の誕生日は十一月三十日。悠仁親王は九月六日である。

葉脈の日に透く天皇誕生日　和田順子
ウイルスの憂きに天皇誕生日　松田ひろむ
紅茶の花開く天皇誕生日　磯部薫子
天皇誕生日そして子猫の誕生日　小髙沙羅
税務署に並ぶ天皇誕生日　川目　紫
自転車に翼天皇誕生日　小平　湖

春分の日（しゅんぶんのひ）

旧暦二月の中で啓蟄の後十五日の三月二十一日前後。昭和二十三年七月「国民の祝日に関する

法律」で定められた祝日の一つ。戦前は春季皇霊祭として皇霊を祭る日であった。↓彼岸

日も真上春分の日をよろこべば　林　翔

正午さす春分の日の花時計　松岡ひでたか

初午（はつうま）

一の午　二の午　三の午　午祭（うままつり）　稲荷講　福参（ふくまいり）　験（しるし）の杉

二月初午の日（地方では旧暦二月）は全国の稲荷神社の祭礼である。稲荷信仰は田の神の信仰で全国に行きわたっていて屋敷神なども稲荷であることが多い。初午はもともと社日や彼岸と同じく春の農事を前にして豊作を祈る祭でもあった。この日は休みとして灯明を上げたり初午団子を作ったりする。

はつうまに狐の剃りし頭かな　芭　蕉

初午や物種売に日のあたる　蕪　村

初午や神主もする小百姓　村上鬼城

初午や坂にかかりてみゆる海　久保田万太郎

帯低く締め初午の客迎ふ　横山房子

初午や海近ければえびさざえ　林原耒井

紅さして夕月はあり一の午　深見けん二

妻のみが知る客を待つ午祭　大牧　広

丹沢のすべてが見えて一の午　旗川青陽

おのおのの嶺に光や一の午　川村五子

人工肛門午の祭へ提（さ）げてゆく　松本光太郎

午祭海苔簀がこひの祠にも　塩谷はつ枝

七輪に十指炎のいろ午祭　小田島亮悦

一盞の佳き酒なりき午祭　神坂光生

二月礼者（にがつれいじゃ・にぐわつれいじや）

正月に事情があって年始の廻礼ができなかった者が二月一日に廻礼する風習をいう。特に演劇関係の人や料飲業関係の人たちが職業柄正月は多忙で年始回りの暇がないので二月に入ってから廻礼

する。↓礼者（新年）

それとなく二月礼者の着道楽　後藤夜半
女弟子伴ひ二月礼者かな　中川朝
やや地味に二月礼者の装へり　大久保橙青
夕陽子（ゆうひこ）と名乗れる二月礼者かな　小林貴子

二日灸（ふつかきゅう）　二日灸（ふつかやいと）　春の灸

旧暦二月二日に灸をすえると効能が倍になるとか疫病除けになるという俗信にもとづいて行われる。旧暦の八月二日にも同じ「二日灸」という風習があるが俳句では二月を主としていう。春の農事の前の疫除けの行事でありこの日は休み日となる。

かくれ家や猫にもすゑる二日灸　一茶
二日灸命惜しむにあらねども　藤本静子
猶（なお）遠き行脚の足や二日灸　大谷句仏
み仏の前に肌ぬぐ二日灸　藤掛昱

針供養（はりくよう）　針祭る　針納め　納め針　針祭

針を使うのをつつしむ日。関東では二月八日であるが関西や九州では十二月八日である。この日は一年中使った針を淡島神社へ納めに行き神前に置いてある豆腐に刺す。今までに使った針を休ませるためである。針を祀ることによって裁縫の上達も祈ったのである。↓針供養（冬）

さながらのこぼれ松葉や針供養　小波
浅草に日のさびれゐし針供養　大牧広
古妻や針の供養の子沢山　飯田蛇笏
針まつり玉串捧ぐ黄八丈　尼崎たか
まち針の頭の瑠璃も供養かな　野村喜舟
男手のたつきの針も祭らるる　宮原双馨
かぼそさを耳たぶにため針供養　河野多希女
身から出る錆といふもの針供養　大倉祥男
点滴の針つけつ放し今日針供養　星野紗一
もの食べて唇ひかる針供養　長崎玲子

ビキニ忌　ビキニデー

一九五四年三月一日太平洋のビキニ環礁で行われたアメリカの水爆実験の際に危険水域外にいた静岡県焼津港の漁船第五福竜丸が実験の折の「死の灰」を浴びて乗組員の久保山愛吉が死亡した。この事件で東京杉並区の婦人達が始めた原水爆禁止を要求する署名運動が全国に広がり第一回原水爆禁止世界大会が広島市で開かれるきっかけとなった。

いくども砂照るビキニ忌後の風紋　古沢太穂
ビキニ忌の雲の流れのただならず　大牧　広
山越えて来るビキニの忌雪のみち　黒田晩翠
ビキニ忌の街にはつねの曲流れ　石村与志
愛用の帽子曲りしビキニデー　大江まり江
ビキニ忌のしろじろとして海の照り　衣川次郎
ビキニデー歯を磨きつつ血をこぼす　松田ひろむ
ビキニデー罪なき海をにらみけり　山本吟石

桃の節句　三月節句　弥生の節句　雛の節句　上巳の節供　桃の日

三月三日。江戸幕府が定めた式日の一つ。東京では新暦で行うが桃の季節にはまだ早いので地方では旧暦で行なう場合もある。古くは宮中で節宴を行い曲水の宴などを催した。室町時代に中国から伝わってから女児のための節供として盛大となった。地方ではこの日は磯遊びや山遊びの日として過す風習がある。↓雛祭

桃の日や深草焼のかぐや姫　一　茶
しめやかな雨も女の節供かな　蝶　夢
桃の日に母に津波の記憶あり　小原啄葉
桃の日の藍に替りし湯屋のれん　加古宗也
夜々遅くもどりて今宵雛あらぬ　大島民郎
声のぼる桃の節句の空の紺　堀　古蝶
桃節句湯気と湯の出る魔法瓶　山畑禄郎
桃の日の田水豊かに家の前　松岡悠風
雛酒に少し腹持ちしたやうな　野村仙水
青年がきて桃の日の手巻寿司　吉田祐子

雛市　雛の市　雛店　雛見世

三月の桃の節句を前にして雛や雛道具を売る市。東京では二月一日頃から売出を始めるが昔から有名な日本橋の十軒店では十五日から市が立つ。雛市には中店といって仮店ができ両側の店も入れて三列四列になった。この中店のなごりが現在の浅草の仲見世となって残っている。今はアパートや個人の店が、その賑わいを見せている。

雛店の灯を引く頃や雨の音　蕪村　もとめずも心足らひぬ雛の市　及川貞
手のひらにかざつて見るや市の雛　一茶　雛市に停みすぎし妻を呼ぶ　大牧広
旗鳴つて雛市立てり畦のくま　石川桂郎　土雛市桃は梏に緋をあつむ　松木敏文

雛祭　雛　ひひな　雛遊び　雛飾　雛人形　内裏雛　官女雛　五人囃　男雛　女雛　立雛　紙雛　土雛　雛壇　雛の調度　雛菓子　雛あられ　雛の灯　雛の客　雛の宴　雛の宿

三月三日。桃の節供の日。美しく着飾って雛遊びをする風習が宮廷や貴族の間に起り胡粉を塗って人形を作る技術が室町時代に中国から伝わってから女の児の節供として盛大となった。地方によっては、この日は磯遊びや山遊びの日となって終日遊び暮らすこともある。

草の戸も住み替はる世ぞ雛の家　芭蕉　天平のをとめぞ立てる雛かな　水原秋櫻子
花咲かぬ片山陰も雛祭　一茶　白き粥かがやく雛の日とおもふ　桂信子
折り上げて一つは淋し紙雛　三橋鷹女　老人の遠きしはぶき雛飾る　藤岡筑邨
いき〳〵とほそ目かゞやく雛かな　飯田蛇笏　どの橋もみな日当りて雛祭　大牧広

雛の世の永くもがなと雛あられ　宮坂静生
紙雛に目鼻は重きゆゑ画かず　丸山海道
恋すてふ一刀彫の立雛（たちひいな）　加藤三七子
雛祭無口の童女輝けり　秋山好見
松に降る雨きらきらと雛祭　川井政子
雛かざる母に少しの国訛り　青木栄子
雛より遠き眼をして紅を引く　斉藤史子
セロファンのかなしき音や雛祭　矢島惠
風強き隠岐に泊りて雛の家　折井眞琴
面影の児に似る雛は飾らざる　宮地良彦
雛の日の立子の墓に詣でけり　青木重行
雛の灯を消せば近づく雪嶺かな　本宮哲郎
雛の膳京の五色麩色どりに　岩田つねゑ
雛の瞳の一焦点に笑みたまう　細木芒角星
雛壇を転げ落ちたる夕日かな　野口嘉子
小物にも井伊の紋あり雛調度　廣瀬凡石
雛の間が巡礼さんの休憩所　手塚金魚
ひひなの夜二段ベットの姉いもと　松永美重子
たまゆらのいのち立たして立雛　大木格次郎
雛の間をときどき通る男の子　黒沢智恵子

生れし子に必死の頃よ古雛　岡田和子
三代の雛の剥落鹿鳴けり　伊丹さち子
貝雛のくれなゐ世界閉ぢにけり　ほんだゆき
海光のゆきわたつたる座敷雛　斎藤梅子
児に届く天地無用の雛の荷　畑中次郎
いのち毛をもって引き目や豆雛　柴田豊子
貝雛開きて見たる下天かな　中島陽華
面やつれせしかと思ふ雛かな　早川愛子
製蝋に栄えし家のひひなかな　筒井珥兎子
雛あられ少しこぼれて美しき　渡辺さち子
灯を消せば闇もやはらか雛の間　若倉文子
掌に韻く小さき藍の陶の雛　平林孝子
気品とは寂しさに似て雛の面　高橋秋郊
和紙揉みて雛とのわかれ延しゐる　柿本妙子
焚かるるも男雛は正座くづさざり　安藤孝助
少年に手招かれたる雛の部屋　大口公恵
一刀に彫られて男雛生まれけり　菱田好穂
内裏雛トラック通るたびに揺れ　水上孤城
享保雛かかえて暗き蔵梯子　寺島勝子
いまの世に御目を閉ぢて古雛　出木裕子

雛流し（ひなながし）　雛送り　流し雛　捨雛

雛飾りをして行事の添えもののように考えられているが、これは三月初めに物忌みをし穢を払い形代の人形を流した風習を伝えるものである。今では鳥取の流し雛が有名で雛送りといって竹の骨に赤い色紙をはって作った流し雛を雛段に飾って三日の夕方に苞に包んだ供物と共に桟俵に乗せて流す。

流し雛冠をぬいで舟にます　山口誓子
雛流し松籟（しょうらい）これを悼みけり　安住　敦
明るくてまだ冷たくて流し雛　森　澄雄
臥すは嘆き仰ぐは怨み流し雛　岡本　眸
いつまでを黒髪といふ雛流す　児玉輝代
こころもち吾を見てをり流し雛　野村喜久子
振向かぬ別れありけり流し雛　西川織子
流し雛しばし流して掬ひ上ぐ　椎名康之
かなんばれ童（わらべ）が水を打擲（ちょうちゃく）す　黒鳥一司
夜も白き浮き雲ひとつ雛流す　石川サト子
里の子の晴着の袖や雛流し　水原春郎
わが手まづ濡れし雛を流しけり　藤谷令子
対岸の犬の見てゐる雛流し　荒川優子
髪白くなりたる雛流しけり　阿知波裕子
雛流す磯の祝詞の風にとび　峰山　清
雛流す少女の素足波が寄す　郷原弘治
波裏に都ぞあらむ雛送る　角南星燈
捨雛に野の日隈なく当たりをり　大木さつき
波聴きて在す祠の捨て雛　斎藤節子
流さるるときも雛の瞬かず　山崎満世
流せし雛見えなくなりぬ見てをりぬ　幸治燕居
衿元を正して雛を波に置く　久米恵子
逆浪に入水の裳裾流し雛　杉田英子
捨雛倖せさうにさし向ひ　望月喜好

雛納め

三月三日の雛祭が終って雛をしまうこと。雛の顔を和紙などでやさしく包み箱の中に樟脳などを入れてしまう。地方によっては、雛を納めるときに蕎麦を供えて食べる風習もある。なお雛祭が終った後の雛人形は早く納めなければ婚期に遅れるともいわれている。

老妻のひゝなをさめも一人にて　山口青邨
筑波嶺も仕舞ひたくなる雛納　平畑静塔
雛納めたる盃のうつろかな　小林康治
夕雲のふちのきんいろ雛納め　鍵和田秞子
巫女溜りはなやいでゐる雛納め　鈴木智子
屋形舟洗ふを見つつ雛納め　関戸靖子
まず御所の屋根を畳みて雛納め　田口風子
まつすぐに死の見えて来し雛納め　斎藤俊子
子の涙乾くを待ちて雛しまふ　廣井良介
雛納め呪文の解かれし一間かな　山岸美重子

鶏合

闘鶏　鶏の蹴合　勝鶏　負鶏

昔三月三日に禁裏清涼殿南階の前の白洲でこの鶏合わせが行われた。その日貴族達が見物する中で鶏を蹴合わせた。この頃が鶏が闘争本能をむき出しにする時期で、三月の行事となった。現在は賭博としての闘鶏は禁止されているが、愛好者の間では軍鶏を使って広く行われている。

勝鶏の抱く手にあまる力かな　太祇
鶏合目も見てずなりてあはれなり　暁台
鶏の影をどり重なり闘へり　百合山羽公
奈良線に沿へりし邑の鶏合せ　山口誓子
闘鶏のばつさばつさと宙鳴れり　野澤節子
人垣のうしろに僧や鶏合　鈴木鷹夫
ねむごろに拭かれ負鶏目をつむる　前田まこと
闘鶏のかすかなる血を浴びにけり　中西夕紀

父呼びに行きたるままや鶏合　徳淵富枝
逆立てし羽に日の差す鶏合せ　岩切貞子
勝ちて酒負けても酒や鶏合　西村旅翠
鶏合の風生ぐさし月の山　姉崎　昭
鶏合す鍛冶場の路地の雪を割り　山崎羅春
勝鶏を抱き昂ぶりを分ち合う　村山白朗

東京大空襲忌（とうきょうだいくうしゅうき／とうきょうだいくうしき）　三月十日

一九四五年三月十日。夜半から未明にかけてアメリカ軍による東京大空襲が行われた。東京の東半分が焼失した。この大空襲によって六十余万人が犠牲となり焼失戸数は三百万戸、一千万の市民が罹災した。当時、永井荷風は『罹災録』で、「昨夜猛火は殆ど東京全市を灰にしたり。その様子は北は千住より南は芝・田町に及べり」と記している。

ゲートルを巻きしは昔空襲忌　岸　風三楼
若かりし叔父叔母三月十日の忌　染谷佳之子

東日本大震災忌（ひがしにほんだいしんさいき）　東日本大震災の日　三月十一日　三・一一（さんいちいち）

三月十一日・二〇一一年（平成二十三年）三月十一日。三陸沖を震源とするマグニチュード九・〇の東北地方太平洋沖大地震が発生。本震とこれに伴う津波は東日本全体に大きな被害をもたらした。さらに津波は福島第一原発の炉心溶融などの事故を招き、それは十数年を経た現在でも収束していない。この地震・津波による死者・行方不明者は二万人を超えた。

東日本大震災忌狼声（ろうせい）す　高野ムツオ
三・一一神はゐないかとても小さい　照井　翠
東日本震災の日の母子手帳　牧野桂一
三・一一水に流すということば　松田ひろむ
東日本大震災忌海の黙　高矢実來
思い出は宙ぶらりんで三・一一　川崎果連

雁風呂（がんぶろ）　雁供養（かりくよう）

雁が北へ帰る時分に浜辺に落ちた木片を拾い集めて風呂を立てる。雁が海を渡る途中に木片などに乗って翼の疲れをとると言われていて、浜辺に残った木片は、捕えられたり死んだりした雁であろうとの心から供養のために風呂を沸かすという。

雁風呂や海あるる日はたかぬなり　高浜虚子
雁風呂や笠に衣ぬぐ旅の僧　飯田蛇笏
雁風呂を想ひたたづむ旅の浜　平瀬　元
雁供養島はかすかににじむなり　大江まり江
木片に藻の絡みをり雁供養　棚山波朗
雁風呂の煙とどかぬ北の天　金子野生
雁風呂のしばしば高き跨ぎ口　川出まり子
追焚きの細き木の枝雁供養　天谷　敦

伊勢参（いせまいり）　伊勢参宮（いせさんぐう）　伊勢詣（いせもうで）　伊勢講　参宮講　抜参（ぬけまいり）　御蔭参（おかげまいり）

行楽をかねて伊勢神宮に詣でること。江戸中期以降庶民の行事として流行した。各地に伊勢講や参宮講を作って参宮の費用を積立てて代参をした。伊勢参の歴史は古く十四世紀前半以降の記録にも見られる。「抜参」は、若い男女が親にかくれて参詣することをいう。「御蔭参」は御蔭年に行われる参宮で約六十年を周期として多くの人が伊勢へくりこんだ。

春めくや人さまざまの伊勢参　荷　兮
講中の籤にあたりて伊勢参　清　河
このたびは伊勢詣とて又も留守　高浜虚子
くもの糸伊勢講の背に吹き流れ　宇佐美魚目

十三詣（じゅうさんまいり・じふさんまゐり）　知恵詣（ちえもうで）　知恵貰ひ

関東の七五三に対して関西では四月十三日に当年十三歳になった男女が「知恵貰い」と言って虚空蔵菩薩に参詣する。十三日は虚空蔵菩薩の縁日で十三歳と重ねたものである。帰りに後を振り向くと折角授った知恵が失うといわれて後を振りむかぬという風習がある。

かこまれて十三参り橋渡る　鈴鹿野風呂
人の子の花の十三参かな　松根東洋城
石段を上り下りの知恵詣　高浜虚子
朧（ろう）たけし母をしたがふ知恵詣　後藤夜半
喜寿にして知恵返しけり十三詣　大西虹彦
智恵詣狐日和となりにけり　島田たみ子

義士祭（ぎしさい）　義士祭（ぎしまつり）

四月一日から七日まで東京高輪泉岳寺で行なわれる。赤穂義士の霊を祭り当時の志をたたえる催しである。泉岳寺が赤穂城主の浅野長矩と大石良雄ら四十七士の墓所となったため義士の菩提を弔うものになった。期間中大石良雄の念持仏摩利支天の開帳や寺宝の展観などもある。

義士祭香煙帰り来ても匂ふ　石田波郷
曇天の花重たしや義士祭　石川桂郎
義士まつり遅参を詫びる男ゐて　石村与志
地下鉄を出て賑はへり義士祭　大牧　梢
義士祭の天ぷらそばの海老小さし　荻原朋子
義士祭の遺品に並ぶ呼子笛　和田幸八
義士祭酒のしたたる一基あり　鈴木十歩
若い衆の草鞋食い込む義士祭　神田道子

釈奠（せきてん）　おきまつり　孔子祭（こうしさい）　聖廟忌（せいびょうき）　釈菜（せきさい）

四月の第四日曜日に湯島聖廟で行われる孔子祭をいう。他の地では佐賀県多久市の孔子廟で毎年四月十日、十月十四日に行うものが残る。釈奠の字義は「置く」という義で、供物などを神前にささげ置くこと。「釈菜（せきさい）」は動物の牲（にえ）は置かず植物を供えるの義。

釈奠や誰が註古りし手沢本　日野草城

釈奠や藩校大き門ひらき　成瀬桜桃子

水口祭（みなくちまつり）　苗代祭（なわしろまつり）　田祭（たまつり）　五十串（いくし）　水口の幣（ぬさ）

苗代祭と同じ義であり苗代に種をおろした時、水口に土を盛って季節の花や栗・うつぎなどの小枝をさし人形（ひとがた）を添えたりして田の神を祭る。その際焼米も添えるが、これは種籾の残りでつくり鳥がこの焼米を啄んで蒔いた種を荒らさぬことを期待する所もある。

小魚まで遊ぶ水口祭りかな　柳　几

関の戸や水ノ口まつる田一枚　飯田蛇笏

水口を祭るくさぐさ萁のうち　西山泊雲

山冷えて水口祭る燧火かな　松村蒼石

四月馬鹿（しがつばか／しぐわつばか）　エイプリルフール　万愚節（ばんぐせつ）

西洋では四月一日の日に限り誰にでも嘘をついて相手をかついでも許される風習がある。正しくは、この日にだまされた人のことをエイプリルフールという。日本でも罪のない嘘をついてよろこんでいる人達がいる。四月馬鹿の起源ははっきりと解明されていない。

四月馬鹿ローマにありて遊びけり　山口青邨
万愚節恋うちあけしあはれさよ　安住　敦
腰かけて岩重たしや万愚節　三橋敏雄
万愚節おろそかならず入院す　相馬遷子
四月馬鹿己あざむくすべ知らず　原　コウ子
口づけを髪に許さる万愚節　高橋悦男
四月馬鹿玉葱刻みつつ泣けり　米田一穂
愚の骨頂とまでは行かねど万愚節　細谷定行
僧の出すパソコン通信四月馬鹿　宇都宮　靖
人にもある耐用年数万愚節　倉迫順子
四月馬鹿昨日のあひる今日も居て　伊藤俊二
胃カメラのするりと入り万愚節　守屋房子
万愚節夜逃げのごとき旅仕度　築城百々平
乱筆と刻むワープロ四月馬鹿　指澤紀子
手かげんのなき子に打たれ四月馬鹿　黒坂紫陽子
地球上の海こぼれざる四月馬鹿　高野万里
句も飴も舌にまろばせ四月馬鹿　矢崎硯水
持ち時間知らぬ幸せ四月馬鹿　中井恭子

緑の羽根　みどりの月間・緑の週間・緑化週間

緑の基金で胸につけられる羽根。「みどりの月間」（毎年四月十五日～五月十四日）は「みどりの日（五月四日）」への関心と理解を深め、緑化などに関する国民の造詣を深めるために実施される。かつては「みどりの週間」であったが、二〇〇七年からみどりの月間となった。期間中には、国公立公園の無料開放や、みどりの式典、地方自治体の協力による緑化イベントなどが全国で行われる。

↓赤い羽根（秋）↓植樹祭（夏）

緑の羽根胸に日曜看護婦たり　松山昌子
晩節や緑の羽根と吹かれつつ　松田ひろむ
少女像みどりの羽根をつけて飛ぶ　牧野桂一
沸騰の地球緑の羽根を植う　高矢実來

昭和（しょうわ）の日（ひ）

四月二十九日。国民の祝日の一つ。「激動の日々」を経て復興を遂げた昭和の時代を顧み、国の将来に思いをいたす」とされている。平成十九年執行。昭和六十四年一月七日の昭和天皇崩御により、同年以降の四月二十九日は「みどりの日」という名称の祝日に改められた。その後、改正祝日法が平成十七年五月十三日に成立し平成十九年より「昭和の日」と改められた。従来の「みどりの日」は五月四日となった。

日の丸は淋しき国旗昭和の日　松田ひろむ
ビル風の古書市ここの昭和の日　池永英子
鉛筆を噛む癖ふっと昭和の日　杉浦一枝
さて、と注す目薬一滴昭和の日　中原幸子
名画座の三本立てや昭和の日　原田紫野
男らが乳母車押し昭和の日　出口善子

メーデー

労働祭　五月祭　メーデー歌　労働歌

毎年五月一日に行なわれる万国労働祭の祭である。この日は労働者は仕事を休んで会場に集って式典を行って後は示威行進をする。日本では大正九年に始めて行なわれたがその後官憲の弾圧が激しく戦争中は中絶した。戦後復活したが昭和二十七年の皇居前広場で警官との流血の惨事をひき起した。現在のメーデーは内容が変化してお祭り気分が支配しているがそれでもメーデーの理念を守って行動するメーデーもある。

メーデーの旗風のなか吾子癒えよ　赤城さかえ
ガスタンクが夜の目標メーデー来る　金子兜太
ねむき子を負ひメーデーの後尾ゆく　佐藤鬼房
メーデーの鮮童にんにくの親しさや　古沢太穂
制帽を正すメーデーの敵視あつめ　榎本冬二郎
恋のなやみもちメーデーの赤旗を見まもる　橋本夢道

メーデーを太く詠みたし詠めざりし　大牧　広
已むを得ず後尾乱るる労働祭　太郎良昌子
福相がなぜか旗もつ労働祭　是枝よう子
ハングライダー空に貼りつく労働祭　宇田川修一
メーデーを妊る犬と遊びをり　岡田久江
メーデーや文化革命あともなく　若林南山
メーデーや我が青春のコッペパン　原　昭二
五月一日ジェットコースターは青空へ　大森理恵
メーデーの日はふかぶかと田に降れる　宇咲冬男
何用もなくメーデーの海へゆく　増成栗人

憲法記念日（けんぽうきねんび・けんぱふきねんび）

現行の日本国憲法が施行されたのは昭和二十二年五月三日で、この日を記念して国民の祭日としたのがこの季語である。敗戦後旧憲法に代って民主主義の理念を基にした新憲法が制定されたのである。

手毬咲きぬ山村憲法記念の日　水原秋櫻子
憲法記念日裏町長屋見透しに　石原桂郎
憲法記念日何はあれけくうららなり　林　翔
雉子畦に出て鳴き憲法記念の日　辻村勅代
切株に憲法記念日のリュック　細井啓司
修正ペン滲む憲法記念の日　大森理恵
読む気せず憲法記念日の社説　井出和幸
憲法記念日砂鉄のやうに家族寄る　田中哲也

みどりの日（ひ）

五月四日、国民の祝日の一つ。平成二年から平成十八年までは四月二十九日だった。国民の祝日に関する法律（祝日法）では「自然にしたしむとともにその恩恵に感謝し、豊な心をはぐくむ」とされている。

檜葉一位ちさく育ててみどりの日　深谷雄大
蒙古斑鮮やかに浮きみどりの日　広瀬杜志
表札に加う吾子の名みどりの日　野村かおり
しののめのあめのこりたるみどりの日　上谷昌憲
みどりの日巣箱は雨に濡れどほし　細谷てる子
みどりの日仁王の両目寄りしまま　金子野生
新聞にみどりの頁みどりの日　森松まさる
昭和史のおほかたを生きみどりの日　千手和子
火山灰を踏む大靴小靴みどりの日　白井爽風
あめつちの気息とどのふみどりの日　赤澤新子
千代田区の柳は無聊みどりの日　大畠新草
妃殿下の鍔広帽子みどりの日　河内きよし

どんたく　松囃子　どんたく囃子

五月三日に催される九州博多の祭礼の松囃子に合わせて稚児は曳台に三福神（恵比寿・大黒・福禄寿）は馬に乗り街を練り歩く。氏神櫛田神社からは要所要所に稚児の舞がある。「どんたく」は、オランダ語の「ゾンターク」から転化したもので休日の意味である。

どんたくは囃しながらにあるくなり　橋本鶏二
どんたくのきのふを遠くこもり縫ふ　清原枴童
どんたくの連に遅れて走りけり　伊藤通明
どんたくが好きで踊つて老見せず　岡部六弥太

都踊　都踊

四月、京都祇園花見小路の歌舞練場で催される春の踊である。明治五年京都博覧会が開かれたとき始められ戦時中の中断をのぞいて毎年続いている。都踊は井上流の京舞（地唄舞）が中心につらぬかれている。都踊の提灯やポスターが四条通りを飾り京都の春はいよいよ本番となる。

傘さして都踊りの篝守　後藤夜半
都をどり舞台目細の顔ばかり　及川　貞
都をどり硝子のやうな舞妓の目　沖　久治
足先のつめたき都踊かな　藤田三郎

鴨川踊（かもがわおどり・かもがはをどり）
京都先斗町の芸妓によって行われる踊。五月一日から二十四日までと十月十五日から十一月七日までの春秋二回開かれる。都踊の古典的な舞とちがって近代的な振付を採り入れて劇的な内容を盛っている。

京去るや鴨川踊今宵より　池内たけし
父と見し鴨川踊ありありと　錦織　鞠
大川や鴨川踊の灯が泳ぐ　中村美治
なべて背の高き鴨川をどりの妓　岡　明子

春祭（はるまつり）
春に行なわれる祭の総称。昔農業国であった日本では穀物の豊かに実ることを祈る意味で春に行なわれている。祖霊が春の農事の初めに山から田の神として降りてくるという信仰があり、その神の呪詞（じゅし）が全てを春にするという祝福と示威の予行をした。↓祭（夏）

山下りてもんぺ鮮（あたら）し春祭　石田波郷
杣も来つ穂高里宮春まつり　渡辺立男
陸奥の海くらく濤たち春祭　柴田白葉女
春祭仏間怖がる子を泊めて　守部幸代
春祭鵜も鳶も山寄りに　藤田湘子
蒸しパンに味噌の香ほのと春祭　田中美沙
刃を入れしものに草の香春まつり　飯田龍太
乙女らの小町顔なる春まつり　村松　堅
夕暮は雲に埋まり春祭　廣瀬直人
海に貝放ちて春の祭かな　廣崎龍哉

北野菜種御供（きたのなたねごく）
北野御忌日（きたのおんきび）　天神御忌（てんじんおんき）　梅花祭（ばいかさい）　梅花御供（ばいかごく）　道真忌（みちざねき）　菜種の神事　菜種御供（なたねごく）
二月二十五日の北野天満宮の祭礼。西の宗の旧社人が菜種の花をさして献じたのでこの名がつけられた。現在は神饌（しんせん）に梅花を添えるので梅花祭と呼ばれる。神饌は参詣者に下賜されて病気平癒の伝えがあり、また学問の神である点から受験生やその父兄の参詣も多い。なお、野点の大茶湯もひらかれる。

曇りより雨となりたる菜種御供　森　澄雄
本殿に琴運び込む菜種御供　椹木啓子
尼宮に風まださむき菜種御供　高木石子
ともしびの洩れくる菜種御供の森　加藤三七子

春日祭（かすがまつり）　申祭（さるまつり）

毎年三月十三日に奈良の春日大社でひらかれる祭礼。春日大社は藤原氏の氏神で神社祭祀の粋を示した。藤原氏は皇室の外戚であったため皇室の信仰も厚く行幸も多かった。もとは旧暦の二月と十一月の上申の日に行われたので「申祭」ともいった。

懐しき山をかさねて春日祭　田口冬生
申祭むべ山風の冷えに冷え　村上麓人

鎮花祭（はなしずめまつり／はなしづめまつり）　鎮花祭（ちんかさい）　花鎮め（はなしずめ）

四月十八日。奈良県桜井市の大神（おおみわ）神社で行う祭礼。その後場所を狭井（さい）神社に移して祭礼が行われた。桜の花を田の稲の花に見立てて花の散るのを押さえる意味で「やすらへ花や」と唱えた。その後田の稲虫を払うことと人間の疫病を鎮めることに考えが広がってきた。また奈良の水谷神社では水谷神楽を奏して四月五日に鎮花祭が行われる。

神帰り其座や袖の花鎮　言水
はるばると来てまのあたり花鎮　大牧　広
巫（かんなぎ）の老いもめでたし花しづめ　荷兮
並べ売る三輪の百合根や鎮花祭　新井英子
恋の神えやみの神や花鎮　松瀬青々
華やかに花を鎮めて鬼の祈舞　豊田都峰
真乙女の琴よりはじむ花鎮　宮岡計次
花鎮め豆ふっくらと煮上がりて　山尾滋子

安良居祭（やすらいまつり）　安良居　夜須礼（やすらい）　安良居花（ばな）　花踊　今宮祭（いまみやまつり）

四月第二日曜日京都市北区紫野の今宮神社内の摂社玄武社で行う鎮花祭。疫病神を「やすらぐ」ために行ってきたものともいう。直径二メートルもある花傘も加わるがその下に加わると悪霊退散の効があると信じられている。

尻餅もやすらひ花よ休らひよ　一茶

花散るややすらひの傘まだ来ぬに　大野林火

花換祭（はなかえまつり・はなかへまつり）　花換

福井県敦賀の金ヶ崎宮（かねがさき）で四月中に花時を選んで行われる。当日は造花を社前で買い参詣に集まった人々が「花換えましょう」と言つて交換し合う。西日本に主としてある「替物神事」の一つで金ヶ崎宮の祭神の命日が桜の頃であったのでその霊に花を捧げようとすることから始まったという。

花換祭山の端に日の射して　石村与志

花換や沖ゆく船のさみしくて　川上季石

高山祭（たかやままつり）　高山春祭　山王祭

四月十四、十五両日。岐阜県高山市の日枝神社の祭典。高山の町並を十二台の豪華な山車が練り歩く。各町内それぞれに趣向を凝らしたからくり人形を安置する山車もある。十五日の夜の山車が町内に帰ってゆく時の「曳き別れ唄」に哀愁があり祭の余韻を一層深いものにする。また秋の高山祭には山車十一台が揃う。

嶺の雪も照り合ふ高山祭かな　金尾梅の門

木や水や高山まつり曳き揃ふ　野村仙水

棟梁の高山祭に攫はるる　山上寿衣
山車囃甘甘棒は飛騨の菓子　上村占魚
からくりの翁の手ぶり高山祭　石　寒太
高山祭一夜に賭けて切なかり　林　朋子
朴茶味噌焦げる高山祭かな　浅場英彦
父が語りし高山祭まのあたり　大牧　広

靖国祭（やすくにまつり）　招魂祭（しょうこんさい）

四月二十一日。東京九段の靖国神社で行われる春の大祭。前日は例祭祓次の日は直会と三日にわたり行われる。創建は明治二年で明治維新以後の戦没将兵や殉国者を合祀する。その日は天皇あるいは代理者の参拝や全国遺族の参拝があり露店などが出て境内は賑わう。

年々の招魂祭の裏の宿　高浜虚子
春も早や招魂祭のころの雨　富安風生
招魂祭さびし凧鹿柱なす　富岡掬池路
招魂祭遠く来りし顔と遭ふ　三橋敏雄
雲やはり流れてゆきぬ招魂祭　大牧　広
先行の不安は消せず招魂祭　浜名礼次郎
大テント招魂祭の椅子並ぶ　小路紫峡
招魂祭肩で息するもと兵士　きりぶち輝

先帝祭（せんていさい）　先帝会（せんていえ）

五月二日より三日間下関市の赤間宮で行われる。旧暦三月二十四日浦の擅に入水した幼帝安徳天皇の忌日に法会（ほうえ）を営んでいたが維新後改められたものである。現在は料飲店の従業員が仮装して参拝する。

春の潮先帝祭も近づきぬ　高浜虚子
海峡を夕日埋むる先帝祭　すずき波浪
駕籠ぬちに眠き禿（かむろ）や先帝祭　石津柊光
白波や先帝祭のはじまりし　細谷定行

涅槃会（ねはんえ）

涅槃　涅槃の日　仏忌（ぶっき）　涅槃像　涅槃変　涅槃絵　涅槃図　涅槃寺　寝釈迦　餅花煎（もちはないり）　釈迦の鼻糞　痩せ馬

旧暦二月十五日を釈迦入寂の日としている。この日は二月の望の日で自然の暦の上でも春の農事の大切な日で祭日としている地方も多い。各院では涅槃像を掲げて涅槃会を営む。民間では霰のように切った餅花煎を供物とする。各地でも団子・はったいなどが作られて寺で団子蒔きをする地方もある。

神垣や思ひもかけず涅槃像　芭蕉
涅槃会やおくれてひとつ飛ぶ小蝶　蓼太
お涅槃や大風鳴りつ素湯の味　渡辺水巴
お涅槃のかたきまぶたや雪明り　前田普羅
諸鳥の地に嘆かへり涅槃像　水原秋櫻子
なつかしの濁世の雨や涅槃像　阿波野青畝
涅槃図に東の間ありし夕日かな　安住敦
涅槃会を寺ごと拝む野にありて　津田清子
やどかりの半身浸す涅槃かな　進藤一考
梁といふ強きもののある涅槃寺　大牧広
京野菜とりどり供へ涅槃像　長安悦子
墨客に大涅槃図の掛かりあり　福井啓子
涅槃図に入りて哭（な）きたき日のありぬ　伊東みのり
涅槃図の端に落つこちさうな亀　河内きよし
涅槃図に小さき涙描かれず　菅原章風
まだ哭いてゐる涅槃図を巻きにけり　木村淳一郎
かなしめば見ゆるかなしみ涅槃像　金田志津枝
潮先のふきとばさるる涅槃かな　山西雅子
山中の涅槃団子としての色　小林牧羊
涅槃図にしのびよりしは水明り　野中秋光
広き野にひろき風吹く涅槃かな　山浦純子
涅槃図の若草色の大地かな　村中燈子
涅槃像金泥は目にあたたかし　加古宗也
東山三十六峰涅槃雪　浅見志津香

涅槃図や横に置かれし油壺　竹内悦子
お涅槃の長き廊下を走り拭き　百瀬ひろし
仏弟子も口ゆがめ泣く涅槃の図　斎藤道子
涅槃図に話しかけゐる媼(おうな)かな　高橋玉洋
美しく爪切られたる寝釈迦かな　木倉フミヱ
涅槃図に泣き声を描き忘れけり　宮坂静生
生臭き息を憚(はばか)る涅槃絵図　浜渦美好

涅槃絵図十大弟子の名は知らず　寺田圭子
拓本の仏像を見る涅槃かな　松本正一
涅槃し給いなお説くことばあるごとし　宇咲冬男
衆生らに香盤廻る寝釈迦かな　吉波泡生
東山南山麓寝釈迦像　安部桂
涅槃図の嘆きの端に加はりし　井田すみ子
涅槃会や大僧上の坐胼胝　山本孝仙

常楽会(じょうらくえ)

旧暦二月二十五日。釈迦入滅の日を一般に涅槃会と呼んでいるが大阪四天王寺、奈良興福寺、法隆寺では、これを常楽会と呼んで行う。常楽は常（常住不変）、楽（安楽）などを証得したことを略したものである。その悟りに近づくという意で常楽会として行う。

修二会(しゅにえ)　二月堂の行(ぎょう)　お松明(たいまつ)

三月一日から十四日間。奈良東大寺で国家安穏を祈願する行事で修二月会の略。二月堂の行いともいう。修二会は二月堂の開祖実忠(じっちゅう)和尚によって始めたといわれ十一面観世音のありさまを人間世界に移して行ったのがこの行事だという。↓お水取り

修二会僧女人のわれの前通る　橋本多佳子
堂上に星をいただき修二会果つ　岡崎桂子

巨き闇降りて修二会にわれ沈む　藤田湘子
紙を裁ち紙衣繕ふ修二会かな　石河義介
絶妙の調べ修二会の僧の経　狭川青史
眠れざる鹿そこここに修二会の夜　千手和子
雨音も夜深くなりぬ修二会堂　西村和子
修二会や炎が駆けのぼる巨き闇　伊勢谷紅月女
群衆も修二会の闇に消されけり　水野久代
お松明火あぶりめきし竹矢来　磯野充伯
火の粉浴び歓声あぐるお松明　田村和彦
お松明僧を導く灯を高く　吉岡鳴石

お水取（みずとり）　水取（みづとり）　若狭の井

二月堂の修二会の行の一つ。三月十三日の午前二時前後からお水取が行なわれる。二月堂の創建者に若狭の遠明神が閼伽井（あかい）を供与したという伝説にもとづく。雅楽のうちに法螺貝（ほら）を吹きならし僧が炎々たる大松明をかざして回廊を駆けのぼるさまは壮観である。↓修二会

水とりや氷の僧の沓の音　芭蕉
水取や僧形も見ず詣で去る　皆吉爽雨
振りこぼす火の粉抱くべしお水取り　高松文月
延々とお水送りの千の炬火　山本三才

嵯峨の柱炬（さがのはしらたいまつ）　嵯峨御松明（さがおたいまつ）　柱松明

三月十五日各寺で涅槃会を修するが京都の清凉寺釈迦堂では昼に涅槃会を修し夜八時堂前の大柱松明三基に火を点す。嵯峨の柱炬は釈迦を葬る心持ですると語りつづけられている。松明は高さ六メートルから七メートル、直径は一・五メートルを超す。その燃えかたによって豊作の様子を占うという。

松明や鶴の林の夕煙　方山
伸び上り待つ闇よりのお松明　鈴木道子

人混みを待たせ崩るる柱炬　石口光子　　柱炬逆円錐の形に立つ　内山泉子

嵯峨大念仏（さがだいねんぶつ）　嵯峨念仏　融通念仏　花念仏　嵯峨大念仏狂言

京都の清涼寺釈迦堂で行なわれる京都三大狂言の一つで春秋にひらく。春は四月中旬の土・日曜に開かれる。昭和三十八年に中断されたが五十年に保存会ができて復興した。

松の間の大念仏や暮遅き　高浜虚子　　はからずも大念仏に会ひ得たり　小山いたる
八分咲く花の盛りや大念仏　大谷句仏　　鉦音のうつらうつらと大念仏　西村和子

彼岸会（ひがんえ）　彼岸詣（もうで）　彼岸参（まいり）　彼岸寺　お中日　彼岸団子　彼岸餅

春分と秋分とを中日にしてその前後三日ずつ七日間をいう。日本では農事始の神祭をする時期で仏教で縁のない固有信仰にかかわる行事が多い。家庭でも彼岸団子などを作って仏に供える。↓彼岸

何迷ふ彼岸の入り日人だかり　鬼　貫　　日当りて彼岸寺なり自毫寺　外川飼虎
曇りしが降らで彼岸の夕日影　其　角　　母のため彼岸団子を買ひにけり　錦織鞠
手に持ちて線香売りぬ彼岸道　高浜虚子　　暗がりにあるから秘仏彼岸冷え　尾関乱舌
山寺の扉に雲あそぶ彼岸かな　飯田蛇笏　　彼岸寺こぼれるように雀いて　宇咲冬男

御影供（みえいく）　御影講（みえいこう）　大師忌　空海忌　弘法忌

弘法大師の修忌で旧暦三月二十一日。総本山の京都東寺では月々二十一日が御影供で四月二十一日

が正御影供となっている。京都の人は「弘法さん」と呼び庶民性の高い行事である。紀州では春ごとを行っている所がある。

御影供や人に埋もるる壬生朱雀　太　祇

御影供やさらぬ小寺の花も見る　松瀬青々

島原やどつと御影供のこぼれ人　一　茶

こらへゐて雨も大粒空海忌　宇佐美魚目

聖霊会（しょうりょうえ／しやうりやうゑ）　貝の華（はな）

四月二十二日大阪四天王寺に行われる三大法要の一つ。聖徳太子の忌日で全山及び末寺の僧侶まで出仕し太子の大きな徳を賛仰する法要。舞台の四隅に難波の浦に吹きよせられる貝をなぞらえて三センチほどの「貝の華」を飾りつける。↓貝寄風

夕ばへや舞台の隅の貝の華　友　梅

花になく燕来たり貝の華　松瀬青々

開帳（かいちょう／かいちやう）　開龕（かいがん）　出開帳（で）　開帳寺（でら）

一定の期間を定めて平常開かない厨子の扉を開いてその中の秘仏を拝ませることで春さきの頃に行われる。秘仏を他の地に移して拝観させることを出開帳といい、対して居開帳の言葉もある。

炎上をまぬがれたまひ出開帳　清原枴童

廻す・打つ・撫でるやお開帳にきて　田口彌生

開帳の破れ鐘つくや深山寺　飯田蛇笏

御開帳輪袈裟かけたる下足番　佐野克男

下萌のいたくふまれて御開帳　芝　不器男

開帳待つ最前列の綱つかみ　坂田栄三

御開帳うなづき合ふて覗きけり　上野ちずこ

湯の町のにぎはひと別御開帳　加藤三七子

遍路（へんろ）　お遍路　遍路笠　遍路杖　遍路道　遍路寺　遍路宿　善根宿（ぜんこんやど）　四国巡り　一国巡り　島四国

四国遍路といって札所八十八ヶ所の霊場を巡拝すること。昔弘法大師が巡錫（じゅんしゃく）した寺々といわれ全道程三百余里日数四十日を要する。中世以来盛んになり特殊な身ごしらえをして大師伝説を辿って霊場をめぐり宝印・納経印を白衣に捺してもらう。有名なものに坂東・秩父・江戸・京都の三十三ヶ所や小豆島・佐渡ヶ島の八十八ヶ所がある。

道のべに阿波の遍路の墓あはれ　高浜虚子
憩ひつゝ肩うちあへる遍路かな　皆吉爽雨
塩田のゆふぐれとなる遍路かな　山口誓子
かなしみはしんじつ白し夕遍路　野見山朱鳥
あまりにも波打際を遍路行く　大牧　広
突き減りていよよ頼みの遍路杖　辻本斐山
方丈に帷子積んで遍路寺　永川絢子
夕波の見えて淋しき遍路かな　桜木俊晃
一団の来て白うせり遍路宿　川原つう
椿一輪描きし遍路便りかな　岩切青桃
道岐れすなはち遍路しるべかな　上崎暮潮
遍路かも刻なしの鐘鳴りつぐは　日野あや子
一日の遍路疲れの杖洗ふ　佐藤灯光
しんじつのらんけんそはか老遍路　佐々木会津
唱へをり遍路の夢のいろは歌　小川恭生
病人を残し遍路の発ちにけり　岡本ゆきゑ
遍路宿海の入日に波斯（ペルシャ）猫　山本　源
喪ごもりの遍路の人の早発ちす　田中好子
面影のあとさきに立つ花遍路　角川照子
怒濤寄す土佐の荒磯を来る遍路　松永唯道
島遍路干潟歩きて近道す　芳野正王
子遍路の杖に雨泌む結願寺　神谷翠泉

仏生会（ぶっしょうえ／ぶつしやうゑ）　灌仏会（かんぶつえ）　降誕会　誕生会　浴仏会（よくぶつえ）　花祭（はなまつり）　花御堂（はなみどう）　花の塔　花亭（かてい）

四月八日（地方によっては五月八日）。釈迦の降誕を祝福して全国の寺では山内に花御堂を作り花で屋根を葺き浴仏盆の中に誕生仏の像を安置して甘茶を竹の柄杓で灌がせる。花祭は浄土宗が表明したもので子供中心の祭にふさわしいので一般に用いられるようになった。

花御堂月も上らせ給ひけり　一茶
つゝじ多き田舎の寺や花御堂　正岡子規
無憂華の木蔭はいづこ仏生会　杉田久女
山は山で鳥は鳥なり仏生会　大牧広
仏生会母を亡くせしわれに雨　山田冬馬
秩父往還朝から雨の仏生会　曽野綾
風のあと月の大きな仏生会　斉藤みちえ
仏生会鳰（にお）には鳰の笛仕え　佐々木栄子
仏とはにんべんなりし花祭　松田都青
象の背をころがる水や花祭　石田由美枝
見まはしてわれは男や花祭　桑原三郎
反閇（へんばい）にゆらぐ山気や花神楽　白井爽風
青獅子の文殊菩薩や花祭　加藤三七子
ビル風の中の一角花御堂　高木聡輔
百花もて葺きし御堂の重からず　金藤優子
入相（いりあい）の鐘にほどかれ花御堂　清水悦子
花御堂仕上げし老婆かたまれり　鈴木好子
金色の鯉の浮きくる灌仏会　山城英夫

甘茶（あまちゃ）　仏の産湯　五香水（ごこうすい）　甘茶仏　甘茶寺　灌仏　浴仏

四月八日の花祭には誕生仏に竹の柄杓で甘茶をそそぐ。この甘茶は本来香湯を用いるべきだったが甘茶を用いるようになったのは江戸時代からである。釈迦の誕生のとき八大竜王が甘露（かんろ）の雨を降らせて太子を湯浴みさせたという伝説にもとづいている。↓仏生会

山寺や蝶が受取る甘茶水　一茶
老の尼甘茶もらひの子にやさし　富安風生
くろがねの丹田（たんでん）ひかる甘茶仏　野澤節子
仏身のしんのしんまで甘茶沁む　赤松柳史
園児らの数だけ濡れて甘茶仏　大東晶子
灌仏のわが胎に入る小ささよ　中西夕紀
月出でていよいよ小さき甘茶仏　稲荷島人
一杓の甘茶にて足り濡れたまふ　百瀬ひろし
注がれて甘茶のいろの甘茶仏　小林千穂子
灌仏に青潮さはりなくながれ　友岡子郷

吉野の花会式（よしののはなえしき）

吉野の会式　花会式　鬼踊　餅配（もちくばり）

四月十一、十二日。吉野の金峯山寺蔵王堂で行なわれる花会式。宿坊の竹林院から一山の大衆が大行列を組んで蔵王堂にくりこみ稚児行列がつづく。懺法の後餅配りと称して千本搗きの餅をほどこす。

花会式かへりは国栖（くず）に宿らんか　原石鼎
内陣の鬼の酔ひぶり花会式　植原抱芽
花会式道中奉行の鯰髭　杉山青風
童（わらんべ）の居眠る吉野花会式　穂苅富美子

御身拭（おみぬぐい）

四月十九日京都の清涼寺の法会。本尊釈迦如来を香湯で浸した布で拭う。その香湯は苔寺から奉納した清水に香をたきしめたもので住職はみずからを香湯で浄めた後に本尊の像を隈なく拭う。参詣者は本尊の像を拭った布を経帷子（きょうかたびら）にすると極楽往生するといわれこの布を頂く。

御僧のその手嗅ぎたや御身拭　太祇
食うて寝て牛になりけり御身拭　高浜虚子
垂れたまふみ手にかくれて御身拭　田中王城
金魚藻のたばね浸され御身拭　田口彌生

鞍馬の花供養（くらまのはなくよう）　鞍馬花会式　花供懺法（はなぐせんぼう）

京都の鞍馬寺では四月十八日から二十四日までの一週間花懺法会を営む。昔、大宮人が雲珠桜を手折って家づとにしたという花供養が現在に伝わっているものである。期間中本尊多聞天（たもんてん）を開帳し稚児の練供養がある。

うづざくら一嵐して花供養　高浜虚子

つきかはる鐘のひゞきや花供養　百合山羽公

御忌（ぎょき）　法然忌　円光忌　御忌詣（もうで）　御忌参（まいり）　御忌の寺　御忌の鐘　御忌小袖　弁当始

四月十九日より二十五日の七日間浄土宗の各寺院でひらかれる開祖法然上人の忌日法会。法然上人は建暦二年一月二十五日に入寂したので昔は正月に忌日を迎えた。御忌の「御」とは後柏原天皇の勅命によって始まったことに由来している。

嫁入せし娘も多し御忌詣　太祇

竹林の奥へ蝶ゆく法然忌　加藤かけい

西山によき日沈みぬ御忌詣　高浜虚子

法然忌なりけり山は雲掲げ　衣川次郎

もろ鳥のこゑのもはらや法然忌　森澄雄

傘のうち御忌と短く言ひたまふ　佛原明澄

壬生念仏（みぶねんぶつ）　壬生祭（さい）　壬生狂言　壬生踊　壬生の鉦（かね）　壬生の面

壬生寺（京都市中京区壬生の地蔵院、宝鐘三昧寺）で四月二十一日から七日間行なわれる大念仏会。この期間中境内で壬生狂言という無言劇が演じられる。囃子は鰐口（わにぐち）・横笛など使われる。

壬生狂言うなづき合うて別れけり　岸風三楼

壬生の面したたか泣きて汚れけり　関戸靖子

早鉦となりて鵺（ぬえ）出る壬生狂言　右城暮石
うららかに妻のあくびや壬生狂言　日野草城
壬生狂言をはる口上なかりけり　高橋克郎
炮烙（ほうらく）の放り出されて壬生念仏　岡村光代
壬生鉦や一ト走りして狐雨　椎名書子
前ぶれもなく壬生踊はじまりし　田中久子

峰入（みねいり）　大峰入（おおみねいり）　順の峰入　順の峰　入峰（にゅうぶ）

奈良県吉野郡大峰山に山入りすることで修験道で最も重要な儀礼とされている。春を順の峰入りとして紀伊熊野から大峰山に登り葛城に出た。修験道は仏教が日本固有の山岳信仰に融合したもので開祖は役小角（えんのおづぬ）である。

峰入や又強力（ごうりき）が顔の癖　桑風
峰入や顔のあたりの山かつら　正岡子規
峰入や山坂花にはぐれ行　松瀬青々
峯人の老いてもこもる美男眉　及川貞

鐘供養（かねくよう／かねくやう）

四月二十七、八日和歌山県の道成寺、五月五日の東京南品川の品川寺（ほんせんじ）の鐘供養が有名である。道成寺は安珍・清姫の伝説で名高く品川寺の鐘供養は明治維新の騒ぎに海外へ持ち出されたのが無事にもどってきた記念として行われている行事である。

座について供養の鐘を見上げたり　高浜虚子
鐘供養逃げゆく男双手上げ　成瀬桜桃子
悪僧の僧が仕切りし鐘供養　大牧広
清姫の鐘の供養の雨降らす　真砂卓三

バレンタインデー　バレンタインの日

二月十四日。ローマの司教聖バレンタインが西暦二七〇年に信仰迫害によって投獄され殉教した日である。毎年この日は鳥が交尾するといわれ英米では男女相愛の日として、夫婦や恋人間でハート型にちなんだ贈り物を交す。日本でもこの日、意中の人に贈物をする風習が定着した。

バレンタインの日なり山妻ピアノ弾く　景山筍吉
薔薇抱いてバレンタインといふ日かな　友田美代
乳牛の黒き眼バレンタインの峡　大峯あきら
妻さへも義理めくバレンタインデー　細谷定行
バレンタインの日なり遠くで犬が吠え　大江まり江
インタホーン時差ありバレンタインの日　三森　南
バレンタインのチョコ携（たずさ）へて出講す　山田みづえ
今だから話せるバレンタインの日　指澤紀子
声群るる鳥ゐるバレンタインの日　花田由子
バレンタイン彼女に適ふ奴はなく　伊規須富夫
バレンタインの日は老人でありにけり　多田薙石
バレンタインデー土にかへして夫の骨　神澤久美子
ハムの紐ほどきてバレンタインの日　高見岳子
バレンタインデー浅蜊が舌を出してをり　大森理恵
思ひきり朱着てバレンタインの日　岩佐こん
校舎より海見えバレンタインの日　小野さとし
忘れ得ぬバレンタインの日の言葉　堂前悦子
労務課も事務課もバレンタインデー　藤井諏訪女

謝肉祭（しゃにくさい）　カーニバル・カルナヴァル

もともとはカトリックの復活祭前の四十日、肉断ちと懺悔の期間に入る直前三日間をいう。春迎えの農耕儀礼と悪霊追放の仮装とが結びつき、宗教的な意味合いよりも祝祭の日、リオデジャネイロのカーニバルのような観光行事となっているところが多い。

謝肉祭の仮面の奥にひすいの眼　石原八束
金の靴一つ落ちゐし謝肉祭　有馬朗人
先頭に踊る百歳カルナヴァル　松田ひろむ
謝肉祭(マルディグラ)今度は悪魔と踊りけり　青柳　飛
謝肉祭舌を見せ合ふ子の遊び　牧野桂一
カクテルはいつわりの色謝肉祭　川崎果連
謝肉祭ひとつ違いの姉だけど　小平　湖
そこここに悪魔と天使カーニバル　吉村きら

御告祭(おつげさい)　告知祭(こくちさい)　お告げ祭(さい)　受胎告知日(じゅたいこくちび)

三月二十五日。カトリックの祝日。マリアに大天使ガブリエルの口からキリスト受胎の告知があった日である。救主をやどした童貞聖マリアを賛美してマリアの御取次で徳を与えられることを願う日である。

お告げ祝ぐべく四方の森囀れり　阿波野青畝
羽紅き受胎告知の大天使　景山筍吉

受難節(じゅなんせつ)　受苦節(じゅくせつ)　受難週(じゅなんしゅう)

カトリックで四旬節最後の二週間を言い御受難の主日にはじまる。キリストの受難と死去を特別に記念する期間。聖金曜日まで十字架・聖像を覆いかくすがこれは主の苦難に対する悲しみを現わす。

受難節林芽ぐみつ風に鳴る　古賀まり子
まろび伏す仔豚よ村の受難週　有働　亨
愛読せし本見当らず受難節　錦織　鞠
眼を一つ神に捧げて受難節　井上純子
妹の白きブラウス受難節　中村わさび
喉痛むとも暗誦や受難節　中村一志

聖金曜日（せいきんようび／せいきんえうび）　聖金曜　受難日

聖週間中の金曜日をいいユダヤ教典礼の大安息日。この日の祭典は祭服は苦しみの表徴である黒を用い祭壇の蝋燭を点さず祭壇の上に紫の布で覆った十字架を安置する。この日はミサを執行せず司祭は予備聖体のミサという式を行う。

薔薇よりも青年匂う聖金曜日　楠本憲吉
聖金曜日の食卓を浄めけり　小泉瀬衣子
聖金曜のオルガン低し辛夷の芽　古賀まり子
その人の煙草の香り聖金曜　能城　檀

復活祭（ふっかつさい／ふくくわつさい）　イースター　聖週間　染卵（そめたまご）　彩卵（いろたまご）

キリスト復活記念の祝日で春分後第一の満月の後の第一日曜日をいう。年によって異なり三月二十二日より四月二十五日までの日曜日。この日は祝日中の祝日でキリスト教徒の最大な喜びにみちた日である。クリスマスの時のようにカードを交換したり復活の象徴として着色した染卵を飾る。

素手のまづしさ復活祭の卵つかむ　平畑静塔
復活祭妻が湯浴みの音も更く　村沢夏風
三女また修女を希ひ復活祭　景山筍吉
復活祭表参道日の沈む　小泉瀬衣子
百穴に百の顔ありて復活祭　西東三鬼
復活祭本寺の彌撒（みさ）にめぐり逢ふ　三上　孝
藪を透く桃のさかりよ復活祭　木下夕爾
復活祭一番鶏は野に出でて　古野洋子

良寛忌（りょうかんき）

旧暦一月六日。禅僧良寛の忌日。良寛は本名山本栄蔵、出雲崎の名主の家に生まれた。十八歳の時出家し以後諸国を遍歴修行して晩年は越後国上山に五合庵を営む。良寛の和歌や書などには無垢の境地を示し多くの人を惹きつけている。天保二年一月六日没。

佐渡恋ひの佐渡あらぬ日や良寛忌　杉山岳陽
良寛忌炉に深沈と燠の尉　曽根原幾子
貧僧の折焚く柴や良寛忌　岡安迷子
父のこと語らぬはなぜ良寛忌　松田ひろむ

義仲忌（よしなかき）

旧暦一月二十日、木曾義仲の忌日。寿永三年のこの日範頼・義経に宇治・勢多で敗れて近江の粟津で討死した。征夷大将軍に任じられ旭将軍と呼ばれたこともある。同地に義仲寺があり忌日を修している。

しばらくは野火のうつり香義仲忌　飯田龍太
紅梅を近江に見たり義仲忌　森　澄雄
雀来て鶯去れり義仲忌　進藤一考
兜煮に残る目玉や義仲忌　うだつ麗子

実朝忌（さねともき）

旧暦一月二十七日。毎年二月同日に鎌倉扇ヶ谷の寿福寺で実朝忌を修している。実朝は承久元年の同日、鎌倉八幡宮に参詣の途中に甥である八幡宮別当の公暁に刺殺された。実朝は藤原定家より和歌の教えをうけて歌人としても名を成し『金槐集』が有名である。

松籟の武蔵ぶりかな実朝忌　石田波郷
引く浪に貝殻鳴りて実朝忌　秋元不死男
日の崖の砂さらさらと実朝忌　戸川稲村
実朝の忌を江ノ電の横揺れに　早乙女健
きざはしに風流れ落つ実朝忌　中村喜美子
がうがうと谷戸に風ある実朝忌　高須禎子

光悦忌（こうえつき／くわうえつき）

旧暦二月三日。徳川時代初期の芸術家本阿弥光悦の忌日。二月か三月に京都市の光悦寺で茶人達が集まって光悦忌を修する。没日は寛永十四年二月三日、鷹ヶ峰の太虚庵で芸術三昧の生涯を終えた。刀剣の鑑定や手入を家業としたが書、絵などでも一家を成した。

洛北の径（こみち）知り来つ光悦忌　松瀬青々
鳶の輪のあとかたもなし光悦忌　神尾久美子
流れゆく墨の行方や光悦忌　石　寒太
繕うてありし茶碗や光悦忌　近藤雅恵
捧げ持つ青磁の一壷光悦忌　宮坂秋湖
句仇は庭師でありし光悦忌　鈴木たかよ

大石忌（おおいしき）

旧暦二月四日。大石良雄の忌日。元禄十六年のこの日に大石良雄は幕府の命によって切腹をしている。これにかかわり三月二十日京都祇園の万亭（一力）では大石が遊興したという伝説によって法要を営み義士の遺品その他を展観する。

ひえ〴〵と蛸肴あり大石忌　久米三汀
叔父の僧姪の舞妓や大石忌　松本たかし
京に来て降り込めらるる大石忌　村山古郷
松に降る雨こそよけれ大石忌　本多恵美子

西行忌（さいぎょうき）（さいぎやうき）　円位忌（えんいき）　山家忌（さんかき）

旧暦二月十六日。西行法師は建久元年のこの日七十三歳で河内弘川寺に入寂した。「願はくは花の下にて春死なむそのきさらぎの望月のころ」と詠んで釈尊入滅の日に死ぬことを願っていた。芭蕉の敬慕した詩人として西行忌は深い感慨をみちびく。

一人ゐて軒端の雨や西行忌　山口青邨
月いでて礫を照らす西行忌　榎本冬一郎
すぐそこに行くにも杖や西行忌　村越化石
雲を出てうすき雲行く西行忌　矢島渚男
空覚えの一句を正す西行忌　細田伸子
花のなき西行の忌でありにけり　羽原青吟
ゆきずりの雲に名をつけ西行忌　柳澤一生
捨てがたき軍帽一つ西行忌　本杉桃林
歌よみにあらねど我ら西行忌　平谷破葉
西行忌吾に離俗の詩はなし　磯　直道

利休忌（りきゅうき）（りきうき）　利久忌（りきゅうき）　宗易忌（そうえきき）

旧暦二月二十八日。茶道中興の祖、千利休の忌日。新暦の当日又はそれに近い日に表・裏千家をはじめ茶家では利休の像を掲げ盛大な茶事が行なわれる。利休は堺に生まれ秀吉の茶頭として権力をふるったが秀吉の怒りに触れ切腹を命ぜられた。

山椿さはに見たりき利休の忌　森　澄雄
利休忌の海鳴せまる白襖　鷲谷七菜子
今も重き蒲団を好む宗易忌　鈴木鷹夫
若者は正座に慣れず利休の忌　浜岡美哉子
利休忌や紙背文書のうらおもて　名和未知
直言に職失ふや利休の忌　野原春醪

其角忌（きかくき）　晋子忌（しんしき）　晋翁忌

旧暦二月二十九日。芭蕉の高弟宝井其角の忌日。蕉門十哲の一人で家業は医で句は豪放豁達で芭蕉をして「予が風閑寂を好んで細し、晋子（其角の別号）が風伊達を好んで細し」といわしめた程伊達をもって聞こえた。宝永四年（一七〇七）没。四十七歳。

其角忌や燕出そめし芝の浦　増田龍雨
其角忌の夜となれば夜の遊びかな　長谷川春草

梅若忌（うめわかき）　梅若祭　梅若参

四月十五日。謡曲「隅田川」の中の梅若丸の忌日、梅若丸は人買いに誘拐されて奥州に下る途中病のため隅田川畔に捨てられ、その一周忌の日狂った母が供養してわが子の幻と手をとり交わすという哀話があり隅田川畔の木母寺では大念仏がある。

語り伝へ謡ひ伝へて梅若忌　高浜虚子
雲載せて止まる水や梅若忌　石田由美枝
指先を耳朶であたため梅若忌　西田　孝
泣くしぐさ見て美しや梅若忌　小路智壽子
身の細る話ありけり梅若忌　大牧　梢
朝夕に川見し暮らし梅若忌　伊藤絹子

人麻呂忌（ひとまろき）　人麿忌　人丸忌　人丸祭

旧暦三月十八日。柿本人麻呂の忌日。人麻呂は万葉の代表的な歌人で山辺赤人と共に歌聖と称される。明石の柿本神社では四月十八日に人丸祭を行っている。三月十八日は春ごとを行なう所もあり今は全国的に観世音の縁日とされている。

人丸忌わが俳諧をもて修す　富安風生
人麿忌未黒古芦刈られけり　藤田湘子
人麿忌野は山に尽き海に尽き　三沼画龍
山越えて雲は大和へ人麿忌　千手和子

蓮如忌（れんにょき）

中宗会（ちゅうそうえ）　吉崎詣（よしざきもうで）　蓮如輿（ごし）

旧暦三月二十五日。蓮如上人の忌日。上人は浄土真宗中興の祖で山科本願寺別院で入寂した。著書として『御文章（ごぶんじょう）』（御文（おふみ））は有名である。毎年東本願寺では三月二十四、五日、西本願寺では五月十三、四日に忌を営む。

なつかしき鐘の蓮如忌曇りかな　大谷句仏
蓮如忌やをさな覚えの御文章　富安風生
蓮如忌の開落山をのぼりつつ　宇佐美魚目
蓮如忌の琵琶湖にかかる橋二つ　阿部洋子
江越の春を伴ひ蓮如輿　吉波泡生
蓮如の忌布目の粗き豆腐食ぶ　山本右近

友二忌（ともじき）

二月八日。作家であり俳人であった石塚友二の忌日。石塚友二は明治三十九年新潟県に生れた。文学は横光利一に師事、俳句は始め長谷川零余子の「枯野」に拠ったが、のち「馬酔木」に学んだ。昭和十二年石田波郷と「鶴」を創刊。波郷没後は「鶴」を主宰した。友二俳句は私小説の味を基に確かな韻文性に支えられていた。昭和六十一年没。八十歳。

友二忌や紙風船の白と赤　星野麥丘人
友二忌の松風とみに激しかり　大牧　広
友二忌や湖へかたぶく雪の藁塚（にお）　小澤謙三
友二忌の各駅停車の旅もよき　小山いたる
友二忌の七十人やあたたかし　岡　里子
友二忌の枯露柿ひとつふたつかな　鈴木しげを

菜の花忌（なはなき）　司馬遼太郎忌

二月十二日、小説家、司馬遼太郎の忌日。本名福田定一。「梟の城」で直木賞、「竜馬がゆく」「菜の花の沖」「坂の上の雲」「街道をゆく」等を発表、司馬史観といわれる独自の歴史観が多くの共感を呼んだ。一九九六年（平成八年）七十二歳没。

ゆるやかな海の明るさ菜の花忌　山田みづえ
戦艦のごごんと沈む菜の花忌　松田ひろむ
まだだれも歌ってないが菜の花忌　小平　湖
菜の花忌メメントモリとつぶやきぬ　荒井　類
菜の花忌波引き寄せる一行詩　牧野桂一
菜の花忌みな擦り傷の膝小僧　白石みずき
菜の花忌天地返しの千枚田　石口　榮
一日に三千里ゆく菜の花忌　川崎果連
纜を解く腕つぷし菜の花忌　白石正人
人は人モップにもたれ菜の花忌　杉浦一枝
この道も断層かしら菜の花忌　宮　沢子
隧道は峠を忘れ菜の花忌　川目　紫

鳴雪忌（めいせつき）　老梅忌　二十日忌

二月二十日。俳人内藤鳴雪の忌日。鳴雪は弘化四年四月松山藩士の子として江戸に生まれた。俳句は正岡子規の感化で始めすぐに子規派の長老として重きをなした。以後明治大正俳壇の最長老として存在した。大正十五年没。七十九歳。

おほかたの故人空しや鳴雪忌　高浜虚子
白梅の白きに堪へず鳴雪忌　佐藤紅緑
この道をふみもまどはず鳴雪忌　富安風生
子規知らぬコカコーラ飲む鳴雪忌　秋元不死男

多喜二忌（たきじき）

二月二十日。秋田県の農家に生まれ小樽に移住。小樽高商卒業後銀行員となる。学生時代より志賀直哉に私淑、作家を目指しその後プロレタリア文学運動に参加。『蟹工船』で作家の地位を確立した。昭和八年同日特高警察の手により拷問虐殺された。二十九歳。

多喜二忌や糸きりきりとハムの腕　秋元不死男
バラバラのパックの蟹買ふ多喜二の忌　斎藤由美
多喜二忌の魚は海へ向けて干す　大牧　広
爪深くインク浸みをり多喜二の忌　鈴木智子
多喜二忌の毛蟹抛られ饠（せ）られけり　菖蒲あや
多喜二忌や工衣の襟のすりきれし　福地　豊
スコップに雪の切れ味多喜二の忌　辻田克巳
蟹に指挟まれ多喜二忌の渚　石井里風
多喜二忌のあをぞらのまま夜の樅　大坪重治
蟹缶の赤きラベルや多喜二の忌　有田　文
多喜二忌の干して軍手に左右なし　長岐靖朗
洗ふ皿くきくきと鳴く多喜二の忌　岡部いさむ

風生忌（ふうせいき）　艸魚忌（そうぎょき）

二月二十二日。俳人富安風生の忌日。富安風生は、明治十八年愛知県生まれ。昭和八年第一句集『草の花』を上梓して「ホトトギス」の俳人としての地位を確保した。主宰誌「若葉」はもともと逓信省内の小俳誌を大きく至らしめたのである。昭和五十四年没。九十四歳。

朴の芽の今年は遅き風生忌　清崎敏郎
風生忌風に光の加はりし　小山いたる

茂吉忌（もきちき）

二月二十五日。歌人斎藤茂吉の忌日。茂吉は明治十五年山形県の農家の三男として出生。医師の家の養子となり昭和二年青山脳病院院長となった。短歌は伊藤左千夫に学び「アララギ」の中でも進境を示し大正二年に刊行した第一歌集『赤光（しゃっこう）』は文壇の注目するところとなった。その後歌集十七冊を刊行、ゆるぎのない存在感を示した。昭和二十五年には文化勲章をうけた。昭和二十八年没。七十歳。

えむぼたん一つ怠けて茂吉の忌　平畑静塔
深空より茂吉忌二月二十五日　飯田龍太
茂吉忌のオランダ坂に蝶生る　下村ひろし
山の雨靴下に浸む茂吉の忌　林　徹
茂吉忌の豆飯狐色に焼け　富田直治
茂吉忌の雑木林に雲ひとつ　衣川次郎
茂吉忌の万年筆の太さかな　大牧　広
詩に寄す心の甘え茂吉の忌　中村喜美子
かたくなに残る鴨あり茂吉の忌　長谷川史郊
茂吉忌の山を離れし川のおと　鈴木榧夫
通されて書架に目のゆく茂吉の忌　西宮陽子
国訛まねて母恋ふ茂吉の忌　新倉魂子

龍太忌（りゅうたき）

二月二十五日。俳人飯田龍太の忌日。大正昭和期の俳人、飯田蛇笏の四男。蛇笏没後「雲母」を継承主宰。山梨県境川村（現笛吹市）に根を下ろし、父蛇笏とも異なる清新な風土俳句を確立した。句集に『百戸の谿』他。八十六歳没。

龍太忌の砂とぶ丘の小学校　廣瀬直人　古桑の芽吹き驚く龍太の忌　松田ひろむ
雪吊のいまだ緩まず龍太の忌　広渡敬雄　龍太忌の水匂ひ立つ河口堰　牧野桂一
竹林を黒猫よぎる龍太の忌　金子青銅　ひと吹きの風の決意や龍太の忌　吉村きら

立子忌（たつこき）

三月三日。俳人星野立子の忌日。立子は明治三十六年高浜虚子の次女として生れた。昭和五年父虚子のすすめによって女流を主とした俳誌「玉藻」を創刊主宰。その作風はナイーブで柔い感性をもつ。〈昃れば春水の心あともどり〉〈美しき緑走れり夏料理〉昭和五十九年没。八十一歳。

紫の人ともいはれ立子の忌　星野　椿　立子忌の一日雛と遊びけり　佐々木　咲
立雛の影をかしこむ立子の忌　上田日差子　鎌倉の雨あたたかき立子の忌　村上田鶴子

誓子忌（せいしき）

三月二十六日。俳人山口誓子の忌日。誓子は明治三十四年京都に生れた。大正九年京大三高俳句会で俳句を学び「京鹿子」「ホトトギス」に投句しその出色は四Sの一と称された。昭和四年「ホトトギス」同人。昭和十年「馬酔木」に加盟。昭和二十三年「天狼」を主宰する。昭和六十二年の芸術院賞をはじめとして紫綬褒賞、勲三等旭日中授賞。〈夏の河赤き鉄鎖のはし浸る〉〈炎天の遠き帆やわがこころの帆〉など即物象徴の写生構成を確立した。平成六年没。九十三歳。

平成の新しき季語あゝ「誓子忌」　堀内　薫　むずかしき漢字の句会誓子の忌　衣川次郎
誓子忌の服にかさばる新刊書　大牧　広　鉛筆のすぐ減ってゆく誓子の忌　平瀬　元

三鬼忌（さんきき）　西東忌（さいとうき）

四月一日。俳人西東三鬼の忌日。三鬼は明治三十三年岡山県に生れる。昭和七年頃より俳句の道に入り昭和九年頃より新興俳句にかかわりすぐに新興俳句の旗手となった。戦後山口誓子を中心とする「天狼」に参加して「俳句根源説」を追求。昭和二十七年「断崖」を主宰。一時期「俳句」の編集長もつとめた。昭和三十七年没。六十一歳。

支那街に揺るる焼肉西東忌　秋元不死男
三鬼忌の大魚担がれ貨車の中　火村卓造
咽喉に立つ鰊の骨や西東忌　石田あき子
効き腕のやや萎えてきし西東忌　大牧　広
横文字の新聞燃やす三鬼の忌　桂　信子
御守の中味は木つ端三鬼の忌　斎藤由美子
薪割つて鶏とばす西東忌　鷹羽狩行
伸べし手をばんと払はれ三鬼の忌　谷口智行

虚子忌（きょしき）　椿寿忌（ちんじゅき）

四月八日。俳人高浜虚子の忌日。虚子は明治七年愛媛県松山に生れる。河東碧梧桐を介して子規を知り子規死後は「ホトトギス」を継いだ。明治三十一年「ホトトギス」を東京に移し主幹となった。客観写生、花鳥諷詠を唱導し多くの後進俳人の育成もつとめた。芸術院会員となり文化勲章も受けた。昭和三十四年没。八十五歳。墓は鎌倉の寿福寺にある。

花の雲四方にありし虚子忌かな　高野素十
われにある虚子の一言虚子忌かな　新田千鶴子
うら〳〵と今日美しき虚子忌かな　星野立子
喪帰りの駅に姦し虚子忌なる　石村与志
誰も見よ虚子忌の雲のかがやきを　上村占魚
忘れずに虚子の忌日と思ふのみ　勝又一透

顔大き虚子の画像を祀りけり　石倉啓補
やはらかな雲に日の入る虚子忌かな　河野一郎
座布団の房大いなる虚子忌かな　伊東慶子
虚子の忌や花鳥諷詠死語ならず　三木夏雄
虚子の忌や夢にこどもの頃の家　小林貴子
座布団のたらぬ虚子忌となりにけり　山本林雨

啄木忌（たくぼくき）

四月十三日。歌人石川啄木の忌日。啄木は明治十九年岩手県に生れ盛岡中学時代より与謝野鉄幹の影響をうけて文学を志す。結局文学では志を得なかったがその志は短歌の上で花開いた。歌集『一握の砂』などは今も読みつがれている。明治四十五年没。三十六歳。

ある年の花遅かりき啄木忌　久保田万太郎
こごみ和へ妻と突ける啄木忌　森田公司
啄木忌いくたび職を替へてもや　安住敦
地に近きものより芽ぐむ啄木忌　宮坂静生
草藉きて三十路の吾や啄木忌　有働亨
紙に掬ふ消しゴムの屑啄木忌　奥谷亞津子
啄木忌春田へ灯す君らの寮　古沢太穂
啄木忌手種の砂のうす湿り　斉藤勇幸

荷風忌（かふうき）　荷風の忌

四月三十日。小説家永井荷風の忌日。一八九九年（明治十二年）東京に生れる。本名は永井壮吉。慶応大学の教授を勤めながら「三田文学」を主宰し作品を発表する。のち耽美派に転じ花柳界を舞台にする作品も多い。代表作に「あめりか物語」「すみだ川」「腕くらべ」「墨東綺譚」など。一九五九年（昭和三十四年）没、七十九歳。「荷風」とは蓮に吹く風のこと。十六歳の初恋のひと看護婦お蓮にちなむ。

荷風忌を駱駝に乗りて遊びけり　有馬朗人
レッスンの脚よく上がる荷風の忌　中原道夫
火の雨のなかに歌声荷風の忌　松田ひろむ
先生と呼ばれ振り向く荷風の忌　牧野桂一
かつ丼にグリンピースや荷風の忌　磯部薫子
浅草は抜け道ばかり荷風の忌　石口榮
朝食はクロワッサンよ荷風の忌　横山小鼓
荷風の忌ローヌ河岸に行暮れぬ　飯島智
餡なしの人形焼を荷風の忌　川目紫
抜裏を探しあぐねて荷風の忌　白石正人

修司忌（しゅうじき）　修司の忌

五月四日。寺山修司の忌日。一九三五年（昭和十年）青森県生まれ。十代から俳句を始め、短歌、詩、演劇などで時代をリードした。演劇実験室「天井桟敷」は若い世代に大きな影響を与えた。一九八三年（昭和五十八年）年没。四十八歳。

木に宿る滴もみどり修司の忌　成田千空
落としてもはずむ鉛筆修司の忌　杉浦一枝
書を捨てて街にさまよう修司の忌　川崎果連
ハイセイコーと同じ命日修司の忌　横山小鼓
人生を語る十代修司の忌　松田ひろむ
口紅はサーモンピンク修司の忌　小平湖
砂時計何度も返し修司の忌　中村ふみ
修司の忌終わる予感の火の匂い　吉村きら

動物

春駒（はるこま）　春の馬　春の駒（はるのこま）　若駒　馬の子　孕馬（はらみうま）

久しぶりに野に放牧された馬のいきいきしたようすは、溌剌（はつらつ）としており、いかにも春らしい景。馬は春が発情期である。妊娠期間が約一年なので、出産期でもあり、とくに子馬が目につくところから春季とされる。馬の子は生後四、五時間で立ち上り、五、六カ月で離乳する。母馬について歩く姿はあどけなく、ほほえましい。駒は本来、馬の子または若馬のことだが、馬と同じ意味にも用いられる。青（黒色）・水青（灰黒色）・栗毛（淡褐色）・白などの毛色がある。

若駒の親にすがれる大き眼よ　原　石鼎

馬の仔は跳ね牛の仔は伏せ牧場　檜　紀代

二度呼べばかなしき目をす馬の子は　加藤楸邨

母馬となり暗がりに立ちつくす　きちせ・あや

日高嶺や跳ぶも憩ふも春の駒　猪俣千代子

木曽に生れささゆりといふ名の仔馬　太田　嗟

春の鹿（はるのしか）　春鹿　孕鹿（はらみじか）

美しい秋の鹿にくらべ、春は更毛の時期なので、色あせており醜い。鹿は晩秋から初冬に交尾し、約七、八ヵ月後に出産期を迎える。そのため、二月から三月にかけての雌（牝）鹿は、外から見ても孕んでいるのが判るようになり脱毛と重なり哀れである。大儀そうで動作もにぶい。↓落し角・鹿（秋）

春の鹿の幻を見て立ちにけり　藤田湘子　灯籠の間に貌を出し孕鹿　鈴間斗史
春の鹿まとへる闇の濃くならず　宮坂静生　もうすでに母の眼差し孕鹿　長山芳子

落し角（おとしづの）　鹿の角落つ　忘れ角

雄鹿の角は、春になると根本がもろくなり自然に落ちる。落角した鹿は気弱になり、しばらく群を離れる。角の落ちたあとには角座という突起がのこり、初夏にはその先がどんどん成長する。この血管に富み、柔い毛に包まれたものが袋角である。角は生え変るごとに大きくなり、叉がひとつずつ多くなる。↓春鹿・袋角（夏）

男ありけり落し角見て額撫づる　加藤楸邨　獣園の鉄柵に吊る落し角　坂本和子
角落ちて別の愛嬌鹿にあり　猪俣千代子　柳生街道笹原ふかくおとし角　中村翠湖
平家山残る伝説落し角　岡崎憲正　落し角蜜蝋溶かしをりにけり　各務耐子

猫の恋（ねこのこい）　恋猫　猫交る（さかる）　うかれ猫　猫の夫　猫の妻（つま）　春の猫　孕猫

猫の発情期は年四回といわれるが、とくに寒中から早春にかけてもっとも激しい求愛活動を始める。落ち着かず、赤ん坊の泣くような声をあげて歩きまわり、一匹の牝を数匹の牡が争ったりする。ろくに食事も摂らず、幾日も浮かれ歩き、やつれ果てて帰ってくる。和歌や連歌にはあまり詠まれることはなく、卑俗ではあるが、俳諧の世界では見逃がすことのできない滑稽味・諧謔味あふれる季語である。↓猫の子

恋猫の皿舐めてすぐ鳴きにゆく　加藤楸邨
眼中に人間なくて恋の猫　加藤瑠璃子
宝石の瞳をもちにけり猫の恋　廣田松枝
三輪山の大鳥居より孕猫　福島米雄
三つ並ぶ真中が鳴けり猫の恋　小野恵美子
法要の座を駈け抜けて恋の猫　上山本一興
白猫の恋のはじめの闇夜かな　藤本始子
越えられぬ壁などなくて恋の猫　木付千登子
をんなわれを風呂に沈めて恋の猫　加藤直子
位牌光れり恋猫の鳴いてをり　村上賢一
恋猫の馬柵(ませ)渡りたる迅さかな　藤木倶子
恋猫となりきれずはや戻り来し　一ノ木文子
法善寺横町往き来恋の猫　田辺富子
恋猫の今日は抱かれて通りけり　高尾方子
たづねくる声のやさしき恋の猫　港　澄子
猫の妻昨日の恋の名残り見せ　綿利信子
恋猫の恋若ければ空をとぶ　荻野杏子
第一の恋猫以後の乱世かな　小内春邑子
身を低く来て恋猫に加はれる　長沼利恵子
公園のベンチ陣どり孕み猫　小林蘇美
孕み猫脚の短かく見えて来し　塩田章子
傷つくとわかってゐても浮かれ猫　高木喬一

猫の子(ねこ)(こ)　子猫　猫の親　猫の産

猫の子は四季を通して生まれるが、春がもっとも多い。懐妊期間は二カ月足らずで、四匹から六匹出産する。生後十日ほどで目がひらき、約八週間ぐらいで離乳し、遊びはじめる。じゃれたり、ふざけあったりしている猫の子の動きはかわいらしい。貰われていく子猫や捨てられた子猫は一層あわれである。↓猫の恋

くすぐったいぞ円空仏に子猫の手　加藤楸邨
仔猫の目下りてくる手を映しをり　丸山　工
髭撥ねて仔猫も化粧覚えける　住谷不未夫
ふるへつつ子猫貰はれゆきにけり　桂川美穂子

脱ぎ置きしエプロンに仔猫いつもゐる　小間さち子
末の子の子猫に何か諭しゐる　塗師康廣
戯るる子猫を叱る目の笑ふ　井上秀甫
かたまりの中より子猫覚めてきし　森田桃村

亀鳴く（かめなく）

亀はかすかな声は出すと言われているが、声帯などの発声器官はなく、想像上の季語である。藤原為家（ためいえ）の歌「川越のをちの田中の夕闇に何ぞと聞けば亀のなくなり」（夫木和歌抄）などに由来し、古来より詠まれてきた。春の夕方に聞こえて来る、何かわからない声や音を亀の声としたもので、いかにも俳諧的な趣がある。

石庭を出て亀鳴くと思ひけり　細田恵子
亀鳴くや機窓を閉ぢて夜を作る　須川洋子
かよひつめ亀の鳴くなど聞かざりし　奥田杏牛
亀鳴くやをとこの思考もつをんな　小林しづ子
亀鳴いて闇やはらかき夕べかな　湯沢千代子
亀の鳴くことは記さず寺縁起　河内桜人
金婚や余勢をかって亀鳴かさう　吉田貞子
人生のうしろの方で亀鳴けり　山崎　聰
亀鳴いてをり句談義のまっ盛り　平松志ま
立志とは違ふ自分史亀鳴けり　小田実希次
年輪か単なる皺か亀鳴けり　宮崎すみ
耳聡きことも一芸亀鳴けり　松本幹雄
失言の汗が目に沁む亀鳴く夜　澤田緑生
四阿（あづまや）に若き異人や亀鳴けり　本問正松
眠れざる夜は桂郎の亀鳴けり　神蔵　器
亀鳴くや物音絶えし坊泊り　藤田つとむ
老いの身の地獄耳かも亀鳴けり　村山慶子
亀鳴くやひと塊の霊芝あり　吉井幸子
人間を見てゐし亀の鳴きにけり　澤本三乗
少年に亀つかまれし鳴かぬなり　小川草史

蛇穴を出づ（へびあなをいづ）　蛇出づ　蜥蜴出づ

数十匹、まれには数百匹がかたまって冬眠していた蛇は、暖くなると穴からはい出し、地上に出てくる。二十四節気の一つに啓蟄（けいちつ）があり、丁度その頃にあたる。はじめは動きも鈍く、日光浴をしている姿を見かけることもある。その後脱皮してから活動的になり、餌を摂り出す。↓地虫穴を出づ・啓蟄・蛇穴に入る（秋）

蛇穴を出て見れば周の天下なり　高浜虚子
蛇穴を出て洗礼の石礫　田中三樹彦
蛇穴を出てコーヒーを買いに行く　村上哲史
蛇穴を出てをり道の曲りをり　木下野生

蝌蚪（かと）　蛙子（かえるご）　蛙の子　お玉杓子　蛙生る　蝌蚪生る　蝌蚪の紐　数珠子（じゅずこ）

蛙の産卵は池や沼・水田・水溜りなどで行われ、寒天質のものが紐状につながっている。これを、珠数子（じゅずこ）という。十日ほどで孵化し、杓子状になり被膜をやぶって泳ぎ出る。真黒にむらがり泳ぐ姿は、いささかグロテスクで気味が悪いが、その泳ぎ方や形は子供達にもっとも親しまれている春の景物である。蛙の繁殖様式はきわめて多彩で、モリアオガエルのように、樹の上に卵を生むものもある。明治以後、高浜虚子が用いたのに慣い、俳人達が蝌蚪と音読して使うようになった。

↓蛙

蝌蚪飼ふやはてなき貧とおもへども　小林康治
おたまじやくしむかしむかしの陽をつれて　櫻井博道
真実一路おたまじゃくしに脚が出る　瀬戸美代子
蝌蚪散って失職のわが貌のこる　名取思郷
芹の根に小さな蝌蚪の動かざる　平林孝子
道に水こぼして蝌蚪を分かち合ふ　柏原日出子

蝌蚪の水蔽(たた)けば硬し職退く日　上村忠郎
棒切れを国境となす蝌蚪の国　伊藤櫻子
湖国いま水の微熱の蝌蚪曇り　小澤克己
言ひたきをふっと忘れて蝌蚪の紐　水野あき子
俳諧の一つにおたまじゃくしかな　増成栗人
戸隠やおたまじやくしの大頭　宮坂静生
いつまでもおたまじやくしでゐたきとよ　窪田英治
蝌蚪の国天上界にあめんぼう　富樫　均
蝌蚪の水にごさずをはるわが一生　丸山佳子
一枚の水を天とす蝌蚪の国　奥谷亞津子

蝌蚪育つ癌病棟と知らぬ子ら　植木緑愁
笹小屋の風の笹音蝌蚪目覚む　大山クニ子
美人とはなべてふくよか蝌蚪の国　岸田雨童
ひとまたぎ程の流れに蝌蚪のひも　沖山政子
蝌蚪のゐる方が代田の水なりし　市場基巳
蝌蚪容れて雨気のととのふ流れかな　西田　孝
蝌蚪群れて家出の相談してゐるか　葉狩淳子
蝌蚪群れて男つくづく淋しかり　各務雅憲
叱られし子が蝌蚪の国かき乱す　戸丸泰二郎
蝌蚪生るる田の半分に逆さ富士　天野武子

蛙(かえる/かへる)　蛙(かわず)　殿様蛙　赤蛙　土蛙　初蛙　遠蛙(とおかわず)　昼蛙(ひるかわず)　夕蛙(ゆうかわず)　蛙合戦　蛙田

蛙は春になると冬眠から覚め、水辺に集まって盛んに鳴き立てる。雌がその声に誘われて雄に近づき、産卵をはじめる。赤蛙や蟇が産卵に先だって、たくさん集り、互いに抱きついて離れない様子を蛙合戦という。蛙は春から夏にかけて鳴くが、「花に鳴く鶯、水に棲む蛙の声きけば、生きとし生けるものいづれか歌を詠まざりける」(『古今集』の序)に見られるように、蛙の声に春を感じることは長い伝統があり、出初めの交尾期の声はとくに趣がある。↓雨蛙(夏)・河鹿(夏)・蟇(夏)

昼蛙どの畦のどこ曲ろうか　石川桂郎
蛙の目越えて漣又さざなみ　川端茅舎

東京の蛙鳴き下手つくしけり　宇田零雨
ねばりひきでもあうかと田向うの初蛙　長谷川かな女

重き荷を背負ひ直すや遠蛙　平林孝子
お納戸に昔の闇や初蛙　仲丸くら
遠蛙起きて書き足す追悼記　坊野早苗
現世安穏後生善処や初蛙　上原富子
蛙鳴く奥より闇の信濃かな　横田あつし
寝そびれし吾につき合ふ蛙どの　神谷久枝
初蛙眠り足りたる声出せり　井村美治子
少年に弟生れ初蛙　岩崎健一

春の鳥（はるのとり）　春禽（しゅんきん）　貌鳥（かおどり）

春になると多くの鳥が繁殖期に入るせいか、鳴き声に変化が起こり囀り出す。人家近くや野山でその姿を見かけたり、声を聞いたりすることも多くなる。きびしい冬が終り、ほっとしながら鳥を目で追い、声を聞くのが楽しくなる季節での鳥でもある。

春の鳶寄りわかれては高みつゝ　飯田龍太
わが墓を止り木とせよ春の鳥　中村苑子
お社の大きな木より春の鳥　佐藤洋子
貌鳥や艶の出て来し黄楊の櫛　豊田八重子

囀（さえずり）（さへづり）　百千鳥（ももちどり）

再びめぐってきた春をよろこび鳴禽類は一せいに、さまざまな声で歌い明るさと和やかさを運んでくれる。鳥の声は囀りと地鳴きに分けられる。囀りは繁殖期に、雄が雌に向かって求愛の意味で呼びかける声であるが、自分の縄張りを仲間に知らせるためのものでもある。たとえば、ヒバリが空高く飛びながら高音を張ったり、オオルリやホオジロが高い梢の頂で鳴き続けるなど。多くは雄がよく囀るが、なかにはヒバリ・サンコウチョウのように雌雄とも美声を張る鳥もいる。地鳴きは、仲間に合い図するときに出す単純な鳴き声で、メジロのチッチ、ウグイスの笹鳴きをするときのチャツチャツのたぐいである。

囀をこぼさじと抱く大樹かな　星野立子
囀や春潮ふかく礁めざめ　加藤楸邨
囀やあはれなるほど喉ふくれ　原　石鼎
百千鳥山遠くあり近くあり　星野麦丘人
百千鳥雌蕊雄蕊を囃すなり　飯田龍太
囀りの念珠入れたる雑木山　森　澄雄
囀に花びら型の燭ふやす　丸山佳子
星空となるまで森のさへづれり　小澤克己
囀りのなか生涯の石ひとつ　長峰竹芳
眉少し囀る方へあげにけり　加藤耕子
灯台の風の階段百千鳥　森川光郎
眼鏡まだ替えず囀聴いている　窪田久美
囀りやガラスの箱を積み上げる　森　章
森を射る光のシャワー百千鳥　松本泰志
留守電に川の流れと百千鳥　永田陽子
囀りのリズムに仮名の散らしがき　大林清子
百千鳥寺に根を張る大蘇鉄　原　礼子
百千鳥まだあたたかきゆで玉子　神谷久枝

囀に恋の音律ありにけり　山下美典
ササン朝ペルシャの玻璃や百千鳥　佐藤映二
モーツァルト通りハイドン通り囀れる　佐藤ゆき子
囀や札所のこんにゃくうすみどり　鷲見緑郎
囀や拳が混ざる飼葉桶　長谷川ヱミ
囀りを放てる大樹湖あかり　近藤しのぶ
囀の止み鎮もれる一樹かな　藤田八郎
草千里光りとどめて囀りぬ　太田蘆青
木となりてをれば囀り真中なる　鈴木章和
囀りは鳥の生業(なりわい)競ひをり　杉山青風
囀りの田より空より乳母車　木村八重
かた言の囀りもよき弁士塚　細谷てる子
囀りや目覚めの五指のいろはうた　高木節子
冷えきって囀の只中にあり　荒井京子
囀りや龍の口より浄め水　田中芙美子
遅刻魔の子を追ひ出せば囀れり　福永直子
呼応して森の囀り移り行く　矢吹芳枝
さへづりや柔らかくなる背中の嬰(こ)　八木尋子

鶯（うぐいす）　黄鳥（うぐいす）　匂鳥（においどり）　春告鳥（はるつげどり）　初音（はつね）　鶯の谷渡り　鶯笛

日本人にもっとも親しまれ「梅に鶯」（漢詩集『懐風藻』）というように、梅の咲く頃人里近くで鳴きはじめる。初音は二月初めごろで、囀（さえずり）の整うのは三月。晩春から晩夏は山へ戻り、巣をつくる。春の代表的な鳥で異名も多い。囀は「ホーホケキョ」。繁殖期に「ケキョケキョケキョ」と続けざまに鳴くのが谷渡りである。鶯笛は短い青竹の管でつくった笛で、最初は鳴き合わせの訓練用に用いられたのが、のちには玩具として愛用されるようになった。→老鶯（夏）・冬の鶯（冬）

うぐひすの次の声待つ吉祥天（きっしょうてん）　加藤知世子
うぐひすに耳欹（そばだ）てん円空仏　新谷ひろし
尾根を行く夫鶯のまねしつつ　一ノ木文子
箸白く割るうぐいすに釜めしに　山田岳星
鍬立てて整える息　遠うぐいす　市橋一男
鶯や満中陰の窓ひらく　泉並末香
うぐひすの来てゐる庭に鉄亜鈴　松本孝太郎
金髪に染めてみやうか春告鳥　森川恭衣
鶯の籠入口に盆栽展　今井真寿美
初音聞く世界遺産の原始林　田中康委子
蜑（あま）の路地飼ふ鶯の鳴きにけり　笹目翠風
源流の目覚めうながす初音とも　中野陽路
誰も気にとめぬうぐひす鳴いてゐる　明石洋子
初音もう聞くころ誕生日の微醺　益田清

松毟鳥（まつむしり）　まつくぐり　菊戴（きくいただき）

ヒタキ科ウグイス亜科。落葉松の葉先の緑を啄むので、この俗称で呼ばれるが、本名は菊戴。日本最小の鳥といわれ、全長十センチ。頭頂部に鮮やかな黄色の帯びがあり、とくに雄のその模様が菊の花に似ているので菊戴という。高地の針葉樹林に群棲し、冬から春にかけては平地で生活する。鳴き声は細くかん高い。

落日によき声洩らし松雀鳥　飯田龍太　逆しまに枝を離るる松雀鳥　猪俣千代子

雉（きじ）　雉子（きじ）　きぎす　きぎし　雉のほろろ

古来よりきぎすの名で親しまれており、国鳥にされている。草原や雑木林、畑地などに住む留鳥である。雄の羽色は複雑で、尾は長く美しい。肉が豊富で味が良いことと、高い羽音と共に直線飛行するために、猟の的にされやすい。繁殖期の三月ごろになると、雄はケーンケーンと鳴いて雌を呼ぶ。『万葉集』に「春の野にあさる雉（きぎす）の妻恋ひに己（おの）があたりを人に知れつつ」（大伴家持）とあるように古くから妻恋いは注目されてきた。また「焼野の雉、夜の鶴」と子を思う親の愛情の深さにもたとえられる。→雉笛

雉子の眸（め）のかうかうとして売られけり　加藤楸邨　烈風を雉子眼に受けゐたり　後見九朗
天領の空かがやかす雉の碕羅　遠藤正子　雉子鳴くや写経無の字に墨つげば　吉野義子
雉子鳴くや大和三山霧の中　伊勢谷紅月女　雉子また鋭く鳴き天下布武の城　久保　武
雉子翔ちてひとすぢの紺亡びけり　宮坂静生　夢を出て雉子はげしく鳴きにけり　ほんだゆき
山畑に頬朱くして雉子走る　飯村周子　雉子を追ひ常陸風土記の丘に彳（た）つ　金丸鐵蕉
雉子に会ふ山毛欅（ぶな）の林の明るさに　泉　登志　雉の尾の一直線に川渡る　長瀬きよ子

小綬鶏（こじゅけい）

キジ科。中国南部の原産の鳥。日本では一九一九年ごろに食用として輸入されたが、猟鳥目的で数十羽放鳥したものが、日本各地に野生化して棲息している。繁殖期の五、六月ごろ茂った雑木林や竹藪に七、八個の卵を産む。キジとウズラの中間ぐらいの大きさで、雌雄とも赤茶色の顔である。

「チョットコーイ、チョットコーイ」と聞こえる鳴き声に特徴があり、この囀りの時期をとって春の季となる。

小綬鶏の家族らし谷ゆきどまり　加藤瑠璃子　まつ青な絵に小綬鶏をとじこめぬ　遠藤正子
小綬鶏のこゑ鋭かり誰かくる　佐藤ゆき子　小綬鶏に呼ばるるからは行きにけり　菅家瑞正

雲雀（ひばり）

告天子（こくてんし）　叫天子（ぎょうてんし）　初雲雀　揚雲雀　落雲雀　朝雲雀　夕雲雀　雲雀野　雲雀籠　雲雀笛

ヒバリ科。スズメよりやや大きくて、日本全土の春の山野で見られる鳥。巣や地上から囀りながら垂直に舞い上る（揚雲雀）、鳴きやめてまつしぐらに落下する（落雲雀）の姿などが見られる。明るい声にくらべ羽色は大部分が褐色の地味な色をしている。畑地や麦畑などの地上の外敵に狙われやすい場所に営巣するため、保護色の役割をすると思われる。木の枝にとまることはない。空高く囀るヒバリは、昔から歌や俳句に詠まれ、人々に親しまれてきている。雲雀笛は、鳴き声に似せた音を出しヒバリを誘う笛。告天子は漢名。↓冬雲雀（冬）

日輪にきえいりてなくひばりかな　飯田蛇笏　雲雀野や日輪円を崩しゐる　中拓夫
雲雀はるか登呂（とろ）は土中の二千年　加藤楸邨　揚ひばり海へ一瞬宙つかむ　銀林晴生
網針の折々まぶし揚雲雀　加藤知世子　ひら仮名でもの言う母や夕雲雀　高橋富久江
大空の端は使はず揚雲雀　岩淵喜代子　揚雲雀大空に壁幻想す　小川軽舟
わが背丈以上は空や初雲雀　中村草田男　揚雲雀空より遠きところまで　矢島恵
落ちて来て雲雀かたちとなりにけり　江中真弓　手びさしの内に捉へし雲雀かな　立田飄人

電波学校の跡地に雲雀舞降りぬ　楠本節子
看護婦の非番の空に雲雀鳴く　高橋富里
揚雲雀鳴かねば天へのぼられず　中村　彌
揚雲雀高天原（たかまがはら）の高さまで　落合好雄
初雲雀湖の底まで凪ぎにけり　原　光栄
継目なき空に焦れて初雲雀　山田晴彦
青空を見極めやうと揚雲雀　高橋沢子
こけしの目雲雀の空にやさしかり　長島生一
初雲雀まだ醒めきらぬ土のいろ　北川久美
叫天子九天九地に声充つる　高橋健文
叫天使きのふは何を喋りしか　小出秋光
等距離に大和三山揚雲雀　岩坂満寿枝
揚雲雀舟にて国司着きし村　平塚　滋
晴れきって輪中の里の揚雲雀　後藤邦代

麦鶉（むぎうずら・むぎうづら）　合生（あいう）　ひひ鳴き

丸く小さなキジ科の鳥。ウズラは卵や肉を食するため、家禽として飼育される。ムギウズラと言う種類があるのではない。青麦の伸びるころの繁殖期のウズラを言う。雄は勇ましい声で「グアッルルルル」と鳴き、これに対し雌は「ヒヒ」と鳴く。この雌は「合生」と言われる。しかし繁殖期には雄も高い声で「ヒヒ」と鳴くことがあり、これを「ひひ鳴き」と呼んでいる。開発の進んだ最近では、自然の中でムギウズラを見かけることは少ない。↓鶉（秋）

生ぬるき風のうるみや麦鶉　瀬戸葩囁
円墳へつづく小道や麦鶉　海老原真琴

鷽（うそ）　琴弾鳥（ことひきどり）　照鷽（てりうそ）　雨鷽（あまうそ）　鷽姫

アトリ科。北海道、本州の亜高山帯の針葉樹林で春繁殖し、秋冬、大部分は標高の低い山地や丘陵に移動する。スズメよりやや大きい。頭が黒く、雄は頬が淡紅色で美しく、細く口笛を吹くように「フィホーフィー、チョチョー」と、きれぎれに鳴く。鳴きながら両脚をかわるがわるあげる姿を琴を弾く手に見たてて〈琴弾鳥〉または〈鶯の琴〉と称されている。雌は赤みがなく体は褐色を帯びていて、雨を呼ぶと言われ〈雨鶯〉などという。

声やはらぐ鶯の日あたる胸毛見て　加藤楸邨

鶯の雄の群れ竹箒横倒し　星野紗一

頬白（ほおじろ・ほほじろ）

日本じゅうどこでも見られる留鳥だが、梢や電線に止まって囀る明るさには春を告げる季感がある。スズメよりやや大きく栗褐色で、目の上の二条の白線が特徴である。繁殖期に「チョッピィーチチッツー」と澄んだ囀りを「一筆啓上、仕り候（つかまつりそろ）」とか「源平つつじ、白つつじ」などと聞きなされている。子育ての時期、外敵が近づくと、親鳥は擬傷行動で巣を守る。

頬白のこゑに蹤きゆく薄暮かな　加藤楸邨

頬白や人肌ほどに池ひかる　雨宮抱星

燕（つばめ）　乙鳥（つばめ）　玄鳥（つばめ）　つばくら　つばくろ　つばくらめ　飛燕（ひえん）　燕来る　初燕　朝燕　夕燕　黒燕

三、四月ごろ日本各地に来る渡り鳥で、人家の軒や梁などに営巣し、子育てをする。繁殖期は春・夏の二回。背は黒く腹は白、尾がやや長く二つに分れた燕尾服姿には愛敬があり、ごく身近にいる鳥である。巣は泥と枯草を材料に軒下や壁にとりつけていたが、今は人の手による台に作っているのも多い。飛びながら昆虫を捕える益鳥である。飛ぶことが極めて早く、よく早い譬（たと）えとしてツバメのようだなどともいう。秋の彼岸ごろまでいるが、渡来時の新鮮な印象から春の季として詠まれている。↓夏燕（夏）

燕仰ぐ少年の日の目ならずや　加藤楸邨
つばめつばめ泥の好きなる燕かな　細見綾子
毛馬（けま）堤かげるや光り初つばめ　加藤知世子
こけし屋に頭を揃へたる雛燕　皆川盤水
日本をふるさととせし初燕　岡安仁義
低空の夕日を掬ひ初つばめ　住谷不未夫
初燕見し沼風のなかに見し　蒲原ひろし
山見えて燕の歩く無人駅　平林孝子
つばくらに選ばれてこの深庇　挟土美紗

重症の街につばくろ来て呉れし　藤井三吉
答案に名前忘るるつばくらめ　益永孝元
村中の水光らせて燕来る　石井紀美子
鮮らけき胸もて燕来りけり　原　不沙
庭に炊く味噌豆つばめ来りけり　池田世津子
燕来し道きらきらと残りけり　川村五子
学生の破れ袴やつばくらめ　細木芒角星
燕来る妻の機嫌のよき日なり　有山城麓
初つばめ友を訪はんと帽抱けば　朔多　恭

岩燕（いわつばめ／いはつばめ）

ツバメよりやや小型で、尾も短かく切れ込みも浅い。喉から腹が白く、足は指まで白い毛におおわれている。三、四月ごろ渡って来るが、西日本では局地的に分布する。山地や海岸の岩壁や洞穴に集団で営巣する。近年は都市近郊の橋桁や駅など、人工建造物への営巣もみられるようになった。巣は天井に深い椀形に作られ、入口は狭い。餌は群飛しながら捕える。十月中旬にはほとんど日本を去る。

岩燕霧の温泉（ゆ）壺を搏ちて去る　石橋辰之助
目まいするほど岩燕仰ぐ老漁夫と　金子兜太
岩つばめ富士を暁色走りをり　伊藤霜楓

栗駒は雲のかたまり岩燕　佐藤ゆき子
鎖場に行者の声や岩燕　阿久津渓音子
群青の空抜けられず岩つばめ　鈴木正子

引鶴（ひきづる）　鶴帰る　帰る鶴　去る鶴　残る鶴

毎年十月ごろシベリア方面から渡来する鶴は、翌年三月ごろ北方の繁殖地に帰って行く。これを引鶴・鶴帰るという。かつて鶴は日本各地に棲息していたので、V字型の列になり、空中を数度旋回して去ってゆく様を「引鶴」「去る鶴」のことばとし、別れを惜しんだと思える。乱獲のため全棲息個体数は減少し、今では鹿児島県荒崎、山口県八代にわずかに飛来するのみとなった。北海道釧路に棲息するタンチョウは留鳥である。↓鶴来る（秋）鶴（冬）

鶴引くやかさと壺中の母の空　小檜山繁子
鶴去る日青空に消ゆこころざし　新谷ひろし
引鶴の白こめかみに残りけり　北　光星
帰る鶴雲居の声となりにけり　合田ミユキ
引鶴に今はりつめし空のあり　奥田花珠子
日も月も鶴引きし空満たし得ず　西川織子
引鶴にやらずの雨となりにけり　稲荷島人
鶴引くや村人のいふ定刻に　木船君枝

春の雁（はるのかり）　残る雁

ガンカモ科。雁は三月ごろ北方へ帰りはじめるが、その時分のだんだん数が減っていく雁をいう。春の明るい光の中にあって、怪我や病気、または何らかの理由で帰れない雁の哀れさ、寂しさがある。↓帰る雁・雁（秋）

春の雁家ほしき顔ばかりなり　加藤楸邨
帰るべきところへ帰る春の雁　廣瀬町子
春の雁鍬を杖とし送りをり　向久保貞文
春の雁黄粉が指をこぼれけり　晏梛みや子

帰る雁（かえるかり）

帰雁（きがん）　雁帰る　行く雁　去る雁　雁の別れ

北半球北部で繁殖し、十月下旬ごろ日本に渡ってきて、三月下旬ごろ北方へ帰る。よく秋分に来て、春分に帰ると言われている。春、空高く「棹になり鉤になり」と、歌われたように、列をなして帰る姿は、とりわけ印象的である。↓春の雁

高爐（こうろ）さかんしづかにしづかに雁帰る　加藤知世子
木簡に残る税の字雁帰る　佐藤サチ
帰る雁湯屋あくころの路地の空　矢島房利
雨雲湧く帰雁ぐんぐんぐんぐんと　加藤瑠璃子
幾列か帰る雁見て日の暮るる　江中真弓
落日のあとの湖照る帰雁かな　石田久美子
混沌の国から国へ雁帰る　浜名礼次郎
線香の煙野に立つ帰雁かな　大村てつお
雁帰る月の光を背に浴びて　阿部月山子
行く雁の雲の標（しるべ）をあやまたず　田中美彦
吾の上父母の上雁帰る　村中燈子
行く雁や既に日のなき道標　菊池三千雄
雁帰る古き和服を見てをれば　佐野とし
姉沼も雁ゆくころか葱しなぶ　橘川まもる

引鴨（ひきがも）

行く鴨　帰る鴨　鴨帰る

カモが繁殖地に帰ってゆくのは、三月初めから五月初めごろで、その時期になると、一群、一群と引いてゆく。鳥によっては群をなさず、ばらばらと帰ってゆくのも多いが、大群となって北の空へ飛び去るカモの姿には心ひかれるものがある。↓春の鴨・初鴨（秋）・鴨（冬）

行く鴨にまことさびしき昼の雨　加藤楸邨
湖の刹（は）がるるごとく鴨帰る　藤井寿江子
引鴨のうからうか友か空に合ふ　中　拓夫
しんがりは飛沫（しぶき）となりて鴨引けり　平子公一
満天の星に引鴨たぢろがず　中村まゆみ
引鴨の一と声もなく岸離る　保坂とも子
ひかり捨てひかり捨て鴨引きゆけり　中戸川朝人
引鴨の羽音ののこる日暮空　福田甲子雄

白鳥帰る（はくちょうかえる・はくてうかへる）

全身白色の大きなガンカモ科の鳥。シベリアから日本へは十一月ごろから渡来し、北海道、青森県、宮城県、また新潟県の瓢湖なども、渡来地として名高い。オオハクチョウ・コハクチョウなどである。三月ごろになると、二〇羽から数十羽で一群となり、夜明けごろ高度をあげて北をさして飛び去ってゆく。「コーンコーン」と、鳴きわたる声を聞くとき春の訪れを知るという。

↓鳥帰る

日本海凪ぐ日白鳥帰りけり　猪俣千代子
大白鳥引きし渚の羽根拾ふ　藤木倶子
白鳥帰る一つ一つの生命にて　加藤瑠璃子
帰白鳥背な低き山脈負ひて　新谷ひろし
白鳥の引きゆくひかり縺れつつ　三嶋隆英
白鳥の引きて連山動きそむ　小松原みや子

春の鴨（はるのかも）　残る鴨

カモは春になると北の国へ繁殖のため帰っていくが、暖かくなってもまだ湖沼に残っている少数のカモのことを言う。また、カモの一種コガモは五月ごろまで日本にとどまっている。カルガモは夏でも日本各地で営巣する、留鳥である。↓引鴨・初鴨（秋）・鴨（冬）

残り鴨一羽で翔つてをさまりぬ　加藤楸邨
橋架けの工事休日春の鴨　服部たか子
鴨池に鴨みな去りしあとの鴨　赤岡淑江
さざ波の押すままにゐて残り鴨　田村ひろ
残る鴨浮いて互いに遠き距離　宇咲冬男
こちら向けわれもひとりぞ残り鴨　清水基吉

鳥帰る（とりかえる／とりかへる）

小鳥帰る　鳥引く　引鳥（ひきどり）

秋から冬にかけて北方から日本に渡って越冬した鳥が、春になって北方の繁殖地に帰ることをいう。雁・カモ・ヒヨドリ・ツル・ハクチョウ、小鳥ではツグミ・ヒワなど種類は多い。これらの小鳥類は大群で渡来するのでよく目立つが、帰る時はばらばらで目立たない。帰ることを「引く」ともいう。ツバメのような夏鳥が、春繁殖のため日本に渡るのは帰るのではなく「来る」である。↓渡り鳥（秋）

北窓にありあまる空鳥帰る　原田　喬
暗澹の読後や鳥の帰りゆく　丸山靖子
鳥帰るこんにゃく村の夕空を　飯田龍太
帰る鳥しんがりを行く父と母と　中村　博
墳丘のやさしきくびれ鳥帰る　猪俣千代子
鳥帰る終の住みかなど要らぬ　伊藤昌子
あらくれのみちのく山河鳥帰る　大高霧海
鳥帰る約束ごとのあるやうに　新津静香
流されてたましひ鳥となり帰る　角川春樹
頬杖の杖をはづして鳥帰る　伊藤敦子
滅びたる山河とがめず鳥帰る　秋山卓三
帰る鳥八雲の空を通るやも　津森延世

鳥雲に入る（とりくもにいる）

鳥雲に

春、北方に帰る雁・カモ・ハクチョウ・ツルなどの大きい鳥が一群ずつとなって雲間はるかに見えなくなることを季語として固定させたもの。短く「鳥雲に」と略すこともある。これは「鳥帰る」などと比較して情景が具体的であり、はるかに見送る情感がある。しかしツグミなどの小鳥は大集団で来るが、帰北の際はぽつぽつと目だたず去ってゆくので、雲に入るといった光景は見られない。むしろ季節を象徴する季語として多く使われている。『和漢朗詠集』の「花ハ落チテ風ニ随ヒ鳥ハ雲ニ入ル」以来、古巣に帰る鳥として古くから詠まれてきた。↓鳥曇

鳥雲に隠岐の駄菓子のなつかしき　加藤楸邨
鳥雲に仙貨紙（せんかし）やけて戦後の書　矢島房利
雲に入りたる搏翔の群いくつ　齊藤美規
配達不可の県名三つ鳥雲に　花谷　清
鳥雲に青磁のあひる箸置きに　佐々木栄子
これよりの不老を信ず鳥雲に　西川五郎
毛馬堰に岐るる流れ鳥雲に　邑上キヨノ
書き込みの季寄せのかたみ鳥雲に　篠原暁子
鳥雲に死ねば外さる眼鏡かな　深谷鬼一
海女小屋の在りし地の焦げ鳥雲に　奥谷亞津子
風葬の骨片残し鳥雲に　細川朝子
釈迦の眉うすく彫られて鳥雲に　隈元拓夫
鳥雲に入る白日の湖残し　野田公也
勝海舟とその室の墓鳥雲に　林　美江
鳥雲に入るゆつくりとわが咀嚼　京崎伸子
鳥雲に茶柱二つ立つ湯呑　太田嗟
鳥雲になべて西向く兵馬俑（へいばよう）　石野冬青
鳥雲に入る放心の峠越　沢　聴
出逢ひとは別れとは鳥雲に入る　三ヶ尻とし子
鳥雲に湾岸道路運河越ゆ　上島顕司
鳥雲に入るおほかたは常の景　原　裕
鳥雲に老ゆる暇などなかりけり　岡本芳子
点眼の泪の乾く鳥雲に　宮崎向陽
鳥雲にまつしぐらなり一羽なり　妙中　正

鳥交る（とりさかる）

鳥つるむ　孕鳥（はらみどり）　鳥の恋

鳥の発情はおおむね春から初夏にかけてである。そのころ雄は囀ったり、嘴をふれ合ったり、毛色がかわったりする。誇示という求愛のためにはいろいろの動作がおこなわれる。鳥によりそれぞれ違っているが、雌の前で尾を広げてみせるクジャクや、愛きょうのあるダチョウのダンスも見かけることがある。ツルの舞もその一つで、雄が雌の前でおどる。交尾期のあと孕鳥の時期に入る。↓

孕雀

烏の恋空縦横に広がりぬ　加藤瑠璃子
ヘリコプターに揺らぎし空や恋雀　住谷不未夫
鳥交る真下長身磨崖仏　九鬼あきゑ
鳥の恋既決未決の箱ふたつ　きりぶち輝
禅堂の軒をこぼるる恋雀　塩谷はつ枝
子のつくる砂のケーキや鳥交む　藤本陽子
鳥交る離れて鳥の影交る　国見敏子
鳥交る夫の帰らぬ日曜日　伊藤昌子
鳥交る声の落ちくる馬の寺　小枝秀穂女
風鐸を鳴らし地に墜つ恋雀　細井光男

孕雀（はらみすずめ）　子持雀（こもちすずめ）

春交尾し、卵をもっているスズメのことであるが、外観上孕んだ状態とは見分けられない。したがって多分に観念的な季語なのである。スズメが産む卵の数は平均五個ほどで、これを毎日早朝に一個ずつ産む。第三卵までは巣に落したまま放って置くが、四個になると抱きにかかる。巣籠りのあいだ雄は雌のそばについて保護する。↓雀の子

吹かるるもの孕み雀と我等夫婦　加藤楸邨
孕雀季には親し吾にはうとく　山口青邨
夢殿や孕雀のこぼれたる　滝沢伊代次
唄ふように孕み雀となりにけり　大元祐子
金網をくぐりし孕雀かな　津高里永子
孕雀慈母観音の掌に　田口一男

雀の子（すずめのこ）　子雀　親雀　黄雀（きすずめ）

春から夏にかけて、スズメの卵は十日ほどで孵化し、十四日ぐらいで巣立ちする。巣立ちしてからもまだ十分には飛べず、二羽のオヤスズメがつきそって餌を与え、虫や草の実のとり方、身の守り方を教えている。この頃のコスズメのくちばしのわきは黄色いので、キスズメといわれる。オ

ヤスズメと遊んでいるのを見ると、コスズメはやはり小さく、可憐である。卵から独立するまで五十日ほどかかり、ふつう五、六月から、なかには八、九月ごろまでコスズメを見かけることがある。

↓孕雀

子雀のへの字の口や飛去れり　川崎展宏
雀の子ふりむくことは知らぬらし　神田ひろみ
海見入る人のうしろの小雀ら　星川木葛子
降りみ降らずみ子雀堂に来て遊べ　古沢太穂
よく跳ねて子雀下町育ちかな　二本松輝久
雀の子拾ひ温さを持て余す　勝井良雄
根つからのおしやべり好きで雀の子　明石洋子
子雀の争ひつつや地をひろげ　大澤ひろし
音たててふいに落下す雀の子　吉開さつき
先づ逃げることを覚えて雀の子　森田幸夫

鳥（とり）の巣（す）

小鳥の巣　巣組み　巣籠（すごもり）　巣隠　巣鳥　古巣

春から夏にかけて産卵に先立ち、鳥は巣作りをはじめる。鳥の巣は抱卵するところであり、巣立ちまで育てる場所である。巣組みには枯れ草、小枝、つる、木の皮、苔、泥土、鳥の羽、獣の毛などが用いられる。カラス・ヒヨ・ホオジロ・モズなど、樹上に巣を作るものがもっとも多い。シジュウカラ・ムクドリは樹洞、セキレイは石垣や土手のすきま。ここで卵を抱き巣に籠る。これを巣籠・巣隠といい、その鳥を巣鳥という。ほぼ十数日か二十日で卵はかえる。キジ・コジュケイ・カモ・カモメなどは地上に巣を作る。ホトトギス・カッコウ・ツツドリのように他の鳥の巣に托卵する鳥もいる。鳥の種類により巣の形はいろいろある。毎年新しい巣を作るので、前年のものを古巣という。↓巣立鳥・燕の巣・雀の巣・鴉の巣

鵲（かささぎ）の巣と言ふ両手広げてみせ　猪俣千代子
鸛（かん）の巣を仰ぐや地上うすぐらし　佐藤ゆき子
太陽のかがやいてをる古巣かな　加藤三七子
日に幾度電車の過ぐる古巣かな　依光陽子
木々うるみ鳥の古巣のまだ見ゆる　山田みづえ
岩窪のこんなところに千鳥の巣　八木秋水
丹頂の首を正して巣籠れり　福山英子
海からの風のなでゆく雪加（せっか）の巣　古堀　豊
落ちて来し巣組みの枝の一尺余　池田世津子
落ちさうな鳥の巣見ゆる机なり　晏梛みや子
てのひらに鳥の巣といふもろきもの　石　寒太
一と声もこぼさず鵲の巣籠れる　久木原みよこ

巣箱（すばこ）

山林が切りとられ巣を営む場所が不足した野鳥に、営巣場所を補うために作られたのが巣箱。自然に出来た木の穴等を利用して巣を営む野鳥が利用している。最も多く利用する鳥は、シジユウカラ、ヤマガラ、ヒガラ、ムクドリ、アカゲラ、コゲラ、フクロウ等。

ボーイスカウト人梯子して巣箱懸く　相澤清彦
巣箱吊るいづこも入居募集中　嶋田すみれ
覗きたきものに巣箱と脳の中　成田清子
そこいらに来てゐて巣箱うかがへる　平岡喜久子
完璧が過ぎて巣箱に鳥寄らず　折原あきの
颪の向き日の向き言ひて巣箱掛　堀野信子

燕の巣（つばめのす）　巣燕

ツバメは春日本に渡ってくると、大部分は前年と同じ雌雄が同じ家の巣に戻り、また巣を作り始める。泥に枯れ草、藁などを混ぜ椀形に作る。去年の古巣に土を足して作ることもある。卵は五、六個で十五日ほどで孵化し、三週間ぐらいで巣立ちする。ツバメは必ず人家に巣を作る。安全のためであろうが、鳥としてはめずらしい。↓燕

巣燕見るおしくらまんぢうの押され役　加藤楸邨
通学時だけ列車くる燕の巣　井上宗雄
巣燕仰ぐ金髪汝(なれ)も日本の子　古沢太穂
山の土啣へ来て塗る燕の巣　猪俣千代子

雀(すずめ)の巣(す)

スズメは二月半ばから、おそいものでも四月上旬には巣作りを始め、八月いっぱいぐらいまで卵を産み、ひなをかえす。卵は十日ほどでかえり、十四日ほど親に養われて巣立ちする。巣は主として屋根瓦、煉瓦の下、煙突、橋桁の下、たまに木の枝の上に作る。材料は枯れ草、小枝、木の皮などで、巣の内部は羽、毛、紙屑、糸を敷くが、きちんとした巣ではない。産卵は五個から八個で、年二、三回おこなわれる。スズメは一年中身近にいる親しい鳥であるが、季語となるのはその産卵期である。↓孕雀・雀の子

雀の巣かの紅絲をまじへをらむ　橋本多佳子
天平のいらかより垂る雀の巣　木下千鶴子
雀の巣東京駅の声とどく　赤岡淑江
長すぎる藁屑を垂れ雀の巣　吉江八千代

鴉(からす)の巣(す)　烏の巣

カラスは春先から繁殖期に入り、森にすみかを求め巣を作り産卵する。巣は大木の高いところに、木の小枝を椀の形に組み合わせ、五十センチもある大きなものを作る。ときには針金やビニール紐も巣材になっている。毎年前年の巣を繕って使うので、だんだん大きくなる。卵は三個〜五個、

二十日ほどで孵化し、およそ一ヵ月親にやしなわれて巣立ちする。巣立ち後も親のあとについて面倒をみてもらう等、親子の情は深い。

針金のハンガーも見え鴉の巣　平林孝子
街路樹の高きに透けて鴉の巣　廣川昂臣

巣立鳥（すだちどり）　巣立　親鳥

晩春から初夏にかけて、雛鳥は羽も生え揃い成育し、飛べるようになると、次々に巣から離れてゆく。巣立ちである。独立してゆくわけであるが、鳥によっては親鳥についてよちよち枝を歩いたり、親の真似をして鳴いている幼い声を聞くことがある。↓鳥の巣

巣立鳥ひねもす雲のいらだてる　加藤楸邨
親鳥の巣立ち促す声しきり　高橋千枝子
鷹の眼をして鳶が巣立ちぬ奥越後　加藤知世子
朝の日矢燕の巣立つ消防署　伊藤いと子
電線を足場に鳥の巣立ちかな　志村あい子
巣立鳥鳴き声だけは負けてゐず　千葉亜紀

桜鯛（さくらだい）　花見鯛　乗込鯛（のっこみだい）　鯛網

春、産卵のため内海の浅場に入り込んで来るマダイのこと。その頃雄のマダイは、性ホルモンの作用で腹部が赤味を帯び、婚姻色を示す。ちょうど花どきにあたり、その色を賞美して、サクラダイ・ハナミダイという。瀬戸内海にマダイが入りこむ（乗込む）のは、四月二十日前後といわれている。鳴門、紀淡、明石などの海峡を通って乗込むので、ナルトダイ、アカシダイなどともいう。このころ備後の鞆（とも）の津（うら）などでは、有名な鯛網を引く。↓魚島

桜鯛子鯛も口を結びたる　川崎展宏
海に日の生まれて睦む桜鯛　八木荘一
ぴしぴしと鱗をとばし桜鯛　小檜山繁子
天然のものしか召さず桜鯛　藤本安騎生
魚信より船酔早し桜鯛　細谷定行
海流の冷え残りたる桜鯛　石田美保子
紫の背びれ尾びれや桜鯛　上崎暮潮
まなこより大きな鱗桜鯛　島津教恵
滅びたる平家の裔か桜鯛　西川織子
濡れし目はまだ海のもの桜鯛　柴田佐知子
桜鯛はねつぎ秤定まらず　菅本政子
たっぷりとつかはれる水桜鯛　木下野生

魚島（うおじま・うをじま）

産卵のため魚が外海から瀬戸内海に入りこみ、群らがって水面に盛りあがり、小島のようになる状態を魚島という。四月二十日前後二か月ぐらいの間、タイにかぎらず、ブリ、サワラ、サバなどにもおこる。それを漁船がとりかこみ漁するので豊漁となる。また魚島を春の魚の多くとれる時期についていう地方もある。琵琶湖でも、漁獲のとくに多いことを魚島といっている。↓桜鯛

魚島の鞆（とも）の波止場の床几かな　皆吉爽雨
魚島を間近にしたる海のいろ　川崎展宏
魚島や素足向け合ふ舟の上　堀　葦男
魚島や神の作りし余り島　延平いくと

鰊（にしん）　鯡（にしん）　春告魚（はるつげうお）　鰊群来（にしんくき）　鰊漁　鰊舟　鰊曇（にしんぐもり）

イワシ科に属する寒海魚で、真鰯とよく似ているが、鰊には体側に斑点がない。日本近海のものは太平洋岸では茨城県、日本海岸では新潟県以北にのみみられる。春告げ魚の異名のあるように、春先群をつくって沿岸に姿を見せる。産卵期は四、五月ごろ。主産卵場は北海道の西海岸近くとされるが、近年では回遊経路も変わり、北海道の周辺には鰊の姿がまれにしか見られなくなった。鰊

は海の表層を群れをなして泳ぐ性質があり、産卵期に鰊が大群集することを「鰊群来」という。雪のあるころに来るのを「雪走り」、三月中旬のころのを「走り鰊」と呼んでいる。ニシンの名称はアイヌ語の「ヌーシー」（群集して多量に漁獲される魚という意）による。ニシンは方言でカドまたはカドイワシと呼ばれ、数の子というのはカドの子の転訛したものらしい。鰊の獲れるころは空がとかく曇るので「鰊曇」の語がある。

小振りなる厚岸ものや初鰊　竹田豊吉

夫買ひし少し赤目の鰊焼く　佐野笑子

鰆（さわら）　鰆（さはら）

春、サワラは産卵期になると、群れをつくって外海から内湾に入ってくるので鰆という字が造られた。日本沿岸各所に分布している。サバ科サワラ属の硬骨魚の総称。体長一メートルにも達する。鉛青色で腹は白く、ほっそりしている。サワラの語源は「狭腹」である。関西、四国、九州あたりでは、この魚をサゴシと呼ぶ。ウエストの狭い「狭腰」の意である。白身の肉で、刺身・照焼き・味噌漬として賞味される。漁獲はすくないが、味の点では、俗に「寒鰆」といつて、冬に獲れるものが身がしまっていて美味である。

鰆買ふ店の奥まで海明り　西　宇内

白日のなかへ入りゆく鰆船　友岡子郷

鱵（さより）　竹魚（さより）　針魚（はりお）

サヨリ科の海魚。細身の体は、背は薄い青色、腹は銀色、針のように長く伸びた下顎の先は紅色をしていて、気品のある美しい魚である。別名針魚ともいう。体長十五、六センチから二十数センチくらい。海表面を群泳し、危険が迫るとよくジャンプする。内湾や波の静かなところに棲み、春の産卵期には湖や川の出口にも入ってくる。あっさりした風味で、高級魚として吸い物や刺し身などになる。

老妻のたどたど鱵糸づくり　山口青邨
美貌なる鱵の吻は怖るべし　安住敦
きらきらと雨は磯打つさより舟　草間時彦
海底（ふなぞこ）に日の差している鱵かな　角川春樹
口尖り鱵にも似し女かな　海老原真琴
透き通るさよりよりあっさり捌かるる　猪狩勝正
鱵舟見つつ押すなり乳母車　野中広司
待つ夫に買ひし鱵の眼の澄みて　大野ツヤ
海の色透かし透かしてさより来ぬ　太田貞雄
透くものの真直ぐに流れ鱵かな　佐分靖子

子持鯊（こもちはぜ）

これは学名ではない。ハゼ科に属する魚は、淡水・海水にわたって種類が多く、なかでも代表は真鯊。真鯊は港湾などの底で冬籠りした後、春川に溯ってくる。鯊の産卵期である三月ごろ、卵が十分に熟して腹部が張り、腹を透かして橙色の卵粒が見えるようになる。その状態を子持鯊という。二、三月ごろの、卵が成熟する少し前のころが旬で、食通に好まれる。→鯊釣（秋）・鯊（秋）

天窓を開く夜のあり子持鯊　小林貴子
朝市のござ二つ折り子持鯊　斉藤道廣

鯥五郎（むつごろう・むつごらう）　むつ　鯥掘る　鯥掛　鯥曳網（ひきあみ）

鯊の一種で体長は十五センチくらい、背は淡褐色に青味を帯び、白い斑点がある。目は高く飛び出ていて、眼瞼が発達しているため、開いたり閉じたりすることが出来る。腹鰭が強く、海底や砂泥を匍行し、木に登ることもある。潮がくると跳躍し、水のなかでは敏捷に泳ぐ。動作や表情に愛嬌があっておもしろい。晩春から初夏にかけて活動し、冬は地下に冬眠するので、土を掘ってむつ掘りをする。日本では九州の有明海と八代海の北部にしかいない。飛鯊をも含めてムツと言い、鮭五郎を本ムツとも言って食用にするが、卵巣のうまい鮭という魚とは全く違うものである。

鮭五郎向き変へ山と対峙せり　岡部六弥太

どの顔も夫の顔や鮭五郎　栗原利代子

鮭五郎の求愛ジャンプ夕映ゆる　山口清子

原告の鮭五郎跳ぶ五寸ほど　赤松蕙子

鮊子（いかなご）　小女子（こうなご）　叺子（かますご）　鮊子舟

東京ではコウナゴと言う。ふつう体長五、六センチ、大きいものは二十センチくらいにまでなる細長い魚で、体色は銀白色、下顎が長くとがっている。瀬戸内海方面で春先大量に獲れる。味は淡白、干し魚にして市販され、佃煮などでなじみ深い。また、鯛の好餌で、鯛に追われたイカナゴの群れは海上近くに浮かび上がって逃げ惑い、それを狙ってアビという海鳥が群飛する。漁師たちはこれによって鯛の来游を知るので、鯛漁には大切な魚なのである。関西でカマスゴ、カマスジャコと言うのは、梭魚（かます）の幼魚を誤ったのである。

鮊のわしずかみさる命かな　栗山恵子

茹で揚るいかなごくの字つの字かな　山本淑子

白魚（しらうを）　しらお　白魚網（しらおあみ）　白魚舟（しらおぶね）　白魚漁（しらおりょう）　白魚汲む（しらおくむ）　白魚火（しらおび）　白魚汁（しらおじる）

シラウオ科に属する沿海魚。体長六、七センチ、透明で内臓が透いて見え、目だけが黒く鮮やかな、可憐な魚である。早春の産卵期には、海から河口をさかのぼって産卵する。寿命はわずか一年というはかなさである。「月もおぼろに白魚の、篝もかすむ春の宵」という有名な一節は、江戸時代、隅田川佃島で篝火を焚いて四ツ手網や刺網で白魚を獲った情景で、川も澄んでいた当時の早春の趣深い風物であったようだ。名産地としては、豊橋、桑名、松江などがある。酢の物、吸い物、卵とじとして賞味され、干魚としても美味である。

曙や白魚白きこと一寸　芭　蕉
白魚の小さき顔をもてりけり　原　石鼎
白魚汲みたくさんの目を汲みにけり　後藤比奈夫
風とところどころつかめる白魚や　松澤　昭
かばかりの白魚汲めば夜が明けぬ　加藤三七子
ころころと水の音せる白魚簗　仁尾正文
夜の卓や白魚の眼に水にほひ　本間愛子
白魚に骨というもの余震来る　前田　弘
払暁の白魚の潮動きそむ　岡村紀洋
きらめくや白魚ひとつづつ選られ　葭葉悦子
白魚の透きゐて水にまぎれざる　山城英夫
黒椀に白魚淡き色を添へ　山下孝子
白魚のさざ波立てる桝の中　串上青蓑
白魚の躍り食ひせりジャズ一団　宮島晴子

白魚を汲むとは水を掬ふこと　井田すみ子
白魚の水汲むように売られけり　伊藤省三
白魚の群がる声のあるごとし　山本　允
笊(ざる)のふち叩き白魚寄せらるる　武市公子
白魚の本場の白い洗面器　山本紫黄
犇めいてゐる白魚の黒瞳かな　矢野呂山
白魚を買ふ声すこし飾りをり　岡本まち子
いのち透く白魚に箸ためらひつ　村上光子
かばかりの白魚上ぐる四ツ手網　高橋千枝子
白魚の汲み濁りせし流れかな　石脇みはる
白魚火や硝子に写る肋骨　各務耐子
白魚飯大観の濤(なみ)とがりをり　樋口桂紅
しらうをののぼりくるとき波立てず　坂井たづ子
掬はれし水の忽ちしらをかな　長岡貝郎

鱒(ます)　本鱒　川鱒　桜鱒　紅鱒　姫鱒

鱒と名付けられた魚は全てサケ科の魚で、種類は非常に多いが、鱒と称する魚種は学名上は存在しない。サケ同様産卵期に川に入って産卵後一生を終わる種類と、生まれてから死ぬまで淡水にいる種類とがある。前者に属するものには、本鱒・紅鱒・樺太鱒・ますのすけ・銀鱒・桜鱒などがあり、後者には、川鱒・虹鱒・姫鱒などがある。姫鱒は紅鱒の陸封されたもの、山女は桜鱒の陸封されたものである。海産のものは、日本海の北部、北海道などで多く獲れる。春になると海から河口へと集まり、産卵のために川を溯ってゆくが、このころが最も美味で、漁期となる。肉は紅色で、食用としての利用範囲も広い。

鱒を焼く煙はゆきぬ森の城　久保田慶子
鱒釣の顔長くして鱒を引く　橋本美智代

諸子（もろこ）

諸子魚（もろこ）　諸子鮠（もろこはえ）　初諸子　柳諸子

コイ科の淡水魚で、体長十センチに満たない小魚である。口辺にひげが左右一対ある（鯉の口ひげは二対）。中部以西に分布し、特に琵琶湖が有名だが、最近では移殖されて各地でみられるようになった。モロコの「こ」は魚のこと。「群魚」「諸魚」がその語源である。産卵期は三月から六月ごろまでで、そのころ群れをなして接岸するためよく釣れる。ホンモロコの他に、タモロコ、スゴモロコ、イシモロコ、デメモロコなど、体形や斑紋のちがう種類がある。関西では、とくにモロコを珍重し、照焼き・味噌焼き・飴煮・もろこ鮓などにして料亭でよく扱われている。京都の春料理のひとつともなっている。

浦を出てすぐに止りぬ諸子舟　三沼画龍
そのうちといふ浮子見詰め諸子釣り　門馬貴美子
父好きな諸子上手に煮し母よ　赤木日出子
弁慶に刺せるは諸子ばかりかな　結城美津女

公魚（わかさぎ）

桜魚（さくらうお）　公魚漁　公魚舟

キュウリウオ科の魚。体長は六、七センチから十五センチほどで、背は淡黄色、腹は銀色、体側に淡墨色の縦線がある可憐な姿である。公魚と書くのは、吉野の桜が落ちて水に入り、この魚になったという伝説から当初桜魚（おうぎょ）といっていたものが公魚に転訛したものといわれる。また、潮来の麻生藩より徳川へ年貢として納めたことからという説もある。鮍・鰙・若鷺とも書く。早春、海から川に上って産卵する。近年は各所の湖に移殖され、終生淡水に棲むもの（陸封性）があるが、本来は海産魚で、淡水で生まれ海で育ち、再び産卵のために淡水に入るのである。帆引舟で有名な霞ヶ浦は漁獲が多いが、これも陸封性のものである。公魚はもともと寒帯魚で、冬の冷たい水中でも春の産卵にそなえてしきりに餌を漁るため、結氷した湖に小さな穴を開けて釣る穴釣が行われる。淡白な味でフライ・天ぷら・佃煮・南蛮酢漬などとして賞味される。

わかさぎは生死（しょうじ）どちらも胴を曲げ　宇多喜代子

公魚に眼さづかる月夜かな　中川杞友

公魚は針はづされてすぐ凍てぬ　江中真弓

公魚の受精卵はや濁りをり　野末たく二

桜鯎（さくらうぐい）　桜鯎（さくらうぐひ）　石斑魚（うぐい）　花うぐい

ウグイはコイ科の川魚で、釣り人にはなじみが深い。全国各地に分布し、東京近辺ではハヤ、西日本一帯ではイダというのをはじめ、地方によってクキ・イダゴイ・ヤマコなどいろいろな呼び名がある。産卵期（三〜七月）になると、腹の側面に赤色の縦線、つまり婚姻色の色帯が三列現れる。その桜色を愛でて、また、桜の咲き散る季節と関連させて、そのころのウグイを「桜鯎」と呼ぶ。普段はその色もなく、地味な雑魚だが、詩情ある呼び名である。芦ノ湖や諏訪湖などでは、赤魚（あかお）・赤腹・赤っ腹とも言っているが、やや型はちがっている。多摩川でマルタと称するのは、いったん海へ下って産卵のため再び遡上する体長三十センチ以上の大型のものである。ウグイは冬が美味とされている。

花うぐひ卵こぼして籠にほふ　水原秋櫻子
まないたの水の切れ味花うぐひ　百合山羽公
早瀬にもふところありて花うぐひ　鷹羽狩行
桜鯎旅の時間の余りけり　飯島晴子
花うぐい心電図の波ひとっ跳び　安西　篤
流れ去る水うつくしやうぐひの眼　川崎展宏
国栖奏や贄の身反らす花うぐひ　前田和子
水ほのぼの桜鯎の過ぐるとき　山崎みのる
さくら色尽くして恋のうぐひかな　片桐久恵
なかなかに決まらぬ見合花うぐい　石口りんご

柳鮠（やなぎはえ）　鮠　はや

春先、芽吹いた柳が青々と細長い葉に育つころこの魚が目立つようになり、体長七、八センチになった鮠が、その葉に煮ているところから柳はえと呼ばれる。形は鮎に似ているが、それより小さく敏捷な動きをする。各地の川にいてたやすく釣れるため、親しまれている釣魚のひとつ。

鮠の上鮠の速度でさざなみ馳（は）す　香西照雄
目覚めればすぐ列となる柳鮠　加藤治美
柳脆水の日向に浮びをり　江中真弓
鮠透けり富士湧水を雲流れ　山本陽子

乗込鮒（のっこみぶな）　乗っ込み　初鮒　春の鮒　子持鮒　春鮒釣

鮒はコイ科の魚で、冬季は水底の泥に頭を突っこんで冬眠する。三月末から四月ころ水温が上がってくると、産卵のため浅いところや細い小川、水田にまで何百何千と群れをなして非常な勢いで乗り込んでくる。また腹いっぱい抱卵しているので食べてもうまい。↓寒鮒（冬）

田にけぶる乗込鮒の朝の雨　水原秋櫻子
掌に重く有明色の春の鮒　加藤楸邨
疾風波鮒乗込むをはばみけり　内山亞川
乗込みの鮒迷ひをる水田かな　郷原弘治

若鮎（わかあゆ）　小鮎　鮎の子　上り鮎

川で産まれ、海で育ち、桜が咲く頃川を遡ってくる体長四～六センチメートルの小さな鮎のこと。日本で最も早く鮎解禁になるのは兵庫県加古川で四月十五日。大体は六月一日なので俳句に若鮎の詠まれる期間は短い。「鮎」とだけいえば夏。「渋鮎」「下り鮎」は秋。若鮎のはつらつとしたさまは清冽そのものである。↓鮎汲・鮎（夏）

若鮎の二手になりて上りけり　正岡子規
激流をあらがひぬくかのぼり鮎　銀林晴生
のぼり鮎すぎてまた来る蕗の雨　加藤楸邨
次々と水に刺さりて上り鮎　小島　健

蛍烏賊（ほたるいか）　まついか

ホタルイカ科の烏賊。胴は紡錘形で長さは六センチぐらい。胴、頭、腕、腹、眼の周囲などに大小の発光器があり、海中で光を発するのでこの名がある。深海に棲むが、春先の産卵期には群をなして浅海に近づく。発光器を持つ群のため、光の帯のように見える。本州中部以北の沿岸に分布し、なかでも富山湾が有名。

真夜中の港を煙と蛍烏賊　菖蒲あや
蛍烏賊光る方へと舟かしぐ　廣野實子
蛍烏賊掬ひ売る手に生きてをり　本間愛子
光るまま網ですくはれ蛍烏賊　吉川康子

花烏賊（はないか）　桜烏賊　甲烏賊　真烏賊

烏賊の一種で学名はコウイカ。桜の咲く頃、沿岸の海中の種々の物体に卵を産みつけるためにやって来るところから花烏賊・桜烏賊という。通名マイカ。背中に厚い菱形の甲羅があり、外敵に襲われると墨を吐く。東京湾以西の内湾に産す。↓烏賊（夏）

洗ひたる花烏賊墨をすこし吐き　高浜虚子
桜烏賊おのれの墨に汚れたる　沖崎一考

飯蛸（いいだこ・いひだこ）

タコの一種。体長は足を加えて二五センチ位の小型。三月頃産卵するがこの頃のものの胴には卵が飯粒のように詰まっているのでこの名がある。「……播州高砂の産は頭中の飯多し……」『和漢三才図会』。「……腹内に白米飯のごときものありて充満す。味佳なり。腹足ともにこれを食ふべし」『本朝食鑑』（元禄八年）。北海道南部以南の日本近海に広く分布する。↓蛸・真蛸・麦藁蛸（夏）

飯蛸や膳の前なる三保の松　夏目漱石
飯蛸の飯詰まりしもの選び買ふ　赤木日出子
久闊（きゅうかつ）や飯蛸の飯食みこぼす　井沢正江
飯蛸をつかめば夢のごと逃ぐる　澤本三乗

栄螺（さざえ）　つぶ　拳螺（さざえ）

壺焼でその味と形を賞味される。暗青色、拳状の巻貝で、六段の螺層がある。波の荒い外海のものは外側にいかめしい刺が二列になって突き出、内海のものは刺が短く一列、または全く刺がない。多く岬角、海底の岩礁に棲息する。殻は貝ボタンや細工物に利用され、江の島、二見ヶ浦などで名物にしている。↓壺焼

どう置いても栄螺の殻は安定す　加倉井秋を
正装に二の膳遠し焼栄螺　大井貞一
尖として栄螺の角のあをみたる　中拓夫
江ノ島の風ゆるびいる焼栄螺　山中蛍火

荒磯の栄螺丸味の強かりき　高橋和子

父に聞く父の老後や焼栄螺　中西夕紀

蛤（はまぐり）　蛤鍋　蒸蛤　焼蛤

海産の二枚貝。浅蜊と並び、吸物、焼蛤と昔からなじみの深い貝である。主産地は東京湾、伊勢湾、有明海など内湾の砂泥に棲む。その貝殻に美しい模様があるところから、貝合せ（平安時代）、貝殻経（鎌倉時代）などに用いられた。「今ぞ知る二見の浦の蛤を見合はせとておほふなりけり　西行上人」『夫木和歌抄』。

汁椀に大蛤の一つかな　内藤鳴雪

砂深く蛤彩られてあり　澁谷道

蛤のことりと動きまひる時　江中真弓

焼蛤の香を旗風が潮風が　佐々木久代

焙らるる蛤遂に呵々大笑　桝井順子

蛤を動く余地なく立て並べ　高道章

ぱと開きて蛤なにか言ひさうな　中村亀代

蛤のなかに入ってあそびたし　長浜勤

浅蜊（あさり）　鬼浅蜊　姫浅蜊　浅蜊舟　浅蜊売　浅蜊汁

海産の二枚貝。北海道から九州にかけて広く分布する。蛤同様、浅海の砂泥に生息する。殻表には細い布目状のすじがある。潮干狩で最も良く獲れる貝で、味は蛤よりやや劣るが大衆的である。「……民間日用の食となす。価もまた極めて賤（やす）し……」『和漢三才図会』。東京下町の深川めしは浅蜊の剝き身と長ねぎを炊き込んだ素朴な味わいで有名。

浅蜊椀無数の過去が口ひらく　加藤楸邨

凝視して浅蜊に水を掛けらるる　須川洋子

電柱の傍に老いぬ浅蜊売　中沢妙子

浅蜊売り濡れ手をふって銭を受く　小俣嚢一

浅蜊鳴き浅蜊の山をまろび落つ　白岩三郎

次郎長の国かとする浅蜊汁　伊藤翠

母の忌の浅蜊ちひさく鳴きにけり　永島理江子
浅蜊船ゆさりゆさりと戻りけり　野口文吾

馬蛤貝（まてがひ）　馬刀貝（まてがい）　馬刀（まて）

マテガイ科の二枚貝。北海道南部以南の内湾の浅海砂泥に生息する。殻長は約十二センチ。殻は薄く細長い円筒状で表面は滑らかで光沢のある黄色。普段は砂泥底に垂直にもぐっているが、穴の中に食塩を入れると飛び出す習性を利用して採集したり、針金で作った馬刀突で突いて採る。肉は軟らかく美味。

面白や馬刀の居る穴居らぬ穴　正岡子規
馬刀掘りのひたと金壺眼かな　西田青沙
新聞はいちにち遅れ馬刀の旬　服部百合子
馬刀貝にまだまだ知らぬことばかり　藤本美和子

桜貝（さくらがひ）　花貝　紅貝（べにがい）

ニッコウガイ科の二枚貝。本州以南の遠浅のきれいな砂底にすむ。殻は薄く扁平でこわれやすい。長さ二・五センチほど。浜辺に打ち上げられた貝殻は内外ともサクラ色で光沢があって美しく、貝細工に利用される。桜の花びらのような色と形からこの名がある。

遠浅の水清ければ桜貝　上田五千石
桜貝ひとつ拾ひてひとつきり　三村純也
桜貝踏みつつ実朝忌とおもふ　須川洋子
おなじ波おなじ日は来ず桜貝　小橋千夏花
あざやかに沖荒れそめぬ桜貝　藤木倶子
うらがへしてもつぶやかぬ桜貝　近藤七代
拾はれて海遠くなる桜貝　松田美子
真珠より大切な日を桜貝　能美澄江
若き日は手紙もいのち桜貝　中嶋秀子
原発を見て桜貝拾ひけり　先野信子

蜆(しじみ)　蜆貝　真蜆(まし)　紫蜆(むらさき)　蜆取　蜆舟　蜆掻(かき)　蜆売

シジミ科の二枚貝。純淡水産のマシジミは湖、川に、ヤマトシジミは河口付近に、セタシジミは琵琶湖水系にすむ。現在は宍道湖の大和蜆が全国に種苗として提供されている。蜆漁の九十九パーセントが大和蜆である。「春三月、難波の宮に幸しし時の歌住江(すみのえ)の粉浜のしじみ開けも見ず隠(こも)りにのみや恋ひ渡りなむ」『万葉集・巻六』。蜆は味噌汁にされ、黄疸(おうだん)によいとされ、廉価。→土用蜆（夏）

一攫の蜆の暗きいのち買ふ　秋元不死男
泥吐かす蜆の水のむらさきに　岡本セツ
蜆量る男やさしき声も入れ　久保田慶子
蜆掻くかつて名うての暴れ川　衣川砂生
これといふ人なき家系蜆汁　岡本久一
払暁の湖すべりゆく蜆舟　菊池育子
朔北の星を泛べし蜆桶　岡澤康司
根の国の水脈引き帰る蜆舟　佐川広治
くすくすと蜆が笑ふ夜の厨　内田白女
蜆売ヘルン旧居をのぞきけり　土橋石楠花
天地創造了り蜆の動き出す　小林貴子
ひとつだけ大和蜆の口割らず　関千恵子

蜷(にな)　みな　河貝子(かばいし)　海蜷　河蜷　蜷の道

淡水産の巻貝。貝殻は円錐形で細長く三センチ内外。頂端は尖(とが)っているため欠けていることが多い。殻表は黒または赤褐色。河川、湖、沼、浅海などに棲息しており、蛍の幼虫が好んで食べる。主に養魚の餌に用いられるが、食用にもなる。蜷は道をつけながら這うので、その歩いた跡を「蜷の道」という。

砂川の蜷に静かな日ざしかな　村上鬼城
ふたたびは戻るなき道蜷あゆむ　千代田葛彦

きらめきの水面に遠し蜷の道　荒木いと
蜷の道日なた日がけと水匂ふ　細田恵子
蜷の道を蜷の越えゆく昏き水　古川京子
杭のぼる蜷よ太陽へはゆけぬ　小更汎生
海蜷を食べすぎしこと言はざりき　村上妙子
暗がりの蜷にときどき日矢の射す　石渡芳美
水底に直ぐなるはなし蜷の道　佐々田まもる
水底に日の届きをり蜷の道　福神規子
遥かなるものにつながる蜷の道　坂本　登
川蜷のうごきし水のにごりなり　西田美智子

田螺（たにし）　田螺鳴く　田螺取

タニシ科に属する淡水産巻貝。貝殻は卵円錐形。水田や池沼に住み、冬は泥中で冬眠し、春になると「田螺の道」を作りながら這い出てくる。田螺は貝類でありながら胎生で、初夏のころ幼貝を産む。食料や幼魚の餌となる。「田螺鳴く」の語があるが、実際には鳴かない。日本産のものとしてマルタニシ、オオタニシ、ナガタニシ、ヒメタニシの四種がある。

谷戸の田や日向拾ひに田螺取　石川桂郎
田螺汁鍋椀に闇まつはりぬ　山崎和賀流
田螺鳴いて日高くなりし山田かな　前田正治
蓋ゆるめ田螺さびしくなりにけり　宮坂静生
塩ゆでの田螺の味を忘れけり　岡本高明
くつくつと昼の日のさす田螺かな　森　潮
朝刊の色刷田螺出たるかな　増山美島
民宿の椀の重さよ田螺汁　小路紫峡
田螺生るわが故里の津守（つもり）かな　柴田きよ子
湖の日をごろり転がし大田螺　藤岡紫水
地芝居の田螺月夜となりにけり　ほんだゆき
田螺やや腰を浮かせて歩み出す　野中亮介
田螺這ふ祖母は終生農婦にて　斎藤由美
喜寿の兄古稀の弟田螺鳴く　今村　薫

行く雲に触ってみたき田螺かな　関口眞佐子
姨捨山に見ゆ千枚田たにし鳴く　判治遼子

烏貝（からすがい）　からすがひ

淡水産の二枚貝。日本各地に分布するが、霞ヶ浦のような潮の満ち干きのある湖を好む。淡水産の二枚貝のうち最大で殻長は三十センチ。殻の外面が黒いところからこの名がある。内面は真珠光沢をもつ青白色で貝細工や貝ボタンに利用される。また真珠の母貝として養殖する。「浪よするしらの浜のからす貝拾ひやすくも思ほゆるかな　西行上人」

埋木と共に掘られぬ烏貝　高田蝶衣
烏貝の臭ひが浦の活気なり　米澤吾亦紅
世の隅の闇に舌出す烏貝　北　光星
長靴の長くなりゆく烏貝　緒方　敬

望潮（しおまねき）　しほまねき　潮招（うしおまねき）　潮招（しおまねき）

スナガニ科のカニ。節足動物の一種で蟹に似ている。九州有明海や長崎沿岸に多産する。小型で体が肥え眼が突出している。雌は鋏が小さく、雄は左右一方の鋏が大きい。砂の穴にいて、潮が干くと出てきて大きな鋏を上下に動かしているとその格好が潮を招く姿に似ているのでこの名がある。食用として塩辛にする。↓蟹（夏）

汐まねき呪文の踊りくりひろげ　野見山朱鳥
潮まねき招くは沖の月ならむ　河内きよし
しほまねき子供ばかりに見えにけり　遠藤正子
潮まねき敦盛馬を引返す　堀切武雄

寄居虫（やどかり）　ごうな

ヤドカリ科。他の巻貝の殻に体を入れ、成長するにしたがい大きな貝殻に棲み替えるのでこの名がある。頭胸部は堅く、一対の大きい鋏を持つ。海辺を殻を背負った恰好で蟹のようにすばやく歩く姿をよく見かける。晩春のころから夏にかけて、街の片隅でヤドカリを、子供の玩具として売っている〈ごうな売〉を見かけることがある。

やどかりの必死は螺(にし)の殻の中　加藤楸邨
寄居虫が抱へて測る次の貝　須川洋子
やどかりの進まず月光のみ進む　古川京子
やどかりのままでいるモザイクの街に　森　公一
やどかりの動く気配や潮満ち来　野木桃花
寄居虫売漁港に軋む音ばかり　窪田英治

磯巾着(いそぎんちゃく)　石牡丹(いしぼたん)

腔腸動物で体は円筒形。体の先に多くの触手があり、毒を持つ。海水の中で赤や緑、黄などの触手の揺れている姿は、花のようにも見え美しいが、少し不気味でもある。何かの刺激を受けると触手が、袋のきんちゃくの口を締めるのに似ていることから、この名がある。繁殖期が春である。

忘れ潮いそぎんちゃくもゆめを見る　藤田湘子
磯巾着波引き寄せて管を上ぐ　赤木日出子
石噛んでをりし磯巾着の馬鹿　串上青蓑
尾を振れる磯巾着の中の魚　内田白花

海胆(うに)　雲丹(うに)　海栗(うに)

浅い海に棲む棘皮(きょくひ)動物。球形で栗のような棘がある。種類は多いがムラサキウニ・バフンウニ・アカウニなどが普通である。棘に毒を持つものもある。岩などに吸着し、春から夏にかけて産卵する。食用としてよろこばれるのは卵巣で、生も美味である。肉は食べられない。練雲丹・粒雲丹などの加工品は季語とするには無理がある。

海胆を割くいま潮流は迅からむ　中　拓夫
お嫁さん探してと雲丹呉れにけり　松村幸代
海胆を採る少年の裸身眩しき　橋本美智代
遠きネオン雲丹食べて父蘇る　渡辺祥子

海星（ひとで）　海盤車（ひとで）

ヒトデは、動物門のいくつかの綱の総称。その形が人の手に似ていることからヒトデの名がある。また星のようであることから「海星」が当てられている。アカヒトデ・イトマキヒトデ・オニヒトデ・キヒトデ・アオヒトデなどがある。カキ、ホタテ、アサリ、ウニ、アワビ稚貝などを捕食するため漁業関係者からは嫌われる。深海に住んでいるが、水温の高くなってくる春には浅い所に移動してくるので、人の目につき易くなる。

割箸に乗せてひとでを世に送る　守屋明俊
じゃんけんの決め技あって鬼ひとで　柳瀬亜湖
地震のあと海星は母のゆりかごに　小池　都
ヒトデ死す男は星になりたがる　栗原かつ代

クリオネ　はだかかめがい

貝殻をもたない巻貝の一種で、和名はハダカカメガイ。流氷とともにオホーツク海の沿岸にやってくる。体長は約二〜三センチ。白く透き通った体で、翼のような足を動かし愛らしく泳ぐ。「流氷の天使」「流氷の妖精」といわれる。一九九六年、マイカルのテレビＣＭに登場しクリオネブームが起きた。↓流氷。

クリオネの帰る海峡明けにけり　青木まさ子
クリオネや見たいものだけ人は見て　川崎果連

クリオネの北方浄土ありやなし　松田ひろむ
クリオネになれない朝のゆで卵　高矢実來
クリオネのアンテナわくわくの予感　横山小鼓
クリオネやことばのナイフ隠し持つ　吉村きら

雪虫（ゆきむし）

北陸や東北では早春雪の上に黒い昆虫が多数発生することがありユキムシと呼ばれている。これは渓流の石の下などで幼虫時期を過した、カワゲラ科のセッケイカワゲラやクロカワゲラが羽化して出てきたもので、セッケイムシ・ユキガンボとも言われている。体長は一センチ以内、黒色で、クロカワゲラには短かい羽がある。また、トビムシという昆虫も雪の上にたくさん出てきて、雪が赤紫に見えることもあるという。これらを総称してユキムシというのであろう。参考として『北越雪譜』に〈雪中の虫〉とし、「越後の雪中にも雪蛆（ゆきじょ）あり、此虫早春の頃より雪中に生（しょう）じ雪消終（きえおわ）れば虫も消終（きえおわ）る」とあり、雪蛆はちいさな蚊のようで、羽のあるのと、ないもの二種あると書かれてある。歳時期の冬の項目「綿虫」の中にも「雪虫」があり混同されやすい。夏、北アルプスなどの高山で、雪渓の上に雪虫を見かけることがある。これは「雪渓虫」として夏の季となる。→雪渓虫（夏）綿虫（冬）

安達太良（あだたら）や雪虫を野に遊ばせて　藤田湘子
言霊やたんと雪虫生まれたる　松澤雅世
永らへて雪虫を身にまとふかな　朔多恭
雪虫にたしかな力古墳群　吉田美佐子

地虫穴を出づ（じむしあないづ／ぢむしあないづ）

地虫出づ　蟻（あり）穴を出づ　蜥蜴（とかげ）出づ

地中に冬眠をしていた虫が春の陽気にさそわれて穴を出てくることをいう。地虫というのは、狭義にはハンミョウ・コガネムシ・カブト虫などの幼虫である。広義には、地中に棲む虫の総称で、アリ・ミミズなどの外、爬虫類・両棲類などまで含む。土地、虫の種類により遅速はあるがだいたい啓蟄以後と見てよい。↓啓蟄・蛇穴を出づ

けふ掃きてきよらの砂も地虫出づ　水原秋櫻子
蟻の出てかつとはれたる雲の影　櫻井博道
地虫出づ仏心仏語湧かしむる　吉田未灰
蟻出づる笑ひ羅漢の頤のひび　小間さち子
蟻穴を出づ教会にアベマリア　山敷恵三
地虫出づ人は宇宙へ飛びたてり　中村まゆみ
蟻穴を出て関節を鳴らしけり　赤塚五行
晴れの日の花簪を蟄虫に　一志貴美子
火の山の怒りをよそに地虫出づ　坂村とき
遺したくなき物の数地虫出づ　宮地英子
地虫出づ嬰の手足の深くびれ　白井爽風
蜥蜴出づ鳥葬の国遠けれど　丸山哲郎

蝶（ちょう／てふ）

蝶々　胡蝶　初蝶　白蝶　黄蝶　紋白蝶　鳥蝶　蝶生る

蝶は全国どこにでもいて、最も人目につきやすい昆虫の仲間である。その姿、色彩、華麗に飛ぶ様子が、春の風情によく合っているので春の季題となっているが、厳寒を除いて年中みられる。ガと同じ鱗翅目（りんしもく）に入るが、ガとちがって昼間とびあるき、夜は休む。二本の触角、二個の複眼、ぜんまい状の口をのばして花の蜜を吸う。蝶の種類は数多い。花蜜のほか樹液に集まるのもいる。初蝶は三月中で、キチョウ・モンシロチョウ・モンキチョウなどが早い種類になる。夏に近づくにつれ、

大形で色や紋が鮮明・複雑なチョウが発生する。

くりかへし麦の畝ぬふ小蝶哉　曾　良
釣鐘にとまりて眠る胡蝶かな　蕪　村
山国の蝶を荒しと思はずや　高浜虚子
蝶孵り舞ふまでの時ふくらみぬ　加藤楸邨
蝶消えて白き手が砂かきならす　横山白虹
花の蜜はたりと蝶のかしぎけり　櫻井博道
故郷は轍にかかる蝶の翅　小檜山繁子
流れゆく落花を離れ白き蝶　加藤瑠璃子
蝶と蛾にそれぞれ生れ月夜野に　遠山陽子
初蝶来ひかりのなかをぐんぐん来　小池万里子
黒き蝶ゴッホの耳を殺ぎに来る　角川春樹
白蝶を追ふ人となり風となる　藤木倶子
音階を踏み外したる蝶二つ　池田琴線女
くもり日は曇り日の色しじみ蝶　小川允子
初蝶の溶けたるパントマイムかな　徳重千恵子
初蝶に手を振つて児の誕生日　井上美樹
初蝶や僧と話せる間を過る　国領恭子
初蝶のてふてふとなる日和かな　宮田安子

↓揚羽蝶（夏）

初蝶に合ふやも知れず行く日和　山口苔石
羽化の蝶瀑布の如き陽に出でぬ　大佐　優
産着干すとき初蝶のまぎれなし　城戸雅子
初蝶を見し昂りを夕べまで　勇　のどか
初蝶や風車にはかに風とらふ　加藤富美子
恋人も仮眠の蝶も指で突く　新庄佳以
機音のやみて人声蝶の昼　清武夫美子
肥料背負ふ先へ先へと烏蝶　吉澤きみ子
蝶追へり翼の欲しき猫ならん　中瀬喜陽
蝶は緩の羽虫は急の日向あり　中西夕紀
蝶よりも重い便りを開封す　佐々木母屋
ひとしきり狂いて雨のしじみ蝶　木曽シゲ子
ペルシャ語や印刷室に蝶棲めり　佐藤清美
天網にかからぬ蝶の悴かめり　原　和子
口曲げしそれがあくびや蝶の昼　清崎敏郎
蝶の昼指より寝入る三才児　浜本　漣
蝶二つもつれ明智の墓の前　橋添やよひ
紙の音立てて何処かに蝶生るる　赤井淳子

貝塚出る蝶も鳥も盛装して　白澤良子
初蝶に遇ひすぐ別の蝶に遇ふ　太田英友

蜂(はち)　蜜蜂　女王蜂　働蜂(はたらきばち)　熊蜂　穴蜂　土蜂(つちばち)　足長蜂　蜂の巣

冬を除き一年中見られるが、蜜を求め百花に集まる姿を中心にして春季とした。六脚四翅ではっきり頭、胸、腹が分かれ、腰のくびれが深い。蜂は種類が極めて多く、昆虫の中では知能が最も発達している。その生活や習性も甚だ多様で、食物も花の蜜や花粉をとるものや、他の昆虫などを捕食するものもある。ミツバチは、女王、雄蜂、働き蜂など数万匹が巣を作り立派な社会生活を営んでいる。スズメバチは子供の頭ほどの球形の巣で、中に数百匹群集生活をしている。狂暴で刺されると危険である。一番目につくアシナガバチの巣は直径五センチほどで、蓮の実を逆にした形である。クロスズメバチは土の中に巣を作る。長野県や岐阜県地方ではその幼虫を食用する。

蜂くれば人の顔して磨崖仏(まがいぶつ)　加藤楸邨
諍(いさか)ひや野の蜂の巣に火を放つ　麻生あかり
蜂とまる分だけ下がり山桜　加藤瑠璃子
熊蜂の百が夢中になってゐる　中畑耕一
熊ン蜂羽音腹立ちまぎれなる　行方克巳
花粉まみれの蜂の脚蜂の貌　田中三樹彦
蜂飼ひの素手もて巣箱運びたる　小松市子
蜂飛んでゐるとき脚を忘れをり　江川虹村
ぶんぶんとにらみをきかす蜂一匹　三宅李佳
蜜蜂や土塀はさみし同ひ年　平田笙子
木の桶がからっと乾き蜂通る　中嶋秀子
嬰の覚むる度に蜂の巣かたちなす　佐藤秋水
マリアの母はつねにうつむき蜂二匹　夏石番矢
蜂の巣に父の威厳のなかりけり　田村和彦
蜂追ひし上着を肩にして歩く　横山白虹
胎内に蜂の巣許す仁王像　加藤よし子

虻（あぶ）

蜂と同じく、花の蜜を吸いに飛びまわるので春季としたが、活動の最盛期は夏である。アブ科。二枚の強靱な翅をふるわせ唸りを発してとぶ。蜂と間違えることがあるが、蜂は胴が太く、羽根が四枚である。虻は種類が多く、花蜜や花粉をとるのがハナアブで、空中の一か所にとどまって、すばやく翅を回転させている。牛馬の血を吸うのはウシアブである。

虻を手にうちころしをり没日の中　加藤楸邨
近衛兵の帽子ぐらつと虻払ふ　須川洋子
肉牛といふ尾が一日虻を追ふ　加藤瑠璃子
虻叩き叩きつダンスパーティーを　折井眞琴
くらがり峠音たてて虻ついてくる　江中真弓
本願寺詣でに虻が紛れ込む　佐藤信子

春の蚊（はるのか）　春蚊　初蚊

蚊の最盛期は夏だが、イエカ類やシナハマダラカは成虫で越冬し、春たけなわのころに出てくる。かすかな蚊の声に夏近きことを思わせる。気候の温暖化が進み、蚊の出てくる時期も、一層早くなってきているようだ。↓蚊（夏）

春の蚊のひとたび過ぎし眉の上　日野草城
先生のあたりはづれや春蚊出づ　横山昌子
春の蚊の文福茶釜より出でて　横山たかし
春蚊出づ暗きに文書裁断器　山崎ひさを

春の蠅（はるのはえ／はるのはへ）

蠅は盛夏に繁殖し、もっとも数多く見られるが、春にもその姿を見せる。蠅の越冬については、日本では未知の点が多いとされているが、越冬した蠅が、早春の頃すでに見かけられ、一、二匹力なく飛ぶ蠅は、夏の蠅とは異った感じを受ける。↓蠅（夏）

高熱やまぶたを去らぬ春夜の蠅　赤城さかえ
春の蠅牛まばたきもて追いぬ　井本洋子
難字多き荷風日記や春の蠅　安西　篤
こころまだ固きままなり春の蠅　大元祐子
放心の顎のあたりを春の蠅　高野万里
毛深くてのろきつぶての春の蠅　小槍山繁子

蠅生る（はえうまる・はへうまる）　蠅の子

夏に比べて数は少ないが、春あたたかになると、蠅が生れる。冬からいた蠅と違って、つやつやと元気そうである。日本の各種の蠅は、卵、幼虫、蛹、成虫と完全変態をする。成虫になるまでの期間は気候により違うが、大体二、三週間で成虫になり、三日もすると交尾をして産卵する。室内の暖房の発達により、春に生れる蠅も増えている。↓春の蠅

どん底よりわずかづつ快し蠅生まる　赤城さかえ
巨き掌を虔しみをれば蠅生る　飯島晴子

蚕（かいこ・かひこ）　蚕（こ）　春蚕（はるご）　捨蚕（すてご）　桑子（くわこ）　病蚕（びょうご）　毛蚕（けご）

イボタガ科に属するカイコガの幼虫。日本や中国の桑畑に野生しているクワコが、カイコの祖先であると言われている。その繭から絹糸をとる目的で人に飼われ、改良されて今日のカイコとなったものである。孵化直後は毛蚕と呼ばれ黒色の毛が密生しているが、桑を食べ、一回脱皮すると毛がなくなり色も白くなる。ふつう四眠四起して六センチほどに成長し、絹糸を出して繭を作る。繭中でふたたび脱皮して蛹（さなぎ）となり、羽化してカイコガの成虫となり、繭を破って産卵して死ぬ。日本は

昔から養蚕業が盛んで、蚕のいろいろな生態が季語となるようになった。春蚕は四月中旬ごろ孵化し、休眠をへて脱皮成長し、繭となり、繭質がすぐれている。→蚕飼・桑・桑摘・繭（夏）・夏蚕（夏）・上族（夏）・秋蚕（秋）

蚕のごとしねむりほとほと身の透く　加藤楸邨
毛蚕は食ふ夜気に微熱を漂よはせ　金子千侍
人去りてより蚕時雨を聞きとめし　脇坂佳治
蚕を上げて農婦の眼窪みけり　三宅句生
お蚕さまいつか框（かまち）に遊びをり　中澤康人
みづうみを雨の洗へる春蚕かな　野中亮介

春蟬（はるぜみ）　春の蟬　春蟬（しゅんせん）

日本で一番早く鳴声を聞くことのできる蟬。本州、四国、九州に生息するが、寒冷地にはいない。四、五月ごろ出現するのでこの名がある。好んで松林に住み、〈松蟬〉と称する地方もある。体は小柄でほとんど黒色、金毛がある。ギーギーまたはジーワジーワと低音で鳴くが、いっせいに鳴きだすときには、相当の高音になる。→蟬（夏）

春蟬の鳴きては止みぬ止むは長く　加藤楸邨
松蟬や峰へ奥へと己が視野　加藤知世子
松蟬や娶らぬもよしいさぎよし　櫻井博道
松蟬の群唱に入り杣を診る　金子千侍
鳴く前のひとためらひを春の蟬　長崎玲子
松蟬や一番の地には農の墓　上田かつみ
春の蟬埴輪作りし祖のこと　岩田和代
山に泌むおのが声きく春の蟬　潮　不二子
松蟬や沖を見つめて時過ぎぬ　中西舗土
鳴きつづく松蟬の森跪拝台　加村百代

植物

梅(うめ)

好文木(こうぶんぼく)　花の兄(はなのえ)　春告草(はるつげぐさ)　野梅(やばい)　臥竜梅(がりょうばい)　豊後梅(ぶんごうめ)　枝垂梅(しだれうめ)　盆梅　老梅　梅が香　梅林　梅園　梅見　梅の宿　梅の主　白梅　飛梅　月の梅　梅だより　梅二月　梅日和

バラ科、中国原産。気品とかおり高いので日本人の好みにあい、昔から多くの歌人・詩人・俳人に愛されてきた。花は普通五弁である。実をとる種類は特に実成りといって、花はそんなにきれいでない。大輪・小輪・八重咲きなどの種類がある。白・紅・薄紅など色もさまざまである。ウメの開花日の平年日は、鹿児島で一月二十三日、東京で二月二日、札幌で五月六日、名所も多く、水戸、熱海、月ケ瀬、賀名生、和歌山県南部などの梅林が有名。→梅の実（夏）・探梅（冬）

梅若菜鞠子(まりこ)の宿のとろろ汁　芭蕉
小鼓のポポとうながす梅早し　松本たかし
梅も一枝死者の仰臥の正しさよ　石田波郷
勇気こそ地の塩なれや梅真白　中村草田男
梅寂し人を笑はせおるときも　横山白虹
にこちんの君の五指にて梅を折る　平畑静塔
梅挿すやきのふの酒のありし罎に　石川桂郎
嫁ぎ来て機を習うや藪の梅　細見綾子
梅咲いて炎の天をささげたり　加藤楸邨
みごとな梅月夜妻には赤ワイン　益田清
長男に生れて老ゆる梅の花　本宮哲郎
天つ日に泡立つごとし谷の梅　丸山佳子
梅林や丸太の柵の真新し　浅野京子
暗闇に猫の登りし梅匂ふ　横山房子
梅二月灯台青き灯を点す　加古宗也
梅二月脂粉の匂ふ裏通路　浜島君江

こもり居の梅のたよりの絵そらごと　原　尚子
野梅咲き安達が原の今昔　谷口忠男
梅匂ふ夜の男坂女坂　篠田重好
北限の梅百年を越えて咲く　石田幸子
神鶏のよく鳴いてゐる梅の宮　中家桂子
行けば行くところに記紀の梅真白　吉田亜司
紅梅と白梅咲いてすぐに川　高橋謙次郎
二上山に雲ゆるび走り梅　かみとしほ
梅早し牛も左千夫も野の光り　石毛石汀
托鉢に出払ひて梅真白なり　片野達郎
白梅の下に月夜の日向灘　本村　蛮
たじろがぬ漢の視線梅真白　吉川能生
一本の枝に集中梅の花　吉田立冬子
梅の蕊(しべ)虻が足踏みして移る　佐藤華秋
梅林の光りて落つる雨雫　山内年日子
唇の塩気うすうす梅真白　長山順子

硝子戸のつくろひ貼や梅の花　吉田ひで女
梅咲くやいつより箒休み癖　田中年枝
子の寝顔まだ吾のもの梅匂ふ　高橋良子
梅林の花のはじめは花の声　阿部千代子
逢へるはずなき梅林の影をふむ　中村久美子
空間は梅林を容れなお余る　和田悟朗
白梅に吸はれてしまふ身の光り　峰尾保治
晩年に入る弾倉も白梅も　鈴木慶子
白梅や子よりはげしき恋したき　田代キミ子
白梅に真言といふ明りかな　太田保子
盆梅が満開となり酒買ひに　皆川盤水
野梅咲くパールロードの海に出し　児島倫子
故人との夢ばかり見て　梅便り　伊丹三樹彦
梅ひらく出あえるひとのあと幾人　岡崎淳子
また空の青さを言って梅林　小池万里子
洗濯機に呼ばれてハイハイ梅ふふむ　近藤三知子

紅梅(こうばい)

薄紅梅(うすこうばい)　未開紅(みかいこう)

概して、花期は白梅よりやや遅いが、品種によっては早咲きのもあり、二月初めに咲く、あまり濃い花色よりは薄紅色の方がやわらか味があるように思われる。八重咲きで花が大きく、蕾のときから紅い色をしているものを「未開紅」と呼んでいる。盆栽づくり盆梅にして楽しんだりする。

↓梅

紅梅の莟は固し言(ものい)はず　高浜虚子
ぱつぱつと紅梅老樹花咲けり　飯田蛇笏
伊豆の海や紅梅の上に波ながれ　水原秋櫻子
母好みし紅梅昏れて忌日暮る　大野林火
夕ぐれの紅梅を見に戻りゆく　鈴木六林男
白梅の中紅梅に近づきぬ　森　澄雄
紅梅にはつきりと雨あがりたる　星野立子
白梅のあと紅梅の深空あり　飯田龍太
雀来て紅梅はまだこどもの木　成田千空
紅梅や病臥に果つる二十代　古賀まり子
紅梅に佇む己が背は見えず　窪田久美
紅梅へ顔寄すこの世捨てきれず　守田椰子夫
紅梅の枝垂るる母の生家かな　花田由子
固まりて咲く紅梅の恐ろしき　松下道臣
蕾見てをり紅梅か白梅か　鈴木須美生
紅梅を男坂から眺めたる　古屋　勇
紅梅や声の出てくる恋みくじ　藤田　昭
紅梅の花の数ほど恋をせし　平間眞木子
紅梅の一枝に憑かれ来し歩み　福永みち子
紅梅や二人連れとは老いること　荒井民子
紅梅や撫で牛にある日のぬくみ　児島ひろ子
紅梅へ舞ひつつ消えむ幕もがな　岩坂満寿枝
紅梅や誰となく先うながして　晏梛みや子
収骨の刀自(とじ)の温(ぬく)みや淡(うす)紅梅　鈴木フミ子
紅梅の盛り過ぎしと言へど艶　井上喬風
紅梅の上目づかひに咲いてをり　今本まり

椿(つばき)　山茶(つばき)　山椿　藪(やぶ)椿　白椿　紅椿　乙女椿　八重椿　雪椿　玉椿　つらつら椿　花椿　落椿

ツバキ科。北海道を除き全国に自生、栽植されている。淡紅・鮮紅白紅・絞り・一重が多いが八重あり、多くの変種がある。色白早咲きの楚々としたワビスケ、乙女椿は八重薄紅色に可愛らしく咲く。京都の椿寺、伊豆の大島はツバキの名所。日本海岸に沿うた地域に自生する小型で葉はツバキ似、花はサザンカに近い別種として取り扱われるユキツバキは二月の花。落花はポトリと落ちるが、散椿は花弁に分かれて散る。種子は椿油になる。

椿落ちてきのふの雨をこぼしけり　蕪　村
赤い椿白い椿と落ちにけり　河東碧梧桐
みんなみの海湧立てり椿山　松本たかし
椿咲き日輪海の上わたる　岸風三楼
ひとつ咲く酒中花はわが恋椿　石田波郷
老いながら椿となって踊りけり　三橋鷹女
落椿昨日は沖のごとくあり　田川飛旅子
椿見て一日雨の加賀言葉　森　澄雄
ありありと別の世がありと落椿　青柳志解樹
未だ見ず落ちる途中の落椿　花谷　清
三輪山にみな向きてをり白椿　穂苅富美子
北限の椿と言はれ海を向く　柴田百咲子
椿落つ天の椿の一つ減り　丸山海道
一枝の椿を見むと故郷に　原　石鼎
禅寺の椿どすんと落ちにけり　高木聡輔
補陀落の風にまた落つ椿かな　加古宗也
島は椿原生林も風垣も　今本まり
房州より椿も届き御命日　三谷貞雄
濤音に飽きたる椿落ちにけり　谷口忠男
咲くほどに冥（くら）くなりゆく椿かな　府川昭子
禁じられしことみな爲たき椿の夜　長谷川秋子
混沌の世の一隅の白椿　吉野義子
椿よりはじまる母の花便り　本間美香
雪椿一期といふを惜しむなり　谷崎トヨ子
函館のがんがん寺に雪椿　橋本末子
火の椿踏んで百夜を通ひ来よ　石橋幾代
椿待つ鵜の瀬の雪を窪ませて　田中佐知子
本尊は榧（かや）の一木白椿　村上あけみ
次に落つる椿がわかる一童女　和田幸三郎
山響みたりしあけぼの椿かな　小菅佳子

はなびらの肉やはらかに落椿　飯田蛇笏
地へ返すわが体温の落椿　小間さち子
衰えはおとろえとして白椿　三田村弘子
鳥ほどのさみしさ湧いて椿山　平井幸子
海鳴りを告げる人亡し藪椿　尾崎伊与
また一つ椿落ちきて本降りに　吉見ふじ江
今落ちし椿温みのあるごとく　有沢文枝
花のまま落ちて椿の思案かな　秋山佳子

初桜（はつざくら）　初花（はつはな）

開花期は、品種、その土地の気候によって大きなずれがある。その土地土地で、その年最初に開いた桜のことをいう。春を待たるる心を癒やしてくれる。暖かな鹿児島県、高知県、熊野灘沿い、伊豆半島では染井吉野でさえ、二月終りごろ咲き初める。「待つ花」と「尋ねる花」の感じを「初桜花」とも云う。

旅人の鼻まだ寒し初ざくら　蕪村
初花を見つゝ来にけり豆腐売　松瀬青々
初花の水にうつろふほどもなき　日野草城
浜に火を焚けば濃き色初桜　茨木和生
初花の薄べにさして咲きにけり　村上鬼城
初花も落葉松の芽もきのふけふ　富安風生
初花の夕べは已（すで）にほの白く　高野素十
初花のまだ朝日子に紛るるほど　大野林火
はつはなの色淡けれど諂らはず　山田みづえ
初桜天金の書を開かしむ　嶋田麻紀
初桜今を今こそ一大事　小出秋光
白山を一枝にのせて初ざくら　小松原みや子
吉野箸指にやさしき初桜　平崎千恵
初桜秀野（ひでの）をしのぶ町にあり　福田道子
初桜老舗に飾る菓子木型　鈴木フミ子
石鎚山に雪のまだある初桜　二宮千鶴
母在れば百の生れ日初桜　伊東よし子
初桜長き看取りを幸とせむ　中島京子

初桜仕上がってくる婚の帯　青山常子
初桜若狭は雨の降りやすし　安田三代子

彼岸桜（ひがんざくら）　小彼岸　江戸彼岸　姥（うば）彼岸

春のお彼岸ころに咲くのでこの名がある。花はやや小さく一重咲の淡紅色。本州の中部から西のほうに多く見られる。高さ五メートル内外。エドヒガンは別種で、これは巨木となる。姥彼岸はまだ葉のないときに開くので、葉がないのを歯がないにひっかけて、姥と命名。信州の高遠桜は彼岸桜である。

尼寺や彼岸桜は散りやすき　夏目漱石
明るさの彼岸桜やひと恃まず　山口草堂
谷々に彼岸ざくらの枯木灘　角川源義
ひと息ひと息彼岸桜の開きゆく　中嶋秀子
仔山羊啼く彼岸桜に繋がれて　青柳志解樹
ありそめて彼岸桜の昏れにけり　古館曹人

枝垂桜（しだれざくら）　糸桜　しだり桜　紅枝垂

エドヒガンから生まれた園芸品種。三月下旬から咲き始め、淡紅色の一重花。高さ二〇メートル、幹の直径一メートルの大きいものがある。樹齢が長く、枝垂れる姿は優美であるので、社寺や庭園に植えられ、とくに京都の祇園、平安神宮の紅枝垂は巨樹名木が多く、京都の「郷土の花」になっている。

ゆき暮れて雨もる宿やいとざくら　蕪村
影は瀧空は花なり糸桜　千代女
葺き替し屋根にほころぶ糸桜　高浜虚子
まさをなる空より枝垂桜かな　富安風生
雨霧の飛ぶ山国の糸桜　高浜年尾
一本の枝垂桜に墓のかず　飯田龍太

糸桜夜はみちのくの露深く　中村汀女
一樹には一樹の縁（えにし）糸桜　荒川真樹子
しだれつつこの世の花と咲きにけり　藤田湘子
糸桜言の葉つむぐやうに揺れ　金藤優子
曙の墨絵の雲や糸ざくら　泉　鏡花
佇めば紅さし初むる糸桜　吉村春風子
夜の枝垂桜方里をつめたくす　瀧澤和治
永別のごとふり返る糸ざくら　岡崎淳子

桜（さくら）　大山桜　大島桜　富士桜　豆桜　霞（かすみ）桜　嶺桜　深山（みやま）桜　丁子（ちょうじ）桜　牡丹桜　里桜
染井吉野　緋桜　朝桜　夕桜　夜桜　若桜　老桜　桜狩　姥桜　桜月夜　夢見草

バラ科サクラ属の落葉高木で美しく鑑賞されるものを一般に桜と呼ぶ。その種類は自生種・栽培種を含めて数百種にも達する。花は五弁、八重もある。薄紅色や白い花が春の野山を染める。桜は稲作と関わり日本の風土を代表する花となった。いわゆる国の花である。しかし原産地はヒマラヤ山中（ネパール）と推定されている。山桜の吉野山を代表に各地に桜の名所は多い。現代の桜の代表種である染井吉野は江戸末期にエドヒガン系のコマツオトメとオオシマザクラの交配で生まれた園芸品種。その命名は明治三十三年。したがって明治以前の俳諧発句には詠まれていない。染井吉野などは葉が出ないうちに花が咲くいわゆる姥桜である。↓さくらんぼ

さま〴〵の事思ひ出す桜かな　芭　蕉
遠景に桜近景に抱擁（ほうよう）す　鈴木六林男
世はさくら門は鯛売る日和かな　白　雄
夜の桜うしろに暗き崖懸る　加藤楸邨
ゆふ空の暗澹たるにさくら咲き　山口誓子
桜濃くジンタかする、夜空あり　石橋秀野
さきみちてさくらあをざめゐたるかな　野澤節子
夜のさくらわれは全裸となり眠る　和田耕三郎
ジユウス吸ふ子の息長しさくら咲く　中島斌雄
開く書の第一課さくら濃かりけり　能村登四郎

さくらの夜不意に蛇口が水こぼす　宮坂静生
夜桜や此の桶は此の馬のもの　星野紗一
夕ざくら夜ざくらとなるあわいかな　小宅容義
ごはんつぶよく噛んでゐて桜咲く　桂　信子
谷川の音天にある桜かな　石原八束
月光裡さくらの更にさくら色　きくちつねこ
桜から微熱をもらう志野茶碗　橋爪鶴麿
夕桜折らんと白きのど見する　横山白虹
桜ゆさゆさと活断層の上　加古宗也
十一面観音桜見にゆかん　原　裕
ややは冷えきし芸亭の桜かな　古沢太穂
墨堤のさくら墨客ホームレス　松田ひろむ
世直しの一歩のように桜咲く　宮　沢子
もう桜右むけ右につまずいて　増田萌子
原発に追はるる町や桜咲く　大井みるく
惑ひゐて円空仏に桜かな　大木あまり
滝桜ひらがなだけの日もあって　石口りんご
塩こしょう振ってたちまち桜の句　吉田孝子
軍馬像より三歩離れて桜酔い　小平　湖

駅ごとのさくらさくらや遠出する　吉木フミエ
顔のなき少女群れゐるさくらの夜　折井眞琴
さくらどき白き帯しめ吾は狐　中西夕紀
海埋めて桜を植ゑてジャポニスム　小泉瀬衣子
満開の桜が雲を低くせり　松田秀一
無添加の海風桜が好きらしい　福原瑛子
革命を起こすとすれば桜どき　龍野よし絵
夜桜や灯明ゆらり人ゆらり　広戸英二
生国に念念の桜ありにけり　小枝秀穂女
花季の奈落に手脚奪はるる　佐川広治
温泉の国へ電車一輌さくら咲く　矢崎ちはる
安宅より先の桜は急ぎけり　小林喜一郎
夜桜や介護の人の少し酔ひ　山口貴志子
ソメイヨシノ昭和の端を歩いてきた　たかおさむ
くちびるの哀しき魚類さくらどき　岡崎淳子
綿菓子のみるみる太るさくらどき　松田理恵
ひとひらが彗星となるさくらかな　佐々木幸子
夜桜や真珠のピアスつけしまま　徳田千鶴子
桜前線微熱五体を通過して　倉本　岬

花（はな）　花盛り　花明り　花の雨　花の山　花の雲　花埃（ほこり）　花便り　花の宿　花の陰

日本の詩歌では花といえば伝統的に桜をいい、俳句においても桜花を花という。咲き満ちた花の生む影と彩の花影、ゆれる花の波、花の雲めく様など花の風情は懐しく麗わしい、花埃・花屑・花筏など散る花を惜しむ情、花衣・花守など人の生活との関わりも味わい深い。→花冷え・花見・花篝・花衣・花疲れ・花守・花人・落花

花影（かえい）婆娑（ばさ）と踏むべくありぬ岨（そま）の月　原　石鼎
花すぎの風のつのるにまかせけり　久保田万太郎
花吹雪仔を咥へたる犬何処まで　加藤楸邨
花の寺少女の笑ひ二間越ゆ　飯田龍太
花明りありと思へり水の上　柴田白葉女
花けぶる十日の月に近く寝て　野澤節子
花終る木花咲耶姫（このはなさくやひめ）の宮　本宮鼎三
チヽポヽと鼓打たうよ花月夜　松本たかし
花あれば花咲爺も夢に出て　角川春樹
京の塚近江の塚や花行脚　角川照子
一花だに散らざる今の時止まれ　林　翔
花の雨熱きもののいま身ほとりに　加古宗也
震災の御霊のわたる花の雲　阪田昭風

咲き満ちて術なき花の恐ろしき　杉山青風
昏き扉の少しひらきて花の昼　鷲谷七菜子
総立ちに走る花びら岸辺まで　遠山陽子
雪ならば花ならばなほわれは澄み　八田木枯
花の夜鍋を落しておどろきぬ　中嶋秀子
句碑に酔い花にも酔いて旅暮るる　磯野充伯
花よ花よと老若男女歳をとる　池田澄子
山の辺や花あるところ仏あり　吉田渭城
花起しの雷といふらむすぐ終る　原子岱子
ざりがにを釣る花の間に糸垂らし　細田恵子
花のうへ満月わたり街更けぬ　平本微笑子
擂り粉木（こぎ）に緩急のあり花の雨　森川光郎
くわんのんの首たしてゐる花の山　渡邉和夫

摘みたての籠の中へと花の風　佐藤美恵子
大根を煮て寂かな日花のあと　中村やす子
喪主の座に五人の娘花の雨　松田ゆう子
木を伐ってそのまま寝かす花の山　樅山　尋
想像をしてきて花の下に居る　津根元　潮
花に問へ奥千本の花に問へ　黒田杏子
花三分琴の覆ひをはづしけり　船越淑子
花の座のうから七人喜寿傘寿　西岡千鶴子
花の天死して悔なき句をしるす　藤井智恵子
一山の花を法衣の観世音　梅澤朴秀
花萬朶(まんだ)弊衣破帽(へいいはぼう)の日は遠く　福島壷春

風眩し咲き満つ花の枝に雀　中野ただし
行き暮れてなほ遙かなる花行脚　佐藤国夫
花を見るとき介添の手をはなれ　中畑チズ子
退庁の紅引き直す花夕べ　加藤和子
坊守の辞儀ふか〴〵と花の門　斉藤小夜
花に来て花より遠きものを見る　赤井淳子
花の下みな色白に見えにけり　関根照子
花に声あらば一山華厳経　栗栖恵通子
桶の貝みな動きおり花の昼　細木芒角星
探鳥を打切り花に酌みにけり　藤森玲子
西行の命終の夜の花明り　加藤房子

山桜(やまざくら)　吉野桜

サクラの中の一つの独立した種類の名である。ヤマザクラは関東から西のほうの山に多い。北海道にはない。四月の上中旬に、さまざまな色彩をもち若葉と同時に開花する。東京の小金井、奈良の吉野山などが名高い。白色一重の花。〈しきしまのやまと心を人問はば朝日に匂ふ山桜花　本居宣長〉。古代は、遠くから山の桜を眺めてその年の稲の豊凶を占った。

家ありや夕山ざくら灯のもるる　闌更
蕗の葉に煮〆(しめ)配りて山桜　一茶

山桜白きが上の月夜かな　臼田亞浪
山桜雪嶺天に声もなし　水原秋櫻子

山桜青き夜空をちりゐたる　石橋辰之助
谷より幼な蛙きこえて山ざくら　森　澄雄
晩年の父母あかつきの山ざくら　飯田龍太
山桜刃を変へ製材音変はる　橋本美代子
二人してあの木この木と山桜　矢島渚男
一日がたちまち遠し山ざくら　宮坂静生
山ざくら日本犬をつなぎけり　吉田冬葉
泣き顔の度に抱き上げ山桜　由利雪二
神わざの水棹さばきや山ざくら　平谷破葉
萱屋根に萱継ぎ当てて山桜　吉沢紀子

働いて乳房冷たし山桜　滝澤眞保子
僧一人海を見てをり山桜　高橋良子
川波に映えてコタンの山桜　大山クニ子
山桜咲き切れず散る桜あり　永川絢子
磐石を支ふ磐石山桜　松岡悠風
山ざくら夫婦の仲を滝搏って　雨宮彌紅
山桜奥千本の迷い道　白石みずき
走り根の岩を割りたる山桜　北村　保
一遍の眉骨高し山桜　塩澤美津女
山桜七戸の芯に観世音　田村睦代

八重桜（やえざくら／やへざくら）　牡丹桜

八重咲きの里桜のこと。山桜から変化したもの。さくらのうちで最もおそく咲きはじめる。半開きの花やつぼみは、塩づけにして桜湯として用いる。

いにしへは奈良酒で見ん八重桜　重　頭
奈良七重七堂伽藍八重桜　芭　蕉
満ち足らふことは美し八重桜　富安風生
八重桜ちぎつて落す風に逢ふ　山口青邨
八重桜湯へ行く人の既に潔し　中村草田男

八重桜逢ふ魔が刻を歩みけり　柴田白葉女
夜がくれば夜の冷えおくる八重桜　能村登四郎
山に出て山に入る日や八重桜　成瀬櫻桃子
武蔵野はどこもふるさと八重桜　松原地蔵尊
健脚の島人に蹤く八重桜　新井みちを

遅桜（おそざくら）

花どきにおくれて咲くサクラ。八重桜とはかぎらない。一般的におそ咲きのサクラを総称して言う。一般的におそ咲きのサクラでも、晩春の季題とする、初花よりも珍しさと風趣がある。

ほつかりと咲きしづまりぬおそ桜　暁台
長き日の背中に暑しおそ桜　几董
遅ざくら残鴨瀞にたゞよへる　西島麦南
遅桜遅椿遅わらびなど　高野素十
遅桜見てゐて日雇あぶれけり　岩田昌寿
遅桜なほもたづねて奥の院　高浜虚子
一もとの姥子（うばこ）の宿の遅桜　富安風生
遅桜修験の道は岩根道　津田清子
湖のけふ波荒し遅ざくら　豊田八重子
遅桜火の国は空けぶりたる　古藤みづ絵

落花（らっか）

散る桜　花吹雪　飛花（ひか）　花散る　花屑（くず）　花の塵　紅雨（こうう）　花筏

花の命は短い。花の散る様を落花・飛花・花吹雪といって愛惜の情とする。「花は桜木人は武士」と昔の人はいう。花の散った後の大地に雪が積ったようにみえる、空に知られぬ雪など。水面を流れる花びらを筏にたとえて、花筏という。

風に落つ楊貴妃桜房のまゝ　杉田久女
厨子の前千年の落花くりかへす　水原秋櫻子
落花一片千鳥ケ淵をうち渡る　山口青邨
空をゆく一とかたまりの花吹雪　高野素十
中空にとまらんとする落花かな　中村汀女
ちるさくら海あをければ海へちる　高屋窓秋
花ちるや瑞々しきは出羽の国　石田波郷
夢のはじめも夢のをはりも花吹雪　渡辺恭子
花吹雪天にもありしけものみち　たむらちせい
花散るや夢の吉野に遊びをり　吉田鴻司

もう誰の墓でもよくて花吹雪　遠山陽子
花吹雪如来は十指もて掬ふ　橋本榮治
いま落花浴びたし頬の燃ゆるほど　鎌倉佐弓
蒼天に道あるごとし花吹雪　三嶋隆英
命得て立つ爆心の花吹雪　築城百々平
ひとひらのあと全山の花吹雪　野中亮介
眼裏に夜もやまざる花吹雪　関口ふさの
落柿舎（らくししゃ）に花屑のせて投句箱　松下信子
花屑となれば芯から湿りたる　田村ひろ
学習塾花屑付けし靴並ぶ　春山道代
花屑のきのふの上にけふ白し　飯田綾子
友亡くて桜散ることまた始む　宇野隆雄
征きし日のさくら吹雪を忘れめや　平間眞木子
花筏流るるときに形なす　菱科光順
花筏鯉の口付け受けてをり　杉山青風
花筏一粒神の忘れもの　高橋良子
しんがりに昭和一桁花筏　山崎聰

亀もどる池に崩るる花筏　中村久美子
吹雪きゐて古武士に似たる桜かな　橋本みつえ
狂ふとき又美しき花嵐　山下美典
掌にうけて掌のいろとなる落花かな　山部栄子
鞍置かぬ馬に落花のとめどなく　大内迪子
花吹雪山は裳裾をひるがへす　御崎敏江
屋根二つ越えて落花のしきりなる　倍憲一
百幹の落花を受けて埋もれず　寶月壽子
とめどなく散る花に瀞ありにけり　関根章子
きりもなく刻失ひて桜ちる　小林鹿郎
花の散るひとりの径を得たりけり　西岡正保
夕影をくるくる巻いて散るさくら　高木きみ子
道連れは孫の喃語（なんご）と散るさくら　東智恵子
花筏いそがず行けと俺に言う　安藤今朝吉
クラス会へ組み直されし花筏　安藤草太
花屑を載せて回らぬ水車かな　奥田弦鬼
投石をつつと繕ふ花筏　正藤澄雄

桜蘂降る

蕚についている細かな蘂が、風に誘われてひそやかに降るのを云う。晩春の静かな景である。落花とは違う趣きがあり、地面を赤く染める風情もまたよい。花の後のこの風情を愛する俳人も多い。大樹の下は紅のじゅうたんを敷いたかのように見える。

蘂のみのさくらとなりて夕日透く　能村登四郎
桜蘂踏まねば神に近づけず　猪俣千代子
桜蘂ふる一生が見えてきて　岡本　眸
札所ひま桜蘂ふるばかりなり　宮下翠舟
桜蘂ふる門をくぐれば養鱒場　中村はま子
降るほかはなきごと桜蘂降れり　佐川昌子
人去りてさくら蘂ふる石の上　大平帆志
桜蘂降る空っぽの車椅子　石山汀女

残花

残る花　名残の花　残る桜

散り残った桜の花のこと。山里などふと、なごりの花にあうことがあるが、初花より趣がある（立夏過ぎても残って咲くのを余花として夏）。春の中に久しく残るをいう。ただし「雅章郷口決抄」の「夏まで残る花のこと遅桜と同じ残花・青葉の花・春にして、余花・若葉の花は夏なるべし、混ずべからずと」とあるが「青葉の花・春にして」はどうも解し得ない。→余花（夏）

残桜の延命院に僧とあり　高浜虚子
上人に一人の客や残る花　高野素十
人を見ぬ残花や山河くすくすと　永田耕衣
現つなや花も名残りの甲斐の空　中村苑子
登り来て残花の雨に見えけり　吉田鴻司
月明に名残りの花のとびにけり　茨木和生

残桜の雫の色といふべけれ　岩城久治
夕ぐれの水ひろびろと残花かな　川崎展宏
葉の目立ちきたる残花にある疲れ　山下美典
残花舞ふ鳥が足蹴りにせし枝より　太田光子

牡丹（ぼたん）の芽（め）

キンポウゲ科の落葉低木。早春、枯木同然の枝々から燃えるような芽を出す。寒さに強く、湧き出る生命力をそなえている。花は四月から五・六月にかけて咲く。まだ冬枯の様の深い庭園に真紅な牡丹の芽は一興をそえる。↓牡丹（夏）

鎌倉の古き土より牡丹の芽　高浜虚子
対談の障子の外の牡丹の芽　富安風生
牡丹の芽当麻の塔の影とありぬ　水原秋櫻子
折鶴のごとくたためる牡丹の芽　山口青邨
牡丹の芽萌えむとすなりひたに見む　加藤楸邨
ミシン踏むひそかなる音牡丹の芽　中島斌雄
誰か触るることも宥さず牡丹の芽　安住　敦
骨の軽さで牡丹の芽どき還り来る　佐藤鬼房
牡丹の大いなる芽のつめたかり　林　徹
よろこびのきわまるときの牡丹の芽　高橋沐石
山の端を没日が焦がす牡丹の芽　布施キヨ子
失恋に髪切る古さ牡丹の芽　田口風子
仏頂の墓の裏にも牡丹の芽　井口冨子
それぞれに大志抱きて牡丹の芽　岩崎　裕
待つといふことのゆたかさ牡丹の芽　斎藤道子
牡丹の芽献酒しみゆく句碑に添ひ　成重昭女

薔薇（ばら）の芽（め）　茨の芽　野いばらの芽

バラ科の落葉低木。品種が多く、ボタンより少し遅れて芽吹く。暖かい地方では冬季に芽を出すものもあって、朱色・緑色を帯びたもの、丸味、または細く鋭い芽などがある。花は五、六月咲く。↓

薔薇（夏）

妻のみが働く如し薔薇芽立つ　石田波郷
野いばらの芽ぐむに袖をとらへらる　水原秋櫻子
茨の芽のとげの間に一つづつ　高浜虚子
茨の芽や己が根からむ岩の上　加藤楸邨
薔薇の芽や了へし一週すぐ古び　藤田湘子
薔薇の芽の真紅を洗ふ雨となりぬ　岡田日郎
薔薇の芽と棘と睦みて雨の昼　鷹羽狩行
三歳のくすくす薔薇の芽と棘と　松田ひろむ

山茱萸の花（さんしゅゆのはな）　春黄金花（はるこがねばな）

ミズキ科の落葉小高木。中国、朝鮮半島が原産。早春、葉の出る前に、枝の先端に小さな黄色の花が球なして開く。ハルコガネバナの新名を故牧野博士が名づけた。秋、楕円形の赤く熟した果実は、疲労回復、強壮用に用いられる。

山茱萸の夜明を阻む雨くらし　水原秋櫻子
山茱萸の花完結のなく続く　後藤夜半
山茱萸の盛りの枝の錯落す　富安風生
山茱萸と知りてはなるる月の中　加藤楸邨
さんしゅゆの花のこまかさ相ふれず　長谷川素逝
山茱萸やまばたくたびに花ふえて　森　澄雄
山茱萸に明るき言葉こぼし合ふ　鍵和田秞子
山茱萸の咲き満ち五体に疼（うず）きなし　星野紗一
山茱萸やどこか幽かに点滴す　篠田悌二郎
山茱萸の銀河系めくひろがりに　鳥居おさむ

黄梅（おうばい・わうばい）　迎春花（げいしゅんか）

モクセイ科の落葉低木。中国原産。葉の出る前に、花冠が六弁になった黄金色の花を細長い枝に咲かせる。黄梅とはいうがウメの種類ではない。早くは正月に開くので迎春花ともいう。マツリカ・

ソケイ・ジャスミンの仲間だがジャスミンのようには匂わない。

黄梅に佇ちては恃む明日の日を　三橋鷹女
黄梅のひかり掴んで女逝けり　中村武男
戻りなき日が黄梅の黄を弾く　八木沢高原
黄梅の弾ねる風下筆洗ふ　菅　裸馬
黄梅に馴染徽墨(きぼく)に馴染かな　後藤比奈夫
黄梅や夜空あかるき雨の音　石飛如翠

紫荊(はなずおう)　すおうばな　花蘇枋(はなずおう)

中国原産。マメ科の落葉低木。小型の紅紫蝶形五弁花、葉に先だって小枝に群がって咲く。日本には徳川の初期ごろ渡来したらしい。花の色が蘇枋染めの色に似ているのでこの名がある。古来より染料として樹皮が使用されて来た。やさしい花は早春の空とマッチする。白い花もある。

雨毎の蘇枋の色も見えそめし　高浜年尾
荻窪にまだ百姓家花蘇芳　富安風生
夕焼けて蘇枋咲くさびしさに逢へり　加藤楸邨
紫荊咲きチャイナドレスを着てみたし　星野紗一
遠目にも男の彼方蘇枋咲く　森　澄雄
蘇州とは水の都よ花蘇枋　木村カズエ
街中の水に空ある花ずはう　和地喜八
方丈に寄進の瓦花蘇枋　三原清暁
伊賀上野蘇枋の花を以て古ぶ　山口誓子
京劇の粘つこき声紫荊　穂苅富美子
花よりも蘇枋に降りて濃ゆき雨　後藤比奈夫
花蘇枋き抜けに血を採られゐる　佐野金子
愚直なる色香の蘇枋咲きにけり　草間時彦
棲先の風の小返り花蘇枋　今関幸代

辛夷(こぶし)　木筆(こぶし)　山木蘭(やまもくれん)　幣辛夷(しでこぶし)　やまあららぎ　こぶしはじかみ

モクレン科に属し、落葉高木。早春、六弁の白い大型の花を咲かせる。こぶしの呼び名は蕾の形が赤子の拳に似ているからである。コブシの花咲く頃田打作業を始めるため、田打桜とも呼ぶ。花が咲き出すと必ず花の直ぐ側に小さな葉が出てくる。

雉子一羽起ちてこぶしの夜明けかな　白　雄
辛夷咲く天青し何時まで貧し　青池秀二
満月に目をみひらいて花こぶし　飯田龍太
花辛夷人なつかしく咲きにけり　松本たかし
青空ゆ辛夷の傷みたる匂ひ　大野林火
風搏つや辛夷もろとも雑木山　石田波郷
いつの間に風冷えて来し辛夷かな　星野立子
辛夷咲きひそむ雀をこぼしけり　杉山岳陽
ひたに来し無冠の頭上花辛夷　名取思郷
なにを得し取材手帳や夕辛夷　佐藤信三
夜空にもありし奈落や花辛夷　山田弘子
逢ひたくて辛夷の花の傷みゆく　宮坂静生
辛夷の芽言葉は空へ溢れをり　星野歌子
人の死に人が集まる夜の辛夷　中嶋秀子
米倉の大きな施錠辛夷咲く　中村フサ子
天へゆく道あきらかに辛夷咲く　綾部仁喜
辛夷咲く寺に伝へて平家琵琶　山本隆一
満月に辛夷明りを加へたる　児玉輝代
生家なき古里に咲く北辛夷　桜田和夫
まっ白な旅のはじめの花こぶし　杉山マサヨ

花水木（はなみずき／はなみづき）　アメリカ山法師

北アメリカ原産のミズキ科の落葉小高木。山法師の花に似る。四月から五月ごろに四枚の白・赤・ピンクの花に見える苞が開く。中心に緑黄の花序が集まる。近年全国的に公園や街路樹として増えている。在来のミズキ（水木）とは別種。↓水木の花（夏）

鳩を見てをれば妻来て花水木　石田波郷
ひとつづつ花の夜明けの花みづき　加藤楸邨
太極拳の風に抗ふ花水木　牧野桂一
花水木恋には疎い家系です　高矢実來

花水木鳥の名前のニュータウン　川目　紫
土地勘はあてずっぽうで花水木　杉浦一枝
いつからの空気に酸味は花水木　小平　湖
花水木源氏絵巻の一ページ　中村ふみ
花水木あなたはこの頃上の空　宮　沢子
花水木あなたの側を離れない　渡辺すみれ

三椏（みつまた）の花（はな）

黄瑞香（きずいこう）　結香（むすびき）の花

ジンチョウゲ科の落葉低木。中国原産。枝が必ず三つに分かれ、三・四月ごろ、新芽にさきがけて黄色の花が咲く。樹皮は良質の「鳥の子」「雁皮」などの製紙原料になる。現在は紅黄色の花もある。

三椏や皆首垂れて花盛り　前田普羅
三椏の花雪片の飛べる中　山口青邨
みつまたの花嗅ぎ断崖下の処女よ　西東三鬼
三椏の花のうす黄のなかも雪　大野林火
三椏の花の光陰流れ出す　森　澄雄
三椏や百姓の顔ねむく過ぎ　岸田稚魚
雨やさし三椏三つに咲くことも　安住　敦
三椏の花のきいろや父母はなし　菖蒲あや
三椏の花は小人のシャンデリア　加藤高秋
三椏の花あと先に人気なし　伊藤和美

沈丁花（じんちょうげ／ぢんちやうげ）

沈丁　丁字（ちょうじ）　瑞香（ずいこう）　芸香（うんこう）

ジンチョウゲ科の落葉低木。中国原産。冬のころすでに葉の間に赤いつぼみが見える。開花は四月、香りの高い淡紅白色に開花する。日本には江戸時代に渡来した。花は雄花の集まりで、たまに実のなることもある。早春の夜気に流れる匂いは独特のふんいきがある。

沈丁の香の石階（せっかい）に佇みぬ　高浜虚子
鎌倉の月まんまるし沈丁花　高野素十
沈丁花夜の風塵の顔洗ふ　中島斌雄
ぬかあめにぬる、丁字の香なりけり　久保田万太郎
沈丁やをんなにはある憂鬱日　三橋鷹女
沈丁の匂ふくらがりばかりかな　石原八束
沈丁花生死の境に薫じけり　渡辺水巴
部屋部屋のうすくらがりや沈丁花　桂　信子
生きて再び沈丁の香にむせび合ふ　寺岡情雨
沈丁花「来たか上れ」と笑む遺影　森田ていじ
沈丁にすこし開けおく夜の障子　有働　亨
深く息して沈丁を離れけり　石川芙佐子
沈丁花捨つるに惜しき酒徳利　広田弥生
人恋の匂ひ放てり沈丁花　田淵宏子

連翹（れんぎょう）　いたちぐさ

モクセイ科の落葉低木。中国原産で延喜の御代渡来したといわれる。葉に先立って葉腋に黄色の四弁花を無数つける。咲きみちたレンギョウは明るく春らしい感じ。その上、かおりも妙なるものがある。

連翹に見えて居るなり隠れんぼ　高浜虚子
連翹やかくれ住むとにあらねども　久保田万太郎
行き過ぎて尚連翹の花明り　中村汀女
雨風の連翹闇の中となる　橋本多佳子
連翹の一枝づつの花ざかり　星野立子
連翹に月のほのめく籬（まがき）かな　日野草城
また一人はなれて立ちて連翹黄　後藤夜半
連翹に巨鯨の影の月日かな　金子兜太
別れ来て連翹はなほ明る過ぎ　銀林晴生
連翹や嬰児はじめて雲に会ふ　神尾季羊
連翹や軒ふかぶかと留守ばかり　豊田都峰
連翹や田水を叩く海の雨　齊藤美規
連翹の黄色一心不乱なり　谷口千枝子
れんげうや十人家族いまひとり　小松市子
連翹の暗みにしまうこころかな　政野すず子
連翹の影なき真昼会者定離（えじゃじょうり）　田口美喜江
連翹を明るすぎると思ひをり　森泉悠子
連翹の角を曲がれと案内図　小野富美子

土佐水木（とさみずき・とさみづき）　臘弁花（ろうべんか）　しろむら　日向水木

マンサク科の落葉低木。土佐の山地に自生するので、土佐みずきの名があるが「水木」とはまったく関係がない。三・四月ごろ新葉に先立って淡黄色の五弁の小花が七・八個ずつつながって、枝からぶらぶらたれ下がって咲く。やや小ぶりの日向水木は近縁。

とさみづき一つ一つに霧雫　五十嵐播水
峡空の一角濡るる土佐みづき　上田五千石
土佐みづき山茱萸も咲きて黄をきそふ　水原秋櫻子
土佐みづき土佐の砂山遙かなる　磯貝碧蹄館
土佐水木良寛堂を燭しけり　松崎鉄之介
風の日は風に曇りて土佐みづき　有働　亨
夕空のすこし傾く土佐みづき　大嶽青児
土佐水木仰ぎて星の息と合ふ　古賀まり子
着け睫つけたるごとし土佐水木　永川絢子
一輪の茶室の主とさみづき　坂本やすし

ミモザ　花ミモザ　銀葉（ぎんよう）アカシア

オーストラリア原産。常緑高木。早春、黄金色の球状の花が穂状に群がって咲き、香りも良い。伊豆・房総に多い。ミモザの名には二つあって、学名でいうミモザはおじぎ草（ネムリグサ）といわれる（マメ科の多年草であるがこれは夏）。アカシアの花はニセアカシア、和名針槐（はりえんじゅ）で花期は五・六月で夏。→含羞草（夏）・アカシアの花（夏）

喪の花環ミモザをはじめ既に萎ゆ　山口誓子
野外劇はじまるミモザ降る下に　星野立子
ミモザ咲き海かけて靄黄なりけり　水原秋櫻子
祝婚やミモザのもとに咳こぼし　石田波郷
昨日より元気な富士山や花ミモザ　堤　保徳
惜しみなき愛の畢（おわ）りや花ミモザ　黒鳥一司
あいまいな地中海へとミモザの火の手　夏石番矢
発声の音域ひろがるミモザの午後　田村千代子
花ミモザ少女の黒き乗馬服　鈴木寿美子
築地川跡銀葉アカシア咲く高さ　松田ひろむ

木五倍子（きぶし）の花（はな）　木五倍子咲く　豆五倍子

野山に自生する落葉低木。キブシ科。高さ二～三メートル。葉の出る前に多数の蕾をつけて淡黄色の花房を穂状に垂らす。果実は黒色染料となる。雄株雌株別々、雌花は雄花より小さい。

枝しなひきぶしの金の鎖垂れ　岡田日郎
谷かけて木五倍子の花の擦れ咲　飯島晴子
雨ながき十々里（とどり）が原の花きぶし　古館曹人
きぶし咲く雫つらねて峠道　茂木房子
木ぶし咲くと見れば水音ゆたかなり　椎橋清翠
比叡に湧く雲の濡らせる花きぶし　石井美代子
身心を山に置いたる花木五倍子　各務耐子
渓音にきぶしの花穂の丈揃ふ　宮田俊子

海棠（かいどう）　花海棠　睡花（ねむりばな）　眠れる花　垂糸海棠（すいしかいどう）　海紅（かいこう）　長崎林檎（りんご）

実海棠と花海棠とがある。一般にはハナカイドウをカイドウの名で呼ぶ。中国産。日本には徳川初期の渡来。バラ科の落葉低木。四月ころ、赤みを帯びた若芽とともに、花柄の長い淡紅色の五弁花が総状に咲く。楊貴妃の故事から「眠れる花」とも呼ばれる。

海棠や白粉に紅をあやまてる　蕪村
海棠のよき窓あけて人住めり　及川貞
海棠や道化ごころは神父にも　鷹羽狩行
この雨のやめば海棠散りそめん　星野立子
海棠の花より花へ雨の鶫　阿波野青畝
海棠や旅籠の名さへ元酒屋　水原秋櫻子
海棠に乙女の朝の素顔立つ　赤尾兜子
海棠の雨に愁眉をひらきたる　行方克巳
海棠のしたたる雨となりしはや　福永耕二
日の束となり海棠の花満開　福川悠子

ライラック　リラの花　リラ　紫丁香花（むらさきはしどい）

モクセイ科の落葉低木。ヨーロッパ原産。四月から六月ころまで小さな花が多数群がって総状に咲く。花は紫色が多いが白・赤などもある。上品な香りがする。札幌市の大通公園のライラック並木は知られている。ライラックは英語名、リラはフランス語名、和名は紫丁香花。

舞姫はリラの花よりも濃くにほふ　山口青邨
リラ薫る黒人霊歌かなしき時　加藤知世子
しんしんと子の血享けをりリラ匂ひて　石田波郷
真昼間の夢の花かもライラック　石塚友二
学園の天濁りなしライラック　沢田緑生
夜話つひに句会となりぬリラの花　高浜虚子
リラの花朝も夕べの色に咲く　阿部みどり女
翁には間のある二人ライラック　八木　實
山峡に灯が入りリラの花真白　青柳照葉
リラの風腰掛けて杖休ませる　鈴木美千代
雲に浮く大雪山系リラ冷ゆる　深山よしこ
リラの香や部屋にも風の流れあり　関　弥生
鶏鳴や旧中仙道リラ日和　三宅郷子
リラの雨初見讃美歌遅れつつ　斎藤節子
裁つ布もむらさき淡くリラ咲けり　福永みち子
リラの香の薄れて姉の七七忌　佐藤知敏
リラ咲くやロダンの像の冷えをらん　津森延世
ライラック猫の眠りの深まりに　北田はれ子

山桜桃の花（ゆすらのはな）　英桃（ゆすら）　ゆすら　花ゆすら

中国原産の落葉灌木。バラ科。江戸期に渡来。四月頃、白色または淡紅色の梅に似た五弁花を開く。梅雨期に熟する赤い実は小さく甘酸っぱい。ゆすらの名は朝鮮の方言らしい。従来観賞樹として庭木苑木に点植されている。↓山桜桃の実（夏）

ゆすら花咲くや庭木の小暗がり　秋　虹
万両にゆすらの花の白き散る　正岡子規
後れじとゆすらの梅も花ごろも　石塚友二
今の世も鼻緒絢ふ母花ゆすら　古賀まり子
ふるさとの庭のどこかにゆすらうめ　池内たけし
つづきたる雨の間に熟れゆすらうめ　皆川盤水
ゆすらうめ実のまだあをきなげきかな　木下夕爾
最上川雨気しんしんと花ゆすら　中原露子
指折るは男数へや花ゆすら　折井眞琴
雨垂を数へ病む子よ花ゆすら　中山輝鈴

桜桃の花（おうとうのはな／あうたうのはな）

さくらんぼの花　西洋実桜（みざくら）　チェリー

バラ科。ヨーロッパからアジア西部原産でセイヨウミザクラ。四月頃、葉に先だって淡紅色の五弁花が枝先に群がり咲くが、花は形が小さく貧弱なのでほとんど観賞としては価値がない。冷涼な気候を好むので東北地方、ことに山形県に多く栽培される。↓さくらんぼ（夏）

桜桃の花に奥嶺の雪ひかる　大竹孤悠
桜桃の花みちのべに出羽の国　角川源義
蕎麦くふや桜桃の花咲く頃の　森　澄雄
桜桃の花の静けき朝餉（あさげ）かな　川崎展宏
桜桃の花満面に茂吉歌碑　皆川盤水
桜桃の花より低き登り窯　磯貝碧蹄館
繭ごもるらし桜桃の咲く盆地　市村究一郎
月山の裾桜桃の花浄土　阿部月山子

青木の花（あおきのはな／あをきのはな）

花青木

ミズキ科の常緑低木。四月頃、あまり目立たないえび茶色の小さい四弁花で、雄花の集まりのほうが雌花のそれより大きい。雌花には一個の雌しべがあり、楕円形の果実ができ、冬になると美しいつやのある赤色に熟する。アオキは枝が青いためにその名がある。↓青木の実（冬）

花青木夫婦で病みて灯しがち　岡本　眸
青木咲きしづかに妻の日曜日　大屋達治
足袋替へる青木の花のくらがりに　平沢美佐子
青木の花のさかりも知らずあたたかき　松尾松蘿
弾まず来る縁談一つ花青木　宮脇白夜
ちかぢかと吾が息に触れ花青木　青柳志解樹

馬酔木（あしび）の花（はな）

花馬酔木　あせび　あせみ　あせぼ

地方によって色々の呼び名があるが、万葉時代から、よく詠まれた花である。牛馬がこの葉を食べると中毒を起し、酔ったようになる。これを利用して農家では農作物の害虫駆除や牛馬の皮膚の寄生虫駆除に用いる。ツツジ科の常緑低木、三・四月ごろスズラン状の小白色花を扇状に垂れて咲く。奈良の春日大社の森には大木がある。

馬酔木咲くや奈良の古山かぐはしう　松根東洋城
つくばへる石より低く花馬酔木　富安風生
来しかたや馬酔木咲く野の日のひかり　水原秋櫻子
月よりもくらきともしび花馬酔木　山口青邨
中尊寺道白珠（しらたま）の馬酔木咲く　秋元不死男
医学部に低き籬（まがき）や花馬酔木　木船史舟
馬酔木折つて髪に翳せば昔めき　高浜虚子
花馬酔木ほろほろと夕ごころかな　熊谷千代子
父母に便り怠り馬酔木咲く　加倉井秋を
煙り吐く汽車はもう来ぬ花馬酔木　小澤美奈子

満天星（どうだん）の花（はな）

満天星（どうだん）躑躅（つつじ）

ツツジ科の落葉低木。山地に自生する。四月ごろ、白色壺状の小さな花を下に向けて咲く。枝一杯にスズランの花がぶら下がったような眺めである。壺の口は五つに裂け、一〇本の雄しべと一本の雌しべがある。ベニドウダン、サラサドウダン、シロドウダン、チチブドウダンなどよく似ているが植物分類上はドウダンツツジとは関係がない。ドウダンの名はたいまつを燃やす結び灯台の足に似ている意味のようだ。秋の紅葉をながめるために庭木、いけ垣に植える。

この露地のあかるきは満天星の咲きにける　水原秋櫻子
漫々と散歩満天星芽を用意　清水清山
触れてみしどうだんの花かたきかな　星野立子
満天星の花がみな鳴る夢の中　平井照敏
満天星に隠りし母をいつ見むや　石田波郷
どうだんの白鈴の花日に振りて　猿山木魂
灯ともせば満天星花をこぼしつぐ　金尾梅の門
満天星の花が高円山に向く　西田美智子

躑躅（つつじ）　山躑躅　蓮華躑躅（れんげつつじ）　霧島躑躅　羊躑躅（もちつつじ）　米躑躅（こめつつじ）　雲仙躑躅（うんぜんつつじ）　深山霧島（みやまきりしま）

庭園や公園など、いたるところに植栽され、春から夏にかけて、白、赤、緋紅、淡紅、紫、黄等々、多種多彩である。園芸品種は数百を数え、日本はつつじ王国である。ツツジの名所は多く、九州の雲仙岳・霧島山・八ケ岳、関東では那須・赤城山・箱根など数限りない。

つつじ桜南朝の跡見にいらむ　鬼貫
花終へしつつじ野けふの虹立たす　大野林火
躑躅生けてその陰に干鱈割く女　芭蕉
口結ぶボイラー守りに緋のつつじ　沢木欣一
雨雲に又燃え立ちぬ山躑躅　長谷川かな女
兵の墓将軍の墓つつじ咲く　大久保明
仔の牛の躑躅がくれに垂乳追ふ　石橋辰之助
登り窯つつじ明りの火入れかな　高田里江
日の昏れてこの家の躑躅いやあな色　三橋鷹女
躑躅濃しひとかたまりの女子高生　佐野左右也

山査子の花（さんざしのはな）　花山査子　メイフラワー

バラ科の落葉小低木。中国原産。晩春に白色五弁の梅の花に似て群がって咲く。果実は薬用にする。

イギリス産の西洋山楂子はメイフラワーと呼ばれ、この花が咲くと北ヨーロッパの空は明るくなり西洋文学にはよくこの花が季節の花として現われる。

花山楂子古妻ながら夢はあり　石田あき子
壺に挿す山楂子の花は盗み来し　安住　敦
思ひ凝らせば山楂子に日の戻りくる　手塚美佐
花さんざし斧のこだまの消えてなし　神尾久美子
さんざしの花にそばかすあらはれし　青柳志解樹
山楂子の日をうつつとすごしけり　染谷杲径

こでまりの花（はな）　小粉団（こでまり）の花　小手毬（こでまり）の花　団子花（だんごばな）　すずかけの花

花が集まって咲く、バラ科の落葉低木。中国原産。小さな五弁の白花が三センチほどの鞠のような形に咲く。すずかけは街路樹の鈴懸とは別なもので、山伏の袈裟の房に似ていることから、それと関連して、鈴掛けの名がある。

小でまりの花に風いで来りけり　久保田万太郎
小でまりの愁ふる雨となりにけり　安住　敦
こでまりや盃軽くして昼の酒　波多野爽波
こでまりやあるじ些か仕事呆け　石塚友二
こでまりの花に眠くてならぬ犬　辻田克巳
こでまりのたのしき枝のゆれどほし　轡田　進
小でまりや裏戸より訪ふことに馴れ　高浜年尾
小でまりの一花づつを賀の膳に　高野素十
こでまりの鉢買ふ提げるには長し　中村ふみ
こでまりが風に弾んで誕生日　池田文子

雪柳（ゆきやなぎ）　小米花（こごめばな）　小米桜　こめやなぎ

花が雪のように白く、葉が柳に似ているので雪柳という。中国原産のバラ科の落葉低木。渓谷の岩の上などに自生。満開も美しいが、つぼみのややほころんで、露を宿したような姿は風情がある。

色が純白で、米粒のようなのでコゴメバナ、また、一つの花の中央がくぼんでえくぼに似ているのでエクボバナとも呼ぶ。

雪やなぎ白濃き午前海が見たし　大野林火
雪柳ふぶくごとくに今や咲く　石田波郷
雪柳老の二人に一と間足り　富安風生
月うるむ地にただようて雪柳　石原八束
花屋の荷花をこぼすは雪柳　大谷碧雲居
鉄橋のとどろきてやむ雪柳　山口誓子
雪やなぎ海竜王寺風もなし　百合山羽公
いつのまに月光なりし雪柳　多田裕計
雪柳生死に右往左往して　寺井谷子
日時計のちょうど十二時小米花　三苫時子
朝(あした)より夕(ゆうべ)が白し雪柳　五十嵐播水
大揺れをまだ知らぬなり雪柳　高橋栄子

木蓮(もくれん)　木蘭(もくれん)　紫木蓮　更紗(さらさ)木蓮　白木蓮　白れん　木蘭華(げ)

葉に先だって濃い紫紅色の大形六弁花を上向きに咲かせる。木蓮は白花はなく、白木蓮ははくれんといって別種だが、モクレン科で中国原産。庭に植えられ、高さ四メートル位になる。四月〜五月ごろ、はくれんは小中学の卒業頃、この紫木蓮は入学の頃に咲くようだ。

モクモクと地(つち)のきほひや木蓮花　松根東洋城
木蓮に日強くて風さだまらず　飯田蛇笏
はくれむや起ち居のかろき朝来り　臼田亞浪
木蓮の風のなげきはたゞ高く　中村草田男
白木蓮の散るべく風にさからへる　中村汀女
白木蓮乙女には充つ不安と自負　赤城さかえ
はくれんやくちづけのあとくちくらく　岸田稚魚
木蓮の落ちしは反古の如く古る　原子公平
木蓮の力みなぎる開花どき　山下美典
木蓮に翔りし鳥の光り哉　長谷川零余子
紫木蓮アンリ・ルソーの馬車とまる　西岡正保
大方は翳のかがやき紫木蓮　花谷　清

白木蓮や性善説を信じたき　関　礼子
白木蓮や聖紗に透ける髪ゆたか　岡部名保子
白木蓮の更けて自在に遊ぶ花　手島靖一
白木蓮の蕾大空押し上げて　飯村周子
白れんの羽二重明りのなかにかな　柿沼盟子
白木蓮の下に集まる仏かな　高田英美子

藤（ふじ・ふぢ）　藤の花　白藤　山藤　藤の房　藤浪（ふじなみ）　藤棚　野藤

晩春から初夏にかけて、四弁の蝶形花が房状に密集して咲く。マメ科の蔓性落葉木。山野に自生し、観賞用にも栽培される。つる性のため右巻きに幹がからみ合い生長する。葉はハギに似て細長い十数枚の小葉が羽のように並んでついている。花穂は一メートル以上に達する。大阪の野田が名所として知られる（野田藤）。まれに白い花のものはヤマフジの変種で小型で花期が早く、つるが左巻きである。アカバナフジは薄紅色で芳香があるのでニオイフジともいう。つるは強健ゆえ物をしばり、繊維は布に織り、実は茹でて食べる。

藤葛籠そこさへ匂ふ小袖かな　西　鶴
くたびれて宿借るころや藤の花　芭　蕉
飢ふかき一日藤は垂れにけり　加藤楸邨
花乏し藤の紫柔毛たつ　石橋秀野
夕藤や王冠あまた塵の中　横山白虹
藤の昼膝やはらかくひとに逢ふ　桂　信子
白藤や揺りやみしかばうすみどり　芝　不器男
白き藤房に夜があけ咳やまず　佐藤鬼房
白藤の白に嫁ぐ日決まりけり　市村季子
茫と山惚と沼あり藤の花　小川昇一
亡き父に風のややうごく藤の花　工藤厚子
祖母の忌につづく母の忌藤の雨　板橋美智代
山藤を指しては山に深く入る　成海　静
藤の花幹は遠くにありにけり　塩田章子
山の藤雨は淡海をわたりをり　戸田淳子
屋根の影屋根に大きく藤の昼　中村斐紗子

先細りして藤房をなせりけり　明石洋子
葛藤のたとえへの藤のたなびける　大倉祥男
引力に諾々として藤垂るる　伊藤瓔子
その先はけむる如くに藤咲けり　平手むつ子
暮れ六つの鐘に間のある藤あかり　土田桂子
藤の花風にふじいろ移しつつ　菊池志乃

山吹（やまぶき）　面影草（おもかげぐさ）　かがみ草　八重山吹　濃（こ）山吹　葉山吹　白山吹

バラ科、落葉低木。春を飾るあざやかなこがね色の花を開く。全国の山野に自生するが、庭園の植物としても愛される。「万葉集」でも一七首程詠まれて、「おもかげぐさ」「かがみぐさ」もそのおもかげから名づけられたようだ。一重の花は結実する、重弁のものは八重山吹で実は結ばない。太田道灌の話はこの八重山吹である。白山吹は別種。

ほろ〳〵と山吹散るか瀧の音　芭蕉
山吹にぶらりと牛のふぐりかな　一茶
山吹や小鮒入れたる桶に散る　正岡子規
山吹の花の蕾や数珠貫ふ　高浜虚子
あるじよりかな女が見たし濃山吹　原石鼎
山吹の一重の花の重なりぬ　高野素十
不安の夜山吹は目をあけつづけ　田川飛旅子
童女とて愁ひ顔よき濃山吹　倉橋羊村
白山吹息がかからば曇るべし　伊東肇
山吹の道灌堀にうつむきて　長岡青城

夏蜜柑（なつみかん）　夏柑（なつかん）　甘夏　夏蜜柑の花

橙よりやや大きく皮が厚く、酸っぱい。秋に結実して翌年の四～五月ごろまで木に生る（な）。市場に出回るのは二月頃から、そのため春の季に入れてあるのと夏に入れてある歳時記と二様ある。このごろは改良されて、本来のなつみかんは、ほとんどなく、甘夏柑またはその改良型が主流になっている。ミカン科の常緑小高木。

夏みかん酸つぱしいまさら純潔など　鈴木しづ子
夏みかん手に海を見る場所探す　細見綾子
嫁ぐ子と野に坐しわかつ夏みかん　及川　貞
夏蜜柑女子クラス乗せ帰る汽車　秋元不死男
婚約の頃も酸かりき夏みかん　山口波津女
夏蜜柑ざつくり剝きて旅たのし　桂　信子
ころびたる児に遠ころげ夏蜜柑　皆吉爽雨
夏蜜柑いづこも遠く思はる丶　永田耕衣
ラテン語の風格にして夏蜜柑　橋　閒石
夏柑のけむりをあげて踏まれたる　宮坂静生

桃（もも）の花（はな）

白桃（しらもも）　緋桃（ひもも）　三千世草（みちよぐさ）　三千歳草（みちとせぐさ）　源平桃　枝垂桃（しだれもも）　西王母（せいおうぼ）

サクラに遅れて咲くモモは、まさに春たけなわを思わせる。雛祭りの花ではあるが新暦で行う地方では自然咲きは間にあわない。旧暦で行う地方では開花の時期と一致する。バラ科でもとは中国産、日本にも古くから渡来して『古事記』『万葉集』にもあらわれてくる。中国の詩文にも数多くモモのことが書かれている。西王母、「武陵桃源」の伝説など。花は普通淡紅色の五弁で、品種によって濃紅色の「緋桃」も、「白桃」、紅白咲き分けの「源平桃」などがある。単弁と重弁のうち実のなるのは一重のモモである。↓桃の実（秋）

戸の開てあれど留守なり桃の花　千代女
商人を吼（ほ）ゆる犬ありもも の花　蕪　村
故郷はいとこの多し桃の花　正岡子規
海女（あま）とても陸こそよけれ桃の花　高浜虚子
ゆるぎなく妻は肥りぬ桃の下　石田波郷
直立が農夫のいこひ桃の花　平畑静塔
ふだん着でふだんの心桃の花　細見綾子
桃に来て昼湯は母と乳児ばかり　小池文子
あだし野の骨の行方や桃の花　吉田汀史
百姓の夜は暗しや桃の花　山中麦邨

あるわけはない不死の国桃の花　橋爪鶴麿
桃の花乳房に埋まる嬰の目鼻　児玉素朋
桃の花咲き満ちて木は香も立てず　中嶋秀子
桃の花浮かべて雛湯ともうします　関澄ちとせ
みどり児にほほゑみもらふ桃の花　河合　順
縄文とおなじ貝食べ桃の花　斎藤梅子
どれが甲斐駒ヶ岳やら桃咲けり　須永かず子
桃咲いて百年先のわれ思ふ　小檜山繁子
妹に口で負かされ桃の花　大原教恵
点在の山家溺るる桃の花　白澤よし子
身になじむ木綿の服や桃の花　福永みち子
嘴は肉につづけり桃の花　森川麗子
育てしは男の子ばかりや桃の花　小野久仁子
厨房に活けしはなもも降魔札　黒米満男
乳房よりこぼるる仔豚桃の花　松本ゆき江
甲斐一之宮花桃の夕明り　中楯貞女
桃咲いて村の鴉が嬉しがる　池上拓哉
かんたんにふとるからだや桃の花　長崎玲子
ももさくら死は病室を兎跳び　浦野菜摘
病人の近づいてゆく桃の花　須山おもと
桃の花とろけるようないい返事　梅澤鳳舞
石一つ置いて仏や桃の花　浜野桃華

李（すもも）の花（はな）　花李（はなすもも）

バラ科の中国原産、落葉小高木。モモの花より少し遅れて咲き、白色五弁花はウメに似ているがやや小さい。三・四月ごろ二・三輪集まって咲く。日本名スモモは酸桃からきている。わが国には古くから渡来、『日本書紀』『万葉集』などに現われている。色づいた実は紅色が普通で紫色・黄色もある。↓李（夏）

雲裏の日のまぶしさよ花すもも　木下夕爾
多摩の瀬の見ゆれば光り李咲く　山口青邨
花李昨日が見えて明日が見ゆ　森　澄雄
すもも咲き寂しさの肌ねむくなり　草間時彦
花李午過ぎて山消えかかり　矢島渚男
水の上にすもも咲く日の小さき旅　柴田白葉女
溺れ咲く李か利根の夕濁り　堀口星眠
李咲く坂に喘（あえ）げり多賀の浦　星野麥丘人

梨（なし）の花（はな）　花梨（はななし）

バラ科の落葉果樹。四・五月ごろ、白色の五弁花を開く。花期は短いが赤みを帯びた若葉の間のぞくナシの花は気品がある。全国各地で栽培されているが、鳥取県の「二十世紀ナシ」が有名である。栽培は枝をためて棚づくりする。↓梨（秋）

馬の耳すぼめて寒し梨の花　支考
梨の花うるはし尼が念仏迄　言水
梨の花月に書よむ女あり　蕪村
梨咲くやいくさのあとの崩れ家　正岡子規
大いなる月の暈（かさ）あり梨の花　高浜虚子
梨の花すでに葉勝ちや遠みどり　富安風生
梨咲くと葛飾の野はとのぐもり　水原秋櫻子
梨咲きぬ言葉の届く高さにて　岡本眸
梨咲くと人にはぐるる心地せり　小林貴子
富士五湖の四湖昏れゆく梨の花　野尻正子
父と娘の仲ほのと濡れ梨の花　笹井愛
梨花月夜眼下一水走りをり　藤島咲子
真っ青な空が一面梨受粉　旗川万鶴子
耳もとに翅音こそばゆ梨花授粉　来栖かをる

杏（あんず）の花（はな）　からももの花　花杏（はなあんず）　杏花村（きょうかそん）

中国の北部を原産地とする。落葉高木果樹。カラモモの名で呼ばれ杏仁（きょうじん）という漢方薬として日本に入って来た。アンズは「杏子」という唐音から起こった。バラ科サクラ属の一種。花の時期はモモ・スモモよりも早く、ウメに次いで咲く。淡紅白色の五弁花、長野の更埴市は杏の里として知られている。果実は丸くて、黄熟すると肉と核が離れやすい。生食・かん詰め・乾果・ジャムなどにする。↓杏（夏）

山梨の中に杏の花ざかり　正岡子規
オリオンの星座正しく花杏　山口青邨

花杏受胎告知の翅音び、　川端茅舎
一村は杏の花に眠るなり　星野立子
外厨杏の花の上に月　大野林火
静かさも父子にちかし花杏　加藤楸邨
杏咲くゆえ来りたる夜鮮らし　田川飛旅子
北国の雨に風添ふ花杏　森　澄雄

林檎（りんご）の花（はな）　花林檎

中央アジア原産だが、明治初期にアメリカから西洋リンゴが導入された。寒地に適するので日本では長野・東北・北海道地方が主な栽培地。晩春のころ紅い蕾から白色五弁の花を開く。花弁に薄紅色の暈がある。五・六個ずつ集まって咲く。↓林檎（秋）

南部富士近くて霞む花林檎　山口青邨
青葉して白花点じぬ姫林檎　石塚友二
夕月に花咲き満ちぬ林檎園　相馬遷子
林檎咲く病者を置きて戻り来れば　角川源義
花林檎ほとほと白し夜の床も　野澤節子
林檎摘花の脚立寄せ合ひ夫婦老う　宮津昭彦
林檎咲く道来て小さき城に入る　上村占魚
長き停車林檎の花ゆ虻が来る　大野林火
きらめきて過ぎし一語や花林檎　加藤三七子
花林檎髪切りてけふ昏からず　宮坂静生
林檎咲く野しろいしろいわらべ唄　豊田都峰
お岩木（いわき）山は雪つもるほど花林檎　新谷ひろし
花林檎天に夜明けの津軽富士　宇都木水晶花
遠山の雲を脱ぎたる花林檎　石川皓子
花りんごひとりとなればなほも好き　竹内てる子
花りんご修司に帰心ありしやと　小林正子

木瓜（ぼけ）の花（はな）　花木瓜　緋木瓜　白木瓜　更紗（さらさ）木瓜

バラ科の落葉低木で高さ二メートル内外、枝にとげがある。四月ごろ葉に先だって温色の淡紅色の花を咲かせる。「さらさボケ」は黄白地に紅色、「蜀ボケ」は朱をおびた濃紅色、「かんとんボケ」

は淡紅の大輪。「長春ボケ」は四季咲き、果実は薬用になる。→寒木瓜（冬）

紬着る人見送るや木瓜の花　許六
浮雲の影あまた過ぎ木瓜ひらく　水原秋櫻子
老妻のせちに水やる更紗木瓜　山口青邨
木瓜咲きぬ歯と飯茶碗欠けもせで　秋元不死男
口ごたへすまじと思ふ木瓜の花　星野立子
木瓜紅く田舎の午後のつづくなる　橋本多佳子
初旅や木瓜もうれしき物の数　正岡子規
肩を越す木瓜のまぶしき中通る　篠原梵
平氏二十三代緋木瓜つぶらにて　鷲谷七菜子
木瓜の緋に手を出し刺され老いたるよ　守田椰子夫
花木瓜に絹ひく雨のふれにけり　小路智壽子
放哉や一輪咲きし朱き木瓜　弘田紀子

木の芽（このめ）　芽立ち　芽吹く　芽組む　木の芽時　木の芽雨　木の芽風

芽吹く木の芽をおしなべて木の芽という。木の種類、寒暖のそれぞれの違いによって、時期は多少ずれるが、このめ吹きは、内にひそむ生命力を、もえぎ、浅緑、濃緑とさまざまな色として見ることができる。楓や蔦の芽などは「名の木の芽」ともいい、山椒の芽は「きのめ」という。木の芽漬、木の芽あえ、木の芽田楽。タラの芽はてんぷらに。「藍の角」はイネ科のアシの芽のこと。

木々おのおの名乗り出でたる木の芽かな　一茶
大寺を包みてわめく木の芽かな　高浜虚子
木の芽ひらいてくる身のまはり　萩原井泉水
晴天に苞（ほう）押しひらく木の芽かな　杉田久女
あけぼのの白き雨ふる木の芽かな　日野草城
隠岐や今木の芽をかこむ怒濤かな　加藤楸邨
がうがうと欅芽吹けり風の中　石田波郷
みどり子のまばたくたびに木の芽増え　飯田龍太
抱合（ほうごう）の神をかくして木の芽山　森澄雄
榠樝より柘榴に飛びし木の芽かな　古舘曹人
耳敏（さと）く人の住むなり芽吹山　本宮哲郎
木の芽雫夕べは蒼き日を点す　福田千栄子
なんじゃもんじゃ芽ぶきてなんだかんだかな　細井啓司
夕日差し芽吹き浮きたつ別れかな　高橋良子

戦争を知る樹も芽吹き初めにけり　湊　キミ
芽吹かんと北の大地に犇めく樹々　大郷石秋
芽吹く樹々空が楽しくなりにけり　伊藤洋子
真夜芽吹くかも買ひたての木の机　折原あきの
芽吹く樹のはざまの空の如来像　畠　友子
神の御名おほむね長し木の芽吹く　八幡里洋
三峯の少し冷たき木の芽風　臺　きくえ
しなやかに鹿の胴のび木の芽食む　きくちつねこ
杣人の雪消しといふ木の芽雨　岡村紀洋
木の芽山雨止む気配して匂ふ　山下美典
触るるものみな芽吹きたる怖れかな　折井眞琴
栃の芽の己が樹液に濡れゐたり　鈴木恵美子
アメリカの自由を歩く木の芽どき　秋本敦子
鉞力屋（ぶりきや）の板のばす音木の芽風　宇佐見信男
「前年比」に追わるる夫木の芽季　小高沙羅
芽木の雨夕べ多喜二の母の余話　大田和子
街路樹の芽吹く蘇州を手秤に　荒井まり子
芽吹きつつ一夜に雪の賤ヶ岳　渡会昌広
おにぎりに思はせ振りな木の芽雨　田口珂那
栗鼠はしる音に歩を止む木の芽晴　つじ加代子
雪嶺を讃へ落葉松芽吹くなり　長倉いさを
避雷針浮き足立ちて雑木の芽　星野和子
木の芽吹く展望台を押し上げて　朝岡和佳江
浮雲の陽を含むほど辛夷の芽　根岸たけを
衛星波浴びて木の芽の太りくる　津波古江津
神在す山に芽吹きの順序あり　武藤あい子

蘖（ひこばえ）　ひこばゆ

春さき切り倒された木の根元や切株から萌え出る若芽のこと。孫生（ひこばえ）の意である。ひこばゆと動詞形にすることもある。たくましい生命力の息吹を感ずる。

大木の蘖したるうつろかな　高浜虚子
蘖のうちかたまりて吹き靡き　高野素十
蘖す木あり見るたび名を知らず　池内たけし
ひこばえや山羊追ふごとく子を追ひて　石川桂郎

蘖や涙に古き涙はなし　中村草田男
ひこばえや朝の悔もち渡船中　角川源義
いまの蘖いまの太陽他は古し　榎本冬一郎
蘖や国のまづしさは吾が貧しさ　岩田昌寿
雄鶏の胸板厚しひこばゆる　丸山靖子
蘖やむかしも今も赤字駅　森　ゆきお

若緑（わかみどり）　若松　緑立つ　初緑　松の芯　松の緑

マツは常緑樹である。「若緑」はマツの新芽のこと。松の枝々の先に一〇センチから三〇センチほどのろうそくを立てたような芯が立つ、これを松の芯という。そして次第に若々しい緑色の新芽を吹く。「緑立つ」はその風景をいう。これが伸びすぎるとマツが弱るので、庭木の場合は庭師に適当に摘んでもらう。「緑摘む」という。

古道をみかへる松のみどりかな　其角
江北に植ゑても松のみどりかな　一茶
雨の香に立ちまさりけり松の芯　渡辺水巴
老松の賑はひ立てる緑かな　富安風生
緑なす松や金欲し命欲し　石橋秀野
松の芯千万こぞり入院す　石田波郷
石濡らす小雨の見えて松の芯　鈴木六林男
松の芯日本武尊（やまとたける）の匂ひせり　進藤一考
松の芽は釈迦牟尼仏の指のごと　赤羽　学
海鳴りにはなやぐ岩の若緑　津根元　潮
上棟の角材太し松の芯　星野和子
乳搾る児の眼ん玉の緑立つ　堀越すず子

柳の芽（やなぎのめ）　芽柳　芽張り柳

ヤナギは種類が多い。シダレヤナギは池畔など好んで植えられる。早春、萌黄色の新芽を吹きはじめる。葉の出る前に花が咲くが、芽の方が美しいので、あまり目立たない。ヤナギが芽吹くと寒さ

もやわらぎ、青々とした垂れ下った葉が風にゆれる。そんな頃ツバメがやってくる。↓柳

ほつかりと黄ばみ出でたり柳の芽　暁台
雪よりも水の動かず柳の芽　神蔵器
退屈なガソリンガール柳の芽　富安風生
芽柳の触れゐる鰻供養の碑　花田由子
柳の芽雨またしろきものまじへ　久保田万太郎
芽柳に曲線といふ風のあり　三須虹秋
集団就職やがて汚れる柳の芽　鈴木石夫
芽柳をぬけ来る風の歩道橋　平林孝子
芽柳を感じ深夜に米量る　平畑静塔
芽柳の風が遊ぶや鏡花みち　小西久子
芽柳のおのれを包みはじめたる　野見山朱鳥
舟宿に江戸の川絵図柳の芽　山田凉子
白山のまだ眠り居る柳の芽　細川加賀
芽柳や今も軍鶏飼ふ佃島　土屋恒代

山椒の芽（さんしょうのめ／さんせうのめ）　芽山椒　きのめ

棘の多い落葉小高木。三～四月ごろ新芽を出す。春の「木の芽（こめ）」と区別するために「きのめ」と呼ぶ。香味料としていろいろな季節料理に用いる。木の芽和え、木の芽味噌、木の芽田楽など。京都の土産物には山椒が多く使われる。サンショウはミカン科で日本では北は北海道から南は九州まで自生している。↓山椒の実（秋）

擂鉢は膝でおさへて山椒の芽　草間時彦
山淑の芽母に煮物の季節来る　古賀まり子
寺の水飲めば山椒の芽が匂ふ　青柳志解樹
芽山椒の舌刺す一茶の墓詣　野沢節子
日もすがら機（はた）織る音の山椒の芽　長谷川素逝
山椒の芽さゞ波立てゝ拡ごりぬ　渡辺桂子

楓の芽（かえでのめ） かへでのめ

楓の種類は多く、最も普通に見られるのは、タカオカエデとヤマモミジの二種で紅葉が美しい。カエデの芽は、春の木々の芽のうち早いほうで関東から四国・九州の南部は三月中、それより北に向かって中部山岳・北陸・東北地方は四月、北海道では五月に発芽し始める。鮮紅色で柔らかい芽である。カエデ科カエデ属植物を総称してカエデという。→若楓（夏）

楓の芽もはらに燃えてしづかなり　加藤楸邨
日の昏れの雀の声や楓の芽　皆川盤水
楓萌えわが服の紺寂びにけり　藤田湘子
渓声や夕日の中の楓の芽　岡田日郎
楓の芽紅するどしや手枕に　石田波郷
むづ痒き細枝もつれて楓の芽　富安風生
楓の芽豆腐平に煮られゐて　桂　信子
川淀や夕づきがたき楓の芽　芝　不器男

楤の芽（たらのめ） たらめ　多羅（たら）の芽　楤摘む　うどもどき　うどめ

タラノキの芽を云う。楤の木はウコギ科の落葉低木。二～四メートルの高さ、若芽はウドに似た香りがある。ゆでて、みそあえ、からしあえ、ごまあえ、くるみあえ、浸し物、煮つけ。茎にも葉にも鋭いとげがある。

たらの芽や結城のたより聞えざる　正岡子規
楤の芽の仏に似たる瀬のひかり　角川源義
岨の道くづれて多羅の芽ぶきけり　川端茅舎
多羅の芽の十や二十や何峠　石田波郷
雪嶺にむかひて楤の芽ぶきたる　長谷川素逝
楤芽ぐむ真白き雲の光りとび　岸　風三楼
みつめゐてまぶしき楤の芽を摘みぬ　加藤知世子
楤の芽の摘めばたちまち人臭し　藤田湘子

たらぼの芽蓄めて民話のなみだ壷　草野力丸
多羅の芽を食べ月山を志す　児玉南草

枸杞の芽（くこのめ）　枸杞芽　枸杞飯　枸杞茶　枸杞摘む

ナス科の落葉低木。高さは一〜二メートル。野原、路傍、川原、石がき等いたる所に自生する。蔓のような枝には棘が多い。長楕円形の柔らかい新葉が食用とされる。夏には淡紫色の小さい花が開く。クコはどんな荒れ地にでも活着する。↓枸杞の実（秋）

枸杞垣の似たるに迷ふ都人　蕪村
枸杞の芽やけふ薄着せし妻の胸　細川加賀
宿かれば月に枸杞つむあるじかな　芳之
枸杞飯やわれに養生訓はなく　山口青邨
枸杞青む日に日に利根のみなとかな　加藤楸邨
くこの芽や海鳴りよりも松の音　田中午次郎
枸杞飯や山より風の荒びきし　岸田稚魚
枸杞摘まなこの楽章終りなば　岡崎光魚

五加木（うこぎ）　むこぎ　五加（うこぎ）　五加木垣　五加木飯　五加茶　五加摘む

ウコギ科のヒメウコギのこと。中国原産、落葉低木。生垣に植えられ、新芽を五加木飯やあえ物にする。野生のヤマウコギも五加木飯にする。古名「ムコギ」、この根皮は強壮薬として用いられた。

西行に御宿申さんうこぎ飯　一茶
少しのびすぎしが五加木摘みに出つ　高野素十
うこぎ摘ム蝸牛もろき落葉かな　言水
なにゆえに五加飯など届きしか　藤田湘子
おしろいをつければ湯女（ゆな）や五加木つむ　高浜虚子
うこぎ飯念仏すみたる草家かな　角田竹冷

柳（やなぎ）　青柳（あおやぎ）　楊柳（ようりゅう）　枝垂柳（しだれやなぎ）　糸柳　遠柳　川柳（かわやなぎ）　門柳（かど）　白楊（はこやなぎ）　行李楊（こりやなぎ）　柳蔭（やなぎかげ）　柳の糸　若柳（わかやなぎ）

ヤナギ科の落葉高木または低木。川柳（かわやなぎ）（猫柳）、行李（こうり）柳などの総称だが、普通にヤナギといえば枝垂（しだれ）柳（糸柳）のこと。微風になびく様が美しい。街路樹などで親しまれている。芽吹きの美しさから梅や桜とともに春を代表する季語となった。

八九間空で雨ふる柳哉　芭蕉
瓦斯灯にかたよつて吹く柳かな　正岡子規
柳青めり水脈（みお）しづまれば青が去り　加藤楸邨
原爆ドーム柳の岸へ影倒る　中西舗土
青柳や天竜荒瀬落とし来て　松根東洋城
宗祇水うまし芽を吹く糸柳　中川房子
渡し銭島へ五厘や糸柳　岩本尚子
白堤は西湖を分くる柳かな　中瀬喜陽

金縷梅（まんさく）　満作（まんさく）　銀縷梅（ぎんろばい）　まんさくの花

春先に「まず咲く」からマンサクと名づけている。マンサク科の落葉小高木。山地に自生するが最近は街路樹、庭木にもする。枝上に黄色の四弁花をつける。マンサクの南限は静岡県湖西市。この湖西市はトキワマンサク（白い花が咲く）の北限地でもある。

まんさくや春の寒さの別れ際　籾山梓月
まんさくに滝のねむりのさめにけり　加藤楸邨
雪崩あとの岩青し金縷梅の花つけて　内藤吐天
まんさくの淡さ雪嶺にかざし見て　阿部みどり女
雪嶺の襞しんしん蒼し金縷梅咲く　加藤知世子
空澄みてまんさく咲くや雪の上　相馬遷子
まんさくや峡人はまだ外に出でず　森　澄雄
まんさくに水激しくて村静か　飯田龍太
金縷梅や太きウエスト笑ひ合ふ　鍵和田秞子
まんさくや極楽寺坂なだらかに　吉田未灰

わが拳いびつまんさくひらきたる　新谷ひろし
まんさくに三人連れの二人寄る　小西久子
まんさくに山の明るさ貰ひけり　船水ゆき
まんさくのぬくもりほどでよろしいの　直江裕子
まんさくは印度舞踊の手のかたち　穂苅富美子
まんさくやおぼこけしの眼の潤み　姉崎　昭

樝子の花（しどみのはな）　草木瓜（くさぼけ）の花　地梨の花

植物名は草木瓜。三〇～六〇センチの落葉小低木。早春ボケに似た赤色五弁の可憐な花が咲く。九月ごろ黄色く熟し酸みの果実が地上すれすれに這うようなので地梨とも呼ぶ。↓樝子の実（秋）

草木瓜や故郷のごとき療養所　石田波郷
花しどみ倚れば花より花こぼれ　橋本多佳子
松に手をしどみ倚る人見てゐたり　高浜虚子
草木瓜のひとひらとばす風の音　加藤楸邨
草木瓜や歩きつつ子は風邪癒やす　加藤知世子
しどみもて庭おほひたしと誰か言ふ　殿村菟絲子
しどみ野の窪みよ遠く湧く汽笛　三谷　昭
花しどみ切株原の冷えはじむ　岸田稚魚

松の花（まつのはな）　十返りの花　松花粉

俳句でいう松の花は、アカマツかクロマツのどちらかをさすのであろう。四月ごろ、紫色の雌花が新芽の先に数個、薄茶色の雄花が群がって新芽の下につく。雄花は花粉となって飛ぶ、雌花は松かさになる。↓新松子（秋）

線香の灰やこぼれて松の花　蕪　村
草の戸に名刺を貼りて松の花　富安風生
松の花チエホフ訳す山の中　秋元不死男
松の花きのふはここに潦　山口誓子
松の花に満つる松籟吾娘（あこ）遠し　中村草田男
本堂に年忌一覧松の花　山崎登起子

濤ならむまこと明るく松の花　加藤楸邨　松の花終生母は旅に出ず　穂苅きみ
三鬼昇天松の花散る水の上　角川源義　松の花往時を偲ぶ梲屋根　邑上キヨノ
一指弾松の花粉を満月へ　西東三鬼　騎士像の槍のこぼせし松の花　河原芦月

杉の花（すぎのはな）　杉の花粉　花粉症　杉鉄砲

スギ科の常緑高木。三〜四月ごろ、雄花は枝端に群がり風によって大量の黄色花粉を飛ばす。杉花粉症の原因としているが、昔から杉林はあったし、杉花粉はあった。が現在ほどのアレルギー症はなかったことを考えると＋アルファが加わったからであろう。古い名を「マキ」ともいった。↓杉の実（秋）

一すぢの春の日さしぬ杉の花　前田普羅　海へ飛ぶ勿来の関の杉の花　堀古蝶
ただよへるものをふちどり杉の花　富安風生　山畑のでこぼこ径や杉の花　福川悠子
つくばひにこぼれ泛めり杉の花　松本たかし　持参金代りの山の杉花粉　中島武子
峡空へ吹きぬけ杉の花けぶる　山口草堂　花杉に息のにごりは許されず　丸山佳子
奉納のしやもじ新らし杉の花　杉田久女　胸突坂杉も花粉を吐き尽す　和田祥子
塗膳を曇らす峡の杉花粉　桂信子　発火寸前杉花粉の中の家　鳥羽夕摩

銀杏の花（いちょうのはな／いてふのはな）　公孫樹（いちょう）の花　ぎんなんの花　花銀杏（はないちょう）

イチョウ科の裸子植物、中国原産。日本の神社・仏閣に老大木が多い。四月頃新葉とともに黄緑色の地味な花を開く。雌花雄花はそれぞれ別々の株につく。雌雄異株で精子を放出することで世界的

に珍らしい木である。↓銀杏（秋）

銀杏(ぎんなん)の花や鎌倉右大臣　内藤鳴雪
銀杏咲く切支丹寺の化粧(けは)ひ妻　石原八束
花銀杏こぼれ離愁の肩おとす　小松崎爽青
月けぶる銀杏の花の匂ふ夜は　大竹孤悠

榛(はん)の花(はな)　楊(はん)の花　赤楊(はん)の花

榛の木は赤楊(はんのき)とも書き、ハリノキの音便である。カバノキ科の落葉樹で高いものでは二〇メートルに達し、山地の湿地に自生する。また米どころの新潟あたりの畔に栽植されたこの木をよく見かける。早春葉に先だって花をつけ、雌雄同株、雄花の穂は暗紫褐色の細長い円筒形をなし、小枝の先からぶらぶら垂れ下がる。そして黄色い花粉が煙のように飛び散る。雌花は紅紫色を帯び、同じ小枝の下部につき、小さい楕円形をしている。

はんの木のそれでも花のつもりかな　一茶
榛咲けり溝には去年の水さびて　川島彷徨子
良寛は細面かと榛の花　星野紗一
榛の花かむさつてくる空があり　石田郷子

楓(かえで/かへで)の花(はな)　花楓

葉の形が蛙の手に似ているので、カエルデと言った。花よりも、緑から赤あるいは黄になる葉が主役である。花は黄緑や暗紅色の地味な小花である。

楓(かえるで)のしじの垂花(たるはな)いつかなし　芝不器男
楓咲きまだ見えぬ眼をみひらく子　林翔
ある空や楓そよげば花がある　伊藤東吉
良寛にふたりの母や花楓　大森理恵

白樺の花（しらかばのはな）　樺の花　花かんば

おしろいをつけたような白い美しい幹が印象的で、多くの人々に親しまれているカバノキ科の落葉樹で、高さは三〇メートルにも達する。四月頃新葉に先だって花をつける。雌雄同株で、雌花の穂は暗紅紫色をした長い紐状をなし、毛虫がいっぱいいるように、びっしりと垂れ下がり、風に揺れ動く。しかしそれほど目立つ花ではない。

白樺の咲くとは知らず岳を見る　水原秋櫻子
男唄ひて湖上を帰る樺の花　野沢節子
耳聡き犬に白樺の花散るも　堀口星眠
白樺の花に微風の信濃口　稲垣法城子

樫の花（かしのはな）　花樫

ブナ科に属する常緑高木。厳（イカシ）の上略形とも言われる。しかし、カシは総称で、シラカシ、アラカシ、ウラジロガシ、ツクバネカシ、イチイガシ、ウバメガシ、アカカガシなど種類が多い。四月、五月頃、同じ樹に雌雄同株が咲き、雄花は花粉を散らしたあと、糸ごと落ちて、木の下にほろほろと散りかかる。樫、櫟、楢などは大小形状がやや異なる実を結ぶが、どんぐりはこれらの総称である。

↓樫の実（秋）

樫の花男の怠惰夕べまで　森　澄雄
咲きしとも散りしともなき樫の花　太田貞雄
赤樫の花と思わず空淡め　松田ひろむ
かすかなる猫の足跡樫の花　角谷昌子

猫柳(ねこやなぎ)　えのころやなぎ

日本全土の山野の川べりに自生する。ヤナギ科の落葉低木。雌雄異株で、雌花穂は実を生じてのち柳絮になるが、雄花ははじめ厚い皮をかぶっているが、暖かくなるに従って大きくふくらみ、皮を脱いで、葉に先だって開花する。花穂は長い楕円形で白毛に包まれ、その花穂は銀色にかがやき、猫の毛を思わせる。↓柳の芽・柳

猫柳光りて漁翁現れし　高浜虚子
烈風の日向が揺るる猫柳　有働　亨
ぎんねずに朱(あ)ケのさばしる猫柳　飯田蛇笏
猫柳湖畔の春はととのはず　五十嵐播水
猫柳立派な顔をして乞食　長谷川秋子
猫柳吹かれ触れ合う寂光土　森田秋茄子
鯉が来たのは川の幻猫柳　伊丹公子
握手する以心伝心猫柳　猪狩セイジ
向かう岸に光発信猫柳　永野史代
猫柳(べんべろ)雨やはらかく上りけり　沼澤石次
猫柳お洒落な色のバスが来る　大島登美子
猫柳や花巻ことば温かし　佐藤映二

柳絮(りゅうじょ・りうじょ)　柳(やなぎ)の絮(わた)　柳の花　柳絮飛ぶ

絮は綿のことで、ヤナギには枝が立つ種類と垂れ下がる種類とあって、前者を楊、後者を柳という。日本のものは主として柳の方であるが、楊も柳も絮を飛ばし、どちらも多い中国では楊柳の絮が盛んに飛んで、晩春の美しい景観となる。

おもむろに窓に入り来る柳絮かな　高浜虚子
新天地拓くごとくに柳絮とぶ　遠藤睦子
赤き帆はルオーの墓標柳絮飛ぶ　佐怒賀正美
鑑真の船出の運河柳絮とぶ　目貫るり子

木苺の花（いきちごのはな）　もみじ苺の花　粟苺（あわいちご）の花　下り苺の花

山野に自生しているバラ科の一、二メートルの落葉樹。茎にも葉にも鋭い刺がある。花は純白五弁で深緑の葉の間に、四月から五月にかけて咲く。普通の苺の花より大きく野生の清々しさが美しい。実は黄色く熟し食べられる。葉の形が楓に似ているのでもみじ苺とも呼ばれる。↓木苺（夏）

灯台ははや木苺の花白し　山口青邨
築地裂け木苺の弁大いなり　殿村菟絲子
木苺の花を日照雨の濡らし過ぐ　金子伊昔紅
木苺の花に触れじと谷覗く　森田峠

枸橘の花（からたちのはな）　枳殻（からたち）の花　枳殻（きこく）

もと中国中部の産で、日本には古く朝鮮を経て渡来した。ミカン科の落葉低木で、高さは二メートル位、とげだらけで枝も多い。春の末頃葉に先だってミカンの花のような純白五弁の香りのよい花をつける。この実は黄色く熟しても食べられない。枳殻という字をカラタチに当てているが、正確には枳殻はキコクと呼び、カラタチとは別の柑橘類らしい。

からたちの花の匂ひのありやなし　高橋淡路女
関帝廟花からたちの匂ひけり　松崎鉄之介
からたちは散りつ、青き夜となるも　藤田湘子
からたちの刺に似合はぬ花の華奢　及川秋美

黄楊の花（つげのはな）

ツゲ科の常緑低木で、高さは一～三メートル、日本では本州南部の山々に自生するが、庭木や生垣として植えられている。枝や葉が茂り、革質の葉は光沢があって美しい。晩春小枝の葉のわきに、

淡黄色の細かい花が群がって咲く。材は緻密で、印版、櫛、将棋の駒、そろばん玉と用途は広く、黄楊の小櫛は早く『万葉集』にも見える。

草の戸の低き垣根やつげの花　村上鬼城
黄楊の花ふたつ寄りそひ流れくる　中村草田男
閑かさにひとりこぼれぬ黄楊の花　阿波野青畝
風の日は裏路えらぶ黄楊の花　和田賀代

接骨木の花（にわとこのはな）　接骨（たず）の花　みやつこぎ

山野に自生するスイカズラ科の落葉低木。早春新葉とともに枝端に多数の小さい白い花を重そうに集め開く。一つの花をとって見ると花冠が五つに深く裂け、五本の雄しべと一本の雌しべとがある。

接骨木はもう葉になって気忙しや　富安風生
鉈攻めにあふやにはとこ花ながら　青柳志解樹
接骨木の花咲けり何かにまぎれんと　加倉井秋を
子規の墓にわとこの花こぼれ満つ　中島陽華

桑（くわ）　桑の芽　芽桑　桑の花

桑は養蚕の盛んな地方では大規模に栽培されるが、元来は山野に自生したもので、野生種は今でも全国の山林で見うけられる。しかし養蚕の衰退とともに今では蚕の畑も珍しくなった。盛んな頃は桑の芽が葉になり茂ってくると、養蚕家は蚕莚を洗って干し、準備が始まる。その頃から花穂が出て、淡黄緑色の小花が咲き始める。実を結ぶ雌花と、花粉をだす雄花が別々に集まって、卵形となり、雌花はやがて実が集まって、深い赤紫に熟れる。その実は甘く美味で、実を食べて唇を赤く染めた思い出を持つ人も多いと思う。↓夏桑（夏）

桑伸びて乏しき花を垂れにけり　水原秋櫻子
括りぐせ残りしままに桑芽吹く　高橋没法子
千曲川心あてなる桑のみち　鈴木花蓑
桑青し秩父遍路も蜂起跡　佐藤佳郷
山桑の淡淡（あわあわ）と花盛りなる　高野素十
道別れして多摩や民権桑の花　古田　海

樒（しきみ）の花（はな）　花樒　こうしばの花　樒売

山地に自生するモクレン科の常緑小高木であるが、仏前や墓前に供えるために栽植される。三、四月頃小枝のわきに短い花梗をつけた花が七つ八つずつ群がって咲く。クリーム色の花弁は一二枚ほどで、雄しべも雌しべも数が多く、ほろほろとこぼれながら咲きつづける。しかし実は有毒なので要注意。

ゆかしさよ樒花さく雨の中　蕪　村
村人の見ざる樒の花を見る　相生垣瓜人
古桶や二文樒も花の咲く　一　茶
花樒こぼれてをりぬ手児奈堂（てこなどう）　光信喜美子

鈴懸（すずかけ）の花（はな）　プラタナスの花　釦（ぼたん）の木の花

もとヨーロッパ南東部、西部アジアの産で、日本では明治にヨーロッパから輸入して育苗し、東京都内の街路樹にしたのに始まる。スズカケノキ科の大高木で、高さ約一〇メートル以上にも達する。四月頃葉腋から花枝を開き、雄花と雌花をつける。細かい花なので、目につかないが、花後の褐色の球状の実はよく目だつ。山伏のつけている篠懸（すずかけ）に似ているのでこの名がついた。俗にボタンの木と呼んでいるのはアメリカスズカケノキで、実が釦型である。現在はこの二つの中間種のモミジバスズカケノキが多く街路樹として植えられている。

プラタナスの花咲き河岸（かし）に書肆ならぶ　加倉井秋を　　すずかけの更けつつ薫れ寝にかへる　石田波郷

通草（あけび）の花（はな）　木通（あけび）の花　花通草

アケビ科の蔓性落葉低木で、各地の山中に自生して、細い蔓を長く伸ばして、傍らの木に巻きついたり、草によじのぼる。晩春新芽とともに三弁の浅い紫色の花を咲かせる。秋になる実は甘く見た目にも美しい紫色であるが、花の方はあまり知られていない。しかし手に触れてよく見ると花もかなり美しい。→通草（秋）

山みちの翳（かげ）り心地に花通草　加藤三七子　　通草の花訛れる声音ききとれず　原田種茅

山帰来（さんきらい）の花（はな）　さるとりいばらの花

ユリ科の蔓性落葉低木。多くのとげがあり、このとげに猿もひっかかるというので、さるとりいばらの名がある。若葉は新鮮で光沢があり美しく、この葉をカシワの代用にしている所もある。雌雄同株で、晩春黄緑白色の細かい花を開き、花のあと豆粒ほどの果実ができる。これも熟すると赤くなって美しい。

山帰来村人集まることありき　森下草城子　　灯台を真下に山帰来の花　平井伊都子

郁子（むべ）の花（はな）　うべの花　常盤（ときわ）あけび　野木瓜（むべ）の花

山野に自生するアケビ科の蔓性常緑低木。庭園に植え盆栽にも作る。茎・葉ともに堅い感じがするが、晩春葉の間に白がかった紫色の雌花と雄花が軸を中心にふさのような形で咲く。実は白色で

甘く、中の種は黒い。↓郁子（秋）

郁子の花散るべく咲いて夜も散れる　大谷碧雲居
女の瞳ひらきみつむる郁子の花　岸田稚魚

竹の秋　竹秋

竹は四月頃になると、地中の筍を育てるために、その葉が黄ばんでくる。この状態は他の草木が秋になると黄ばんでくる状態に似ているので、これを竹の秋と呼ぶ。逆にその葉が色つやを増してくるのを竹の春と呼び、四季と異なる呼び方をするのも俳句の面白さ。↓竹の春（秋）

掘りあてし井戸の深さや竹の秋　長谷川零余子
首振って泣く浄瑠璃や竹の秋　百瀬ひろし
祇王寺は訪はで暮れけり竹の秋　鈴木真砂女
子規居士の物見るまなこ竹の秋　高橋銀次
竹秋の風騒ぎしてあたたかし　清水基吉
竹散るや壁画女人の衣の音か　大東晶子
旗竿の色まだ青し竹の秋　星野紗一
気管支を痛める恋や竹の秋　寺井谷子
竹秋や虚飾の一切省く庵　高橋幸子
梵字川石まろやかに竹の秋　相蘇好子

春の筍　春筍　春笋

筍は地下茎からでる新芽のことで、初夏が最盛期であるが、春さきに出るものは新鮮で、食べても美味である。↓筍（夏）

春筍は犀の角ほど曲りをり　福田甲子雄
春筍の土を拭ひてむせて居り　星野紗一
春筍掘られ総身ほとばしるものあり　長谷川秋子
春筍を狸寺より貰ひけり　竹内　旦

読点のなりして春の筍ぞ　加藤かな文
春笋に腰と言はるる部分あり　宮地れい子
春筍をむくや天女になる心地　鈴木恵美子
春筍の息ひそめゐて風化仏　小木曽かね子

捩菖蒲（ねじあやめ・ねぢあやめ）　馬藺（ばりん）　ばれん　ねじばれん

アヤメ科の多年草。原産は中国、朝鮮半島だが、江戸時代からわが国でも栽培され、葉がねじれているところからこの名が付いた。

ねぢあやめ咲けり曠野に旅をすゝむ　望　鳥
捩菖蒲まつはる風に落ちつけず　佐藤　献
満州の野に咲く花のねぢあやめ　高浜虚子
ねじあやめ姿見せざるものの啼く　伊藤登久子

黄水仙（きずいせん）

南ヨーロッパの原産で、わが国には江戸時代に渡来し、鑑賞用に栽培される多年草。三、四月頃、深い緑の葉の間から三〇センチぐらいの茎を出し、先に二、三個の花を傘のようにつけ、横向きに香りのよい鮮黄色の花をひらく。やや似たものに、喇叭水仙がある。↓水仙（冬）

黄水仙に尚霜除のありにけり　長谷川零余子
飛び石を三つ越えれば黄水仙　大村節代
海女（あま）の墓ひとかたまりに黄水仙　石田あき子
ホルン吹く子の目輝く黄水仙　池田ヨシ子
ヘッドフォーンはみ出す音色黄水仙　葛城千世子
黄水仙土の匂ひの信濃なる　宮地良彦

華鬘草（けまんそう・けまんさう）　けまん　華鬘牡丹　瓔珞牡丹（ようらくぼたん）　藤牡丹　鯛釣草（たいつりそう）

中国原産のケシ科多年草で古くからわが国に渡来し、観賞用に栽培されている。葉は牡丹に似て小さく、四月頃高さ四〇～八〇センチに伸びた茎に、淡紅色の花が提灯を並べたように房状に垂れる。その形が仏具飾りの華鬘に似ているために、この名が付けられた。しかし毒草である。

竹薮のむらさきけまん生ぐさし　八幡城太郎

華鬘咲き田を打捨ての植木村　水原秋櫻子

雛菊（ひなぎく）　長命菊　延命菊　ときしらず　デージー

ヨーロッパ西部原産のキク科多年草で、明治初年に渡来した。草たけわずか一五センチ前後の小型に似合わない大きな菊のような花をつけ、可憐なところからヒナギクと呼ばれ、また花期が長いので延命菊とも呼ぶ。花の色は普通のものは薄紅色だが、赤、赤紫、絞り、などの変わったものも栽培されている。

デージーは星の雫に息づける　阿部みどり女

雛菊咲きころんでもすぐ起きる児よ　星野明世

東菊（あずまぎく）　吾妻菊

乾いた日当りのよい山野に自生するキク科の多年草で、本州の中部以北、主に東部地方に生えるので、この名がついた。四、五月頃嫁菜に似たさじ形の葉をつけた二〇センチほどの茎のいただきに、菊に似た淡紫色の花びらに黄色の蕊を抱いて一輪ずつ咲く。花屋で俗にいう東菊は、みやまよめなの種類である都忘れの場合が多い。

蜥蜴の子這入りたるまま東菊　松本たかし

湯がへりの東菊買ふて行く妓（こ）かな　長谷川かな女

金盞花（きんせんか／きんせんくわ）　常春花（じょうしゅんか）　長春花（ちょうしゅんか）　金盞草　カレンジュラ

キク科の一年草で、南ヨーロッパ原産といわれる。高さ三〇センチほどの茎に一つずつ菊に似た花をつけ、四、五月頃から数ヵ月にわたって咲きつづけるので、常春花、長春花の名がある。

磯波の泡波伸びつ金盞花　水原秋櫻子
浦里の夕燃えつきぬ金盞花　高木靖子
金盞花炎ゆる田水に安房の国　角川源義
島畑の颪の中なる金盞花　久保ともを
ばらりと一村大粒に陽と金盞花　宮津昭彦
故里をぶら〳〵歩く金盞花　真田三裕紀

勿忘草（わすれなぐさ）　藍微塵（あいみじん）　ミヨソティス

ヨーロッパ原産のムラサキ科の多年草。勿忘草はイギリス名の「フォアゲット・ミーナット」から来た名で、恋人のために岸辺の花を摘もうとし、あやまって水中に落ち、「我（われ）な忘れそ」と言って水底に消えたという悲しい物語がイギリスの詩にうたわれている。高さは二〇～三〇センチ。晩春から初夏にかけて、先の方が少し巻きかかった花穂を出し、美しい藍色の小花を開く。

雨晴れて忘れな草に仲直り　杉田久女
藍微塵遠き師の恋歌の恋　石原八束

シネラリア　サイネリア　富貴菊（ふきぎく）　蕗菊（ふきぎく）　蕗桜

アフリカ、カナリー島の原産で、代表的な鉢植草花として盛んに栽培されているキク科の越年草。四、五月頃野菊に似てそれよりやや大きい頭状花をひらく。色彩が豊かで、紫・赤白・二色染分など多く、花弁がビロード状に光って美しい。

サイネリア花たけなはに事務倦みぬ　日野草城
サイネリア女声十色にこぼれけり　関　清子
圓卓にサイネリヤ置き客を待つ　小島小汀
珊瑚婚ほどの花数サイネリヤ　岡崎光魚

アネモネ

地中海沿岸の原産で、明治の初年渡来したキンポウゲ科の多年草。球根からにんじんに似た手のひら状の葉を出し、三、四月頃、高さ二〇センチ位の花茎を数本出して、芥子の花に似た五弁小形の花を開く。色は白・赤・紫・絞りなど色々あり、八重咲もある。

アネモネのまづ紫が立ち直る　水原秋櫻子
アネモネや神々の世もなまぐさし　鍵和田秞子
アネモネの花の陰より白き足　有馬朗人
アネモネや姉妹ふたりの理髪店　大森理恵

フリージア

香雪蘭　浅黄水仙

南アフリカ喜望峰の原産でアヤメ科の球根草。四月頃菖蒲に似た細い葉の間からなよなよした花茎が伸びて、その先に数個の蕾を結ぶ。蕾は下から順次咲いて、百合型漏斗状の花弁は先が六つに裂け、色は白・黄・桃・紅・紫など多彩で芳香を放つ。

古壺に挿して事なきフリージア　後藤夜半
ハウス剝ぎフリージアの香を解き放つ　植松深雪
フリージヤ涙の様に光るもの　中山玲子
女だから気になる話フリージア　田中みち代

チューリップ

鬱金香　牡丹百合

小アジア原産といわれ、ヨーロッパを経てわが国に渡来したユリ科の球根草花で、洋種の草花の中で最もよく知られている。四月ごろ互生する広い葉の中央から三〇センチあまりの茎がまっすぐに伸びて、釣鐘形または皿形の六弁の花を開く。色は紅・黄・白・紫斑入りなど色々で、花壇をにぎわせる。

チュウリップ影もつくらず開きけり　長谷川かな女
チューリップ花には侏儒(しゅじゅ)が棲むと思ふ　松本たかし
散居村つなぐ明るさチューリップの園　黒田櫻の園
一角獣に逢(あ)ひたくなってチューリップ　長谷川秋子
チューリップの花は悪食(あくじき)虫を吐く　岩谷精一
チューリップ被災明るくしてしまふ　高橋さだ子
もう駄目といふほど開くチューリップ　玉村潤子
チューリップ受胎告知の眩しくて　谷口とし子
知らぬ児とまじり遊ぶよチューリップ　竹内秋暮
チューリップみんな開いて青い空　小島阿具里
投函は封書の旅出チューリップ　原　ふじ広
チューリップ揺れてをらぬはよそよそし　成川雅夫
チューリップ黄は黄に閉ぢて明日を待つ　横山房子
チューリップ畑の中の一軒家　三村純也
チューリップこみあげてくる色新鮮　三宅未夏
昏睡へ開き切ったるチューリップ　椎名康之

ヘリオトロープ　香水木(こうすいぼく)

南米ペルー原産のムラサキ科の小低木、日本へは明治の半ばに渡来した。高さ約一メートル。長楕円形の葉の裏には毛があり、白っぽい。花は黄色で五つに裂け、下部は筒形となる。園芸種には青・白色のものもある。花の芳香成分は香料となる。

一鉢のヘリオトロープ愛し嗅(か)ぐ　上村占魚
茅屋に妻のヘリオトロープ咲く　辻田克巳

クロッカス

ヨーロッパ山岳地帯が原産のアヤメ科の球根植物。薬用に栽培されるサフランの仲間で、地下に短縮肥大した塊根状の球茎を持ち、地上に茎はなく、細長い葉と花を開くための花柄しかない。早春の花として花壇・鉢植・水栽培などに親しまれている。花は六弁、紫・藍・白・黄・斑入りなどの色がある。↓サフラン（秋）

日が射してもうクロッカス咲く時分　高野素十
朝礼の列はみ出す子クロッカス　指澤紀子
大地割れ彩の出でしはクロッカス　小路智壽子
子に一つひとつの小部屋クロッカス　田中美沙

ヒヤシンス　風信子（ふうしんし）

花が美しく葉の形も堅い。香りもよく、誰にも愛されるユリ科の球根植物。中近東原産で、オランダ人によってヨーロッパに伝えられ、園芸品種に改良され、日本へは安政年間に渡来した。漏斗状の小花が総状に多数集まって咲く。花色は紅・紫・白・黄などがある。

ヒヤシンスレースカーテンただ白し　山口青邨
ヒヤシンス吾が真髄を我と知る　見館定子
水にじむごとく夜が来てヒヤシンス　岡本眸
ヒヤシンスにほふ三時の花時計　野入京子
ヒヤシンスひとりっきりは夢見がち　鎌倉佐弓
ヒヤシンス彼の日の同じ藍の濃し　仁杉とよ

オキザリス　はなかたばみ

カタバミ科の草花で、小さい鱗茎球根をもつ。南アメリカ・南アフリカ原産で、野生種に比べて大形の花を咲かせる園芸種でも径二～四センチくらい。しかし色はピンク・黄・白などで鮮明で明るい。

幸福といふ不幸ありオキザリス　石　寒太
片思ひならば簡単オキザリス　津高里永子
そらんじてすぐに忘れるるオキザリス　角谷昌子
母のゐぬ微熱の午後やオキザリス　岡本　伸
俊寛に消されてゆく船オキザリス　中島衣子
野に埋る地雷のいくつオキザリス　島　青櫻

霞草（かすみそう）

群れなでしこ　こごめなでしこ

ナデシコ科の一年草。中央アジアのカフカス地方原産。花檀、切花用に栽培。高さ約二十～五十センチで細かく枝分れし、小型の白色五弁花を無数につける。名前のように清々しく花束の添え花として人気がある。栽培品種は百五十種ほどあり、白花のほかにピンクもある。こごめなでしこは宿根なでしこと呼ばれる。

かすみ草紙人形も二重帯　花谷和子
霞草わたくしの忌は晴れてるよ　中尾寿美子

苧環の花（をだまきのはな）

苧環　いとくり　糸繰草（いとくりそう）

山地に自生する深山苧環が園芸品種となったもので、キンポウゲ科の多年草。高さ二〇～三〇センチ、花が紡いだ麻糸を中を空洞にして円く巻いたおだまきに似ているので名付けられた。青紫色・白色の五弁花。

をだまきや乾きてしろき吉野紙　水原秋櫻子
むらさきは忘られやすし苧環も　津森延世
散るときの来てをだまきの仰向けり　星野恒彦
苧環や遷都のあとを人通る　和田悟朗

都忘れ（みやこわすれ）

山地に自生する深山嫁菜（みやまよめな）から育成された園芸品種のキク科の多年草。江戸時代にすでに栽培されており、切花としても需要が多い。色は紫紺色が好まれるが、赤紫・ピンク・白もある。やや陰の湿気のある所を好む。

都忘れふるさと捨ててより久し　志摩芳次郎

とほく灯のともりし都忘れかな　倉田紘文

紫の厚きを都忘とて　後藤夜半

吾れに足すいろこそ都忘れかな　鈴木節子

菊の苗（きくのなへ）

菊の芽

春になると昨年切った菊の古根からいち早く新芽が萌えだしてくる。他に種から芽が出るものと、挿し木によって殖やすものとがある。古株から出た芽は、根を分けて苗床に移し、秋に花を咲かせるものがよい。花は誰でも知っている一時的なもので、最近は一年中花舗にあり珍しくないが、その新芽や苗に注目するのもよい。

菊苗に水やる土の乾きかな　正岡子規

菊苗の小鉢を五つ並べけり　星野紗一

菊の芽や読まず古りゆく書の多し　小野宏文

菊の芽を挿して月日のはじまれり　小田切文子

菜の花（なのはな）

花菜　菜種の花　油菜（あぶらな）　菜種菜　花菜雨　花菜風

暖かい房州辺りでは、早春から畑一面に黄色の花が咲き、思わず中に入って行きたい気持になる。アブラナ科の葉菜で、芥菜（からしな）、高菜（たかな）、白菜（はくさい）、蕪菜（かぶな）、油菜（あぶらな）の花が菜の花である。春、黄色の十字状の四弁花が茎の先に群がって咲き、一面を明るくする。狭義には油菜の花であり、その種から菜種油をとるので、菜種の花ともいう。「菜の花や月は東に日は西に　蕪村」はあまりにも有名で、俳句を知らない人でも口に出てくる日本人の心の句である。

菜畑に花見がほなる雀かな　芭蕉
菜の花や月は東に日は西に　蕪村
菜の花や小学校の昼餉時　正岡子規
菜の花といふ平凡を愛しけり　富安風生
菜の花やうしろの正面誰も居ず　佐藤菊江
菜の花の中の迷路を抜けて来し　鈴木豊子
菜の花に沖あり沖に渚あり　北川邦陽
菜の花はひかりに熟れて北信濃　前野　泉
菜の花や火の山沖に昏れのこる　松浦喜代子
菜の花に旅の終りの眼を洗ふ　勝又星津女
川一つ向うの花菜明りかな　三瀬裕子
菜の花や耶馬台国を見にゆかん　永峰久比古
菜の花やさてどこからが古墳村　金丸トミ
菜の花の沖は紺碧日本海　塚田恵美子
派手ながらどこか控へ目菜の花は　池田笑子
菜の花の中はお伽の世界とも　高橋一平
菜の花のまぶしさ妻の名を呼べば　加藤かけい
花菜畑の広さに呑まれ稚児まるし　長谷川秋子
菜の花は古来しなう身笛太鼓　板垣好樹
双面にもう一面花菜咲く　中山玲子
長江に布洗ひをり菜花咲く　小林はるな
菜の花のどこをくすぐったら光る　村井和一
菜の花や村は出てゆく道ばかり　衣川次郎
菜の花に集まってゐる野の光　藤本さなえ
あしたよりゆふべが広し花菜空　柳沢白草
菜の花や大河に零す鳥の声　稲辺美津
母恋ひのくだり佳境に花菜風　上田義子
クリークの花菜明かりを棹さして　辻　千緑
単線ゆく花菜の海を浮き沈み　井上純郎
高音が出ない菜の花背伸びする　鈴木松子
菜の花の上にひかりて日本海　時田悠々
菜の花にうづまってゐし硝子瓶　亀割　潔

大根の花　種大根

大根の種を採るために畑に残した株に薹が立ち、白色十字状の小花をつけたもの。菜の花の明るさに比べて、ひっそりとしてさびしさを誘う。花大根は大根の花を指すと考えてもよいが、紫色の花がいっぱい咲く諸葛菜のことである。逆に諸葛菜を大根の花というのは疑問が残る。大根の花にも諸葛菜ではなく、やや紫がかったものもあるので、ややこしくなってくる。

大根の花や青空色足らぬ　波多野爽波

黒牛は大根の花食い残す　宇多喜代子

雲と燃えている捨大根の花吹かれ　古沢太穂

大根の花の中より幸田文　峰崎文子

花大根　諸葛菜　大あらせいとう

「大根の花」で示した通りで、大根の花とは違うアブラナ科の一年草または二年草で、江戸時代に渡来し、花壇用として栽培されたが、いまはいたるところに野生化しているたくましい花である。

諸葛菜また咲きいでて忌の日来る　角川源義

村おこし諮る寄り合い花大根　高木靖子

夫の忌の雨ぞんぶんに諸葛菜　関戸靖子

愚かしきこと全うす花大根　沼尻玲子

電気カンナのコード延び切り花大根　山本嵯迷

花大根背丈の猫語睦みあう　倉本　岬

豆の花　花豆

豆類の花を総称して言ったのだが、昔は豆と言えば蚕豆が代表で、蚕豆・豌豆などは春咲き、その他の豆類はだいたい夏になって咲く。豆類の花は一様に蝶が羽を拡げて舞うような形をしていて、五枚の花弁のうち二枚は上について旗弁（きべん）と言い、他の二枚は横に大きくのびて翌弁（よくべん）と言い、一枚は下について雄しべと雌しべとをつつみ竜骨弁（りゅうこつべん）と言う。インゲン、ササゲ、フジマメ、大豆、小豆などの花は夏の花である。

屋根石に炊煙洩るる豆の花　杉田久女
豆の花海にいろなき日なりけり　久保田万太郎
窓開けてすぐあけぼのの豆の花　鈴鹿野風呂
豆の花終始伏目の空があり　中嶋秀子
牛啼けば鶏もなきだす豆の花　及川知子
牛乳を胸にこぼせり豆の花　後藤　章
蝶さそふ黒目ながし目豆の花　櫻井八重子
高熱はむらさきがちの豆の花　宇多喜代子
立ちながら海女が髪結ふ豆の花　古館曹人
海見ゆるかぎり青春豆の花　菖蒲あや
数珠輪袈裟（じゅずわげさ）はた頭陀袋（ずだぶくろ）豆の花　羽原青吟
花豆の花てつぺんに風の音　幸田昌子
手のひらに顎がのっている豆の花　八木　實
逆さまに長靴干され豆の花　岡島昭二

蚕豆（そらまめ）の花（はな）

マメ科の越年草で、中央アジア・地中海沿岸地方原産。日本へは天平年間に渡来した。単に豆の花と言えば蚕豆をさしていた。豌豆（えんどう）とともに世界で最も古い栽培植物のひとつである。秋に畑や田のあぜに蒔き、高さは約一メートル。茎は四角で中空、葉は緑白色。四月頃茎腋に白または赤紫色で黒い斑のある蝶形の花を開く。目玉がいくつもある様である。↓蚕豆（夏）

そら豆の花の黒き目数知れず　中村草田男
そら豆の花海へ向き海の声　川崎展宏
真っ赤な魚が獲れ蚕豆の花ざかり　瀧　春一
蚕豆の花や天国知らぬ母　松田ひろむ

豌豆の花（えんどうのはな・ゑんどうのはな）　グリーンピース　スイートピー

白花と赤花の二種類があって、竹などに蔓をからませてのびながらたくさんの花をつける。長い枝の花が次から次へと現われて葉と入り乱れ、開花の順に莢が育ってゆく。↓豌豆（夏）

豌豆の咲く土ぬくく小雨やむ　飯田蛇笏

快よき風の咲きくる花碗豆　高木晴子

鉄線にからみ豌豆花奢る　沢木欣一

スイートピー抱へてことばなくてよし　山上寿衣

葱坊主（ねぎぼうず・ねぎばうず）　葱の花　葱の擬宝（ぎぼ）

晩春の畑のそばを歩いて行くと、葱畑に白い頭を並べた葱坊主に思わずみとれてしまう。食用とする葱は普通は花の咲くまでに収穫を済ませるが、種を取るものは畑に残しておく。残されたものには、晩春葉の間から茎がのびて、先端に玉の形をした花のかたまりがつく。それぞれの花は小さく、色も地味なので、開花してもあまり目につかない。しかし、つぼみの時は全体として膜質の総苞に包まれ、形が橋の欄干に飾りとしてつけた擬宝珠（ぎぼし）に似ているので擬宝という名がつく。見渡すと坊主頭が並んでいるようで、春たけた思いが迫ってくるようである。↓葱（冬）

葱坊主犇めき合って皆太し　川端茅舎

伝言を書かねば忘る葱の花　末松忠子

泊ることにしてふるさとの葱坊主　種田山頭火

寂庵へつづく畠の葱の花　菱田好穂

葱坊主童の持ちし土光り　金子兜太

ねぎ坊主走れ登校の大頭　富川三枝子

反抗や取り残されし葱坊主　上岡正子

あと一句出来ぬ悔しさねぎ坊主　三宅未夏

葱坊主発射の仕掛ありさうな　小島正女
晩鐘に首重くなる葱坊主　井上純郎
働いて少し幸せ葱の花　杉江久子
葱の花の天ぷらのいろ喪の家族　小髙沙羅
葱坊主見てゐて人に遅れけり　江藤都月
みなちがふ雲を見てゐる葱坊主　なかのまさこ
ねぎ坊主厨に伸びて旅疲れ　塚原幾久
鶏の遠出してゐる葱の花　倉田武夫
濯ぎ物散りて被りし葱坊主　山本美知子
何事もなき顔をして葱坊主　露木茂子
葱坊主猪首鶴首ありにけり　向久保貞文
握手して葱坊主とも別れたる　二川茂徳

苺の花（いちごのはな）

花苺　草苺の花　蛇苺の花　苗代（なわしろ）苺の花

普通多く見られるのはオランダイチゴの花をさすことが多く、日本渡来は明治初年である。バラ科の多年草で、ふちにギザギザのある葉が密生し、地面を這うように繁殖する。四、五月頃重なりあった葉の間から花茎がのびて、白色五弁の楚々とした花が開く。野生種には黄色・紫紅色の花もある。花を咲かせながら一方で果実が熟し、花と実が同居しているのも見どころである。↓苺（夏）

花いちご井戸水は手にここちよし　大井雅人
花いちご実は赤く化け古駿河　丸山海道
花の芯すでに苺のかたちなす　飴山實
花苺母の長持おそろしや　荒井民子

萵苣（ちしゃ）

萵（ちさ）　掻ぢしゃ　レタス

キク科の一年草または二年草。中国から渡来し古くから栽培された。直立で高さは約一メートル。かきぢしゃは下葉から順に採って食用にする。玉ぢしゃはアメリカから輸入され、第二次大戦後急速に普及し、レタス、サラダ菜などこの種で、食用として需要が多い。

萵苣掻いて寒村いまも川深し　橋本鶏二
月光の蒼く滴るレタス畑　久松久子
大萵苣の葉につのる雨山隠し　宇佐美魚目
レタス前線信濃ちらほら甲斐が旬　野宮猛夫
指先にまつはる雨の萵苣を欠く　金本昌永
火の山へレタス畑の大斜め　松田ひろむ

菠薐草（ほうれんそう／はうれんさう）

アカザ科の一年草または二年草。早春の青菜の代表的なもの。葉は緑濃く柔らかで根元が紅い。カロテンや鉄分を含み、栄養豊かで、浸し物、ごま和え、妙め物、サラダにする。葉の大きい西洋種など春以外の季節にも市場に出回っている。

不可もなし可もなし菠薐草甘し　星野麥丘人
菠薐草の赤根が好きで踊り好き　星野紗一
金婚夫婦小鳥となれり菠薐草　山本嵯迷
大風やはうれん草が落ちている　千葉皓史
われにある野性の血潮菠薐草　出井一雨
母許の肥立ちうれしき菠薐草　久米恵子

鶯菜（うぐいすな／うぐひすな）

黄鳥菜（うぐいすな）　小松菜

アブラナ科で、コマツナと言い、三、四月頃蒔くと一〇日ほどで一〇センチ位になるので、つまみ菜として市場に出す。鶯の声を聞く頃に出るので、また色がどこか似ているのでウグイスナの名がある。菠薐草と同じく用途は広く、栄養価も高い。

摘みそへよ膳のむかひの鶯菜　白雄
妻癒えてきし家うらの鶯菜　皆川盤水
井の水もけふ豊かなり鶯菜　石田あき子
堰の水豊かに溢れ鶯菜　杉田英子

水菜（みずな・みづな）　京菜　壬生菜（みぶな）

アブラナ科の一・二年草菜。関東では京菜、関西では水菜と呼ばれ、京都付近が原産らしい。春先まだ野菜が乏しい頃に出回るので喜ばれる。根から白い光沢のある茎がたくさん出てきて、見た目に新鮮な感じがする。漬物のほか鍋料理、煮物、浸しものなど用途が多い。よく似ている京都壬生（みぶ）村原産の壬生菜も京菜と呼んでおり、千枚漬にするが、関東では栽培されない。

春雪の忽（たちま）ち溶けぬ水菜畑　鈴鹿野風呂
京菜洗ふ青さ冷たさ歌うたふ　加藤知世子
母とほく姉なつかしき壬生菜かな　大石悦子
壬生菜採る朝の愛宕（あたご）の晴れを見て　茨木和生

茎立（くくだち）　くきだち

三、四月頃、目立って暖かくなると、大根、蕪、菜類の花茎が高く抜きんでることを言う。畑ばかりでなく、台所に置かれたものにも見られる。また野菜ではないが、葉牡丹の茎立も見事である。

茎立や富士ほそるほど風荒れて　鍵和田秞子
茎立や次の場面に鳩の胸　西山貴美子
茎立や抱けば泣きやむ赤ん坊　増田三果樹
茎立や出発点に整列す　永島敬子
値引札つけて茎立ちしてをりぬ　諸田登美子
くくだちや貌拭かれゐる朝の馬　金子篤子
茎立の最中の舟を洗ひゐる　大隈チサ子
茎立の野をめぐりきて畝傍（うねび）陵　今村君恵
開拓のころ知らぬ子に茎立てり　奥谷亞津子
大根の茎立ち安房の潮曇り　久保田重之

芥菜（からしな）　芥子菜（からしな）　青芥（あおからし）　菜芥（ながらし）　辛菜（からしな）

中央アジアの原産で中国を経て渡来した。アブラナ科の一、二年草。九月頃種子を播き、開花は四月。葉は縁が鋸歯（きょし）形で、皺が多くて細長い。漬物などにするが、独特の風味と香りと辛味がさわやかで口当りがよい。

からし菜を買ふや福銭のこし置き　長谷川かな女
芥菜を好める齢（よわい）子に弱し　沢木欣一

三葉芹（みつばせり）　みつば

セリ科の多年草。香りは強いが味は淡白。和風料理に使われ、浸し物、吸い物、揚げ物などにして上品な風味が魅力。

三葉芹摘みその白き根を揃ふ　加倉井秋を
洗はれてガラスのごとき三葉芹　中嶋秀子
母の忌の目の中にほふ三葉芹　秋元不死男
黒土に三ツ葉とびとび分教場　佐野美智

春大根（はるだいこん）　三月大根　二年子（にねんご）大根　苗代大根　四月大根

大根は一般には初秋に蒔いて冬に収穫するが、形が小さく味も落ちるとはいえ、端境期（はざかいき）にとれる春大根は二年子（にねんご）大根とも呼び珍重される。↓大根（冬）

春大根卸しすなはち薄みどり　鷹羽狩行
水やはらか春大根を洗ふとき　草間時彦

三月菜（さんがつな／さんぐわつな）

早春に蒔き、三・四月頃に食べる菜類の総称で、端境期（はざかいき）の青菜として喜ばれる。

よし野出て又珍しや三月菜　蕪村
風よけの鳴く音にあをき三月菜　篠田悌二郎
壇家より届きし布施の三月菜　岡安迷子
籠の鳥にも一枚の三月菜　下坂速穂

独活（うど）　芋独活　山独活　もやし独活　独活掘る

山野に自生し、また土や籾殻で軟白栽培されるウコギ科の多年草。生のまま和え物にするが、野性の物は香気が強い。夏に白い花を咲かせる。

昼月や山独活を掌に匂はしめ　石田波郷
独活浸す水夕空につながりて　村越化石
照り降りの独活のあく抜く大盥（たらい）　榎本好宏
山うどに凶器となれぬ雨シャベル　長谷川秋子
独活掘りの篦を鉈（なた）にてそぎにけり　菅原庄山子
深海にまなこなき魚もやし独活　野末たく二
山独活の香の乱れたる太平洋　橘川まもる
朝食は素顔しゃきしゃき独活を食ぶ　勝尾佐知子

春菊（しゅんぎく）　茼蒿（しゅんぎく）　高麗菊　菊菜

食用に栽培されるキク科の一年草。菊に似た葉が互生し、羽状に深く切れ込み、多肉で柔らかい。春に若芽を食べるので春菊と言う。全体に香気があり、浸し物、煮物にする。夏に黄または白で、中心が黄色の頭状花をつける。

夕支度春菊摘んで胡麻摺つて　草間時彦
春菊の香をもてあます夕仕度　北川みよ子

韮（にら）　ふたもじ

アジア原産のユリ科の多年草。春は二列に並び、線形で扁平。葱のひともじに対してふたもじの名がある。和え物、汁の実、卵とじ、炒め物にし、整腸作用があるといわれる。夏に紫白色のかわいい花が咲く。

貧農は弥陀にすがりて韮摘める　飯田蛇笏

韮雑炊青ゆっくりと混りたる　成田清子

韮の束買ふ板の間に素足して　きくちつねこ

花韮の紫うすき翳りかな　岸　典子

蒜（にんにく）　葫（にんにく）　ひる　大蒜（おおびる）

中国、中央アジア原産で古く日本に渡来したユリ科の多年草。地下に大きな鱗茎があり、薬用成分を含み、食用、香辛料のほか強壮剤に使われる。強烈な匂いを嫌う人も多いが、中国料理、朝鮮料理には常に用いられる香味野菜。

恋の日は愛し蒜の芽根ふとく　赤尾兜子

雑草を抽きて大蒜（おおびる）畑強し　石川桂郎

胡葱（あさつき）　糸葱（いとねぎ）　千本分葱（せんぼんわけぎ）　せんぶき

自生もするが野菜として栽培されるユリ科の多年草。地上部は一年生で葱類では最も細い。臭みがなく汁の実などに好まれ、らっきょうのような形の鱗茎（りんけい）はきざんでそばの薬味にもする。胡葱なますは三月三日の雛祭りに供える。

あさつきよ香をなつかしみ妹が里　紫　筍

胡葱をくるむ新聞とんがれる　山尾玉藻

あさつきの葉を吹き鳴らし奉公す　高野素十　あさつきを噛み父よりも母のこと　玉木春夫

防風（ぼうふう）　浜防風　はまにがな　防風掘る　防風摘む

セリ科の多年草。各地の海浜の砂地に自生する。深く根を下ろす。独特の香味と辛みがあり、若芽を摘んで酢のもの、刺身のツマなどに用いる。根茎は生薬になる。

浜防風ひと日の疲れ夕日にも　友岡子郷　江の島の木の教会や浜防風　白石正人
砂掻けば防風白根雨情の地　八牧美喜子　浜防風狙ったものは外さない　杉浦一枝
浜防風シルクロードは風の道　川崎果連　潮風に巻かるる久女はまにがな　磯部薫子
浜防風負けず嫌いは母ゆずり　石口榮　砂浜のかけっこくらべはまにがな　石口りんご

山葵（わさび）　土山葵　葉山葵　山葵田　山葵沢

アブラナ科の多年草。山間の渓流に自生するが、多くは清冽な水の流れ出るところを利用して栽培される。天城山の山葵沢、信州穂高町の山葵田などは有名である。葉はハート形で、鮮やかな緑色をし、長い葉柄（ようへい）を持つ。晩春から初夏の頃、二〇センチ位の花茎を出し、十字状の白い花をつける。地下の根茎は細長く節状で、葉柄の脱落した跡があり、独特の辛みと香気がある。すりおろして薬味とするほか、茎葉ともども、粕漬けなどにして賞味される。

山葵田を溢るる水の石走り　福田蓼汀　夕餉まで山葵田めぐりせよと言ふ　川井玉枝
水浅し影もとどめず山葵生ふ　松本たかし　山葵沢雲を奔らす水韻　三上登志子
透き水のさざめき通る山葵沢　桂信子　葉山葵の密封火薬をつめるがごとく　幅田信一
山葵生ふ峡の昼月幽かなり　蛯原喜荘　山葵田の通すはおのれだけの水　広瀬とし

茗荷竹（みょうがたけ／めうがたけ）

茗荷の若芽のことである。茗荷はショウガ科の多年草でアジア原産。地面から出てきた形が筍に似ているので、この名がある。日蔭の所で栽培され、高さは四〇センチほどで花は盛夏に開く。

茗荷竹遠の水田のてらてらす　森　澄雄

水匂ひけむり匂ひぬ茗荷竹　星野紗一

雨のあと夕日がのぞく茗荷竹　南部憲吉

草掻けば畔に伸びをり茗荷竹　中島富美

青麦（あおむぎ／あをむぎ）　麦青む

大麦、小麦ともに、十一月、十二月頃に蒔かれ、冬の寒さにも負けず芽を出し、春の訪れとともにすくすく育ち、畑を覆うように葉が茂ってくる。その青々とした春の麦畑は見る人の心を豊かにしてくれる。しかし農業地の都市化で、そんな風景も少なくなり、昔を知っているものには悲しいことである。↓麦（夏）

青麦の立穂（たちほ）に癒えしおどろきを　長谷川かな女

青麦や彼の道を往きし加賀の千代　山本嵯迷

心臓に麦の青さが徐徐に徐徐に　金子兜太

青麦に風の重さの雀来る　平川まゆみ

種芋（たねいも）　芋種　種藷　芋の芽

春の植付のため、秋には収穫し、冬季の間貯蔵しておいた芋のことをいう。芋と書くと里芋になるが、里芋に限らず馬鈴薯、甘藷、長芋などのいも類にわたっていう。

種芋や花の盛りを売り歩く　芭　蕉

茎を出し歪む種芋いとほしむ　星野明世

種芋や兵火のあとの古都の畠　飯田蛇笏

ひとゆすりして種芋を箱づめす　松本ヤチヨ

春の草（はるのくさ）　春草（しゅんそう）　芳草（ほうそう）　草芳し（くさかぐわし）

寒さに縮こまっていた小さな草が名も知らぬ雑草に至るまで、生き生きと萌え出る様子は、微笑ましく、また、頼もしい。風は冷たくても、日が長くなることにより、小さな草は確実に春の訪れを感じとっているようである。

春草に雀沈みて現れし　上野　泰
春の草風のドリブル通しおり　安西　篤
春の草陽が眠る間もみどりかな　藤代静江
春草の石垣ゆるみ土こぼれ　高橋紀子
しゃぽんの香のこるつむじや春の草　津高里永子
春の草こそばゆ素足老い初め　杉本弥生

下萌（したもえ）　草萌　草青む　畦青む　土手青む　若返る草　駒返る草

草の芽が萌え出ること。冬枯れの地面のあちこち、路傍、校庭の隅、垣根の下や植え込みの縁など、わずかでも土のあるところにいつの間にか緑色の芽生えが顔を見せている。ありふれた景色の中に確かな春の動きが感じられる。

人恋ひのコリーに牧の萌え遅き　小林碧郎
村あげて落成式や下萌ゆる　横山尋子
スタートの手をつく大地草萌ゆる　森田ゆり
下萌えに伏す鹿われを見てをりぬ　江原富美子
草萌えて命昂ぶる日なりけり　松永静雨
草青む白馬の少女対岸に　藤井一俊
大空へ手話の宣誓草青む　指澤紀子
下萌や手を洗ふ水丸くなる　永井アイ子
吹かれては膨らむ羊草青む　白井爽風
逆立ちをして下萌の大地挙ぐ　廣瀬凡石
近くより遠くの畦の青みたり　前澤宏光
太郎塚次郎塚下萌えにけり　阿部王一

下萌に正倉院の雀かな　林　秋子
下萌は芝の中よりはじまりし　粂川和子
ともかくも腰を預けよ下萌えて　菅家瑞正
下萌の先の月日に歩みだす　黒川　宏
自転車の籠にバイエル下萌ゆる　楠本莞爾
下萌を踏む一歩づついとほしみ　関　弥生
下萌えや猫葬りてぐうたらに　鳥取芳子
急流を斜めに渡り土手青む　島崎玲子

草の芽（くさのめ）　名草の芽（なぐさのめ）

春に萌え出るあらゆる草の芽のことである。種から芽生えたものに比べて、地中に残った塊根や地下茎から芽生えたものは、逞しく、すぐにでも蕾をつけそうである。菊、桔梗、芍薬など、一見してその名の分かる草の芽は、名草の芽と呼ぶ。

乾きたる土を被ぎて名草の芽　吉江八千代
にわとりの忍び足なる名草の芽　永沼千代子

ものの芽（めの）　物芽（ものめ）　菖蒲（しょうぶ）の芽　芍薬（しゃくやく）の芽

春に萌え出る様々な芽の総称。木の芽という季題が別にあるので、普通は草花や野菜の芽を指していう。前項の草の芽が特定の種類の植物の芽を指すのに対し、種々雑多な植物の芽、特に草の芽をまとめて呼ぶ場合に使われる。

ものの芽をうるほしゐしが本降りに　林　翔
ものの芽に胡散臭さう犬が寄る　新谷ひろし
ものの芽の一つ二つは憶え無し　中村喜美子
ものの芽や吾子の胎動ひしと抱く　田尻史朗

末黒(すぐろ)の芒(すすき)　焼野の芒　黒生(くろふ)の芒

春先の、いわゆる野焼きをした野山から生え出る芒のことである。黒く焼けた古株から萌え出る芽があれば、早々と萌え出て、先が焼け焦げている芽もある。一月もすれば黒い色はすっかり失せて青々とした野原になる。この、焼かれたあとの野は末黒野という。↓末黒野

暁の雨や末黒の薄はら　蕪村

「常住漂泊」末黒の薄見てしまう　松田ひろむ

蔦の芽(つため)

蔦は蔓性の樹木であるが、他の蔓植物とは異なり、他の木やフェンスに巻きつくのではなく、建物の壁や塀を、吸盤のある根を使って這い上がり、覆い尽くすように繁る。そのため、遠くから見てもそれが蔦であることが容易に分かる。一つの壁面を覆う蔦が一斉に芽吹くのを見ると、生命の勢いというものを感じる。↓青蔦（夏）

蔦の芽の枯木にかかる青みかな　唇風

蔦の芽のはつかに萌ゆる武者走り　唐橋秀子

蔦の芽や禽獣蟲魚供養塔　海老原真琴

蔦の芽やゆっくりと潮満ちてくる　平井葵

若草(わかくさ)　嫩草(わかくさ)　初草(はつくさ)　新草(にいくさ)　若野　雀隠れ

春に萌え出た草のことであるが、春の草に比べて、若々しい柔らかさが強調されている季題である。ほんのりとしたやさしい色合いで、産毛のような細かい毛に覆われている、それでいて瑞々しい印象を与える。↓草若葉・春の草

野を拓く若草の影削りつつ　大野岳翠
若草や教師となりし頃のあを　鈴木理子
若草のあでやか神の座に敷きて　山口青邨
若草をむしり用事を伸ばしをり　須川洋子

古草（ふるくさ）

春の若草に混じって、前年に生え出て残った草をいう。枯れているわけではないので青々としており、若草とともに茎を伸ばし花をつける可能性を秘めている。息を吹き返す、若返るという意味で、「こまがへる草」ともいう。

古草の猛々しくもおきな道　飯島晴子
古草や空気のごとき君とゐる　田口一男

若芝（わかしば）　芝萌（も）ゆ　芝青む　春の芝

冬のあいだ枯れて薄茶色になってしまった芝も、春になると一雨ごとにその緑を増し、若緑色の毛氈を敷いたようになる。芝には日本芝と西洋芝があり、西洋芝は常緑でその色に季節的変化はあまりないので、この季題は日本芝のためにあるといってよいであろう。

若芝にノートを置けばひるがへる　加藤楸邨
若芝にリュック集めて置かれあり　江中真弓
若芝や墓に兵の名祖国の名　山崎ひさを
若芝や責め馬の脚のびのびと　小俣幸子
若芝に座し待つ敗者復活戦　荒井千佐代
若芝の日かげ月かげ禁裡に似て　秋山斗星
若芝や配線オンになっている　安西　篤
鹿寄せのホルンひびけり春の芝　新井悠二
バロックの椅子より寧（やす）し春の芝　岡本　伸
春の芝偏平足といいながら　田辺波菜

草若葉（くさわかば）　菊若葉　萩若葉　芭蕉の若葉　罌粟（けし）の若葉

早春に萌え出た草の芽が、四月から五月にかけて開いて若葉になったものをいう。名のある草はもちろん、雑草に至るまであらゆる草の若葉を含む。若葉の色合いは美しく、中には花と見紛うほどに輝いているものもある。↓若草

草若葉有象無象の山あれば　安西　篤
草わかば鶏臆病なとさか持つ　鍵和田秞子

蔦若葉（つたわかば）

蔦には紅葉して落葉するものと常緑のものがあるが、落葉する蔦は、萌え出た芽が開くころには、それが覆っている壁一面が黄緑色になり、あたかも壁を塗り替えたようにも見える。蔦の若葉はそんな劇的な美しさを持っている。

蔦ひらく二日に一度づつの葉を　加藤楸邨
碌山の「女」は老いず蔦若葉　玉木春夫
標札をかくす一枚の蔦若葉　山口青邨
わづかなる壁の凹凸蔦若葉　二川茂徳
雨音の更に濃くなる蔦若葉　五十嵐郁子
蔦若葉そびらに洋兵開祖の碑　海老原真琴

葎若葉（むぐらわかば）

葎と名の付くのは、やえむぐら、かなむぐらなどで、これらは空き地や荒れ野に他の草に絡みつくようにして繁る雑草のたぐいである。従って、本来そこには特に見るべきものがないのであるが、若葉のころだけは心騒ぐような生き生きとした景色になるのである。↓葎（夏）

むぐらさへ若葉はやさし破れ家　芭　蕉
葎とは知れず若葉のただ匂ふ　守屋明俊

菫（すみれ）

菫草　花菫　香菫（においすみれ）　相撲取草　相撲花　一夜草　一葉草　壺菫　三色菫　パンジー

すみれの名は、大工道具の「墨入れ」に、後ろ側に突起のある花の形が似ていることからきているといわれる。単一の種類として、スミレという場合は、濃紅紫色の花を咲かせる、葉がへら型の細長いものを指すが、一般には、スミレ科スミレ属の総称で、その種類は変種を含めると百以上に及ぶ。花色は青紫、白、桃色等が多く、黄色いものもある。多くは早春から陽春に咲き、道端や草原、畑の畦などを彩る。パンジーは、大輪のすぐれたすみれの園芸種で、その色は植物の中でもっともバラエティーに富んでいるといってもよいであろう。花がチンパンジーの顔のように見えるところからこの名が来た。花が小型のパンジーはビオラといって区別する。

山路来て何やらゆかしすみれ草　芭蕉
すみれ展高嶺の菫花異端めく　沢聰
菫程な小さき人に生まれたし　夏目漱石
パンジーの風のとりこになりゐたり　高岡周子
摘んで来し菫はるばる匂ひけり　後藤立夫
すみれ咲く友引といふ静かな日　宮坂秋湖
パンジーがこちら向くから涙拭く　近藤三知子
パンジーが日を七色に振り分つ　本杉桃林
パンジーの群れて一つの強き黄に　吉村玲子
パンジーの黒き瞳にある嘘すこし　田川信子
パンジーに光あつまる花時計　中島みちこ
すみれにはすみれの吐息活断層　小池都

紫雲英（げんげ）

蓮華草（れんげそう）　げんげん　五形花（げげばな）

和名はげんげだが、一般には蓮華草と呼び習わされている。春、花の咲いたあとすきこんで肥料にするため、刈り入れ後の田んぼに種が蒔かれる。田んぼ一面にピンク色に染まる景色は優しく、ほのぼのとした気分にさせてくれる。蜜蜂の蜂蜜作りにも利用される。

見えてゐて寺の遠しやげんげ径　長嶺美智子
美しき越境げんげ畦越えて　中野　弘
道草の鞄げんげの中にあり　小澤初江
密密のげんげ畑や猿田彦　安原楢子
げんげ野に寝てふるさとの山と空　稲葉光音
れんげ畑耳奥に鳴る汽笛かな　木曽シゲ子
赤ちゃんは音楽が好き蓮華草　岩根真由美
臨月の母にげんげの髪飾り　渡部蜩硯

苜蓿(うまごやし)　苜蓿(もくしゅく)　クローバ　白詰草(しろつめくさ)

江戸時代にヨーロッパから帰化したマメ科の草で、名前からわかるとおり、元来は牧草であった。花は黄色で三ミリくらいの大きさなのであまり目立たない。従って、白詰草、通称クローバーとは別種である。苜蓿に似て、花が鮮やかな黄色で大きいものに都草がある。また、白詰草より大型の赤詰草ことレッドクローバーは牧草として輸入されたため、平野より高原に多く分布する。詰草の名は、江戸時代にオランダから輸入したガラス食器の詰物に、この草の枯れたものが使われていたことによる。

僧形の遠ざかりたり苜蓿　福井啓子
遠目には痩せた女とうまごやし　今吉忠男
クローバにふくらんできし起伏かな　関根章子
うまごやし電柱二本ころがされ　三木多美子
苜蓿(もくしゅく)も花をこぞれり奥尻忌　松倉ゆずる
今朝の雨しろつめ草の葉に光る　山本圭子

薺の花(なずなのはな)　花薺(はななずな)　三味線草　ペンペン草

薺は春の七草の一つで新年の季語であるが、花は春の季語となる。花は下から上に咲き上がっていくが、白い花は小さく、群れて咲いていてもあまり美しいとは感じられない。むしろその花の後に付く実の形が三味線のばちに似ていることから、三味線草とかぺんぺん草と呼ばれ、親しまれている。↓薺（新年）

ふつかよひ同士ぺんぺん草同士　大澤ひろし
耳打ちの子の声かゆし花なづな　百瀬ひろし
皇居前ペンペン草に巡査立ち　吉浜博太
ダンスの輪ペンペン草を踏みならす　大島貞子

蒲公英（たんぽぽ）

鼓草（つづみぐさ）　藤菜（ふじな）　蒲公英の絮（わた）

たんぽぽの名は、鼓草（つづみぐさ）の別名からもわかるように、花の形を鼓に見立て、その響きを表したもののようである。キク科の植物の花は皆そうであるが、たくさんの小さな花が集まって頭花を構成する。近年、都会はもちろん、山沿いで見られるたんぽぽもほとんどが西洋種になってしまった。西洋たんぽぽは自家結実性があり、開花期間も長いので、繁殖力において在来種に勝っているのである。西洋種は頭花をまとめている総苞という部分の外側がめくれているので、在来種と区別できる。たんぽぽの花には就眠性があり、夕刻には閉じて、翌朝にまた開く。葉や根を傷つけると出る白い乳液から連想したのか、昔の人はこの根を蒲公英といって、母乳のでないときや乳腺炎に使っていた。たんぽぽの根は地上部から想像できないほど地中深く真っ直ぐに伸びる性質がある。なお、たんぽぽの花色は黄色が普通であるが、西日本を中心に白花たんぽぽが分布する。

たんぽぽや日はいつまでも大空に　中村汀女
絮たんぽぽ教へし人にしか見えず　猪俣千代子
短足の昭和一桁浜蒲公英　中村棹舟
たんぽぽの絮になる日のいつも謎　石井美穂
蒲公英の踏まれながらに咲きつづき　菅井たみよ
蒲公英やまだ鼻輪なき牧の牛　田中珠生
たんぽぽが咲いて竪穴住居跡　梅本しげ子
晩年や地を這ふ蒲公英見てをりぬ　山崎時二
蒲公英の絮吹く風の助っ人が　湯沢千代子
国後（くなしり）やロシヤたんぽぽ絮（わた）とばす　豊長みのる
たんぽぽや縄文人の柱穴　落合水尾
出たがりの靴を磨いてたんぽぽ野　星野和子
たんぽぽや自分と向き合う正直さ　三宅未夏
たんぽぽの絮（わた）の球界無音楽　尾堤輝義

蒲公英や背中でゆらす牧の柵　岩淵喜代子
蒲公英で編みしかんむり置き去りに　佐竹　泰
蒲公英の咲き満ちし後停電す　庄子紅子
鞍を干す馬柵（ませ）のつづくやたんぽぽ黄　今中一江
蒲公英や空より戻る観覧車　佐藤幸子
蒲公英のひらき洗濯日和かな　平山眞澄

土筆（つくし）　つくづくし　つくしんぼ　筆の花　土筆野　土筆摘む

羊歯植物である杉菜の胞子茎（ほうしけい）のことである。出始めは可愛らしいが、伸びると高さは二〇センチ以上にもなる。全体が筆のような形なので土筆の字を当てる。引き抜いてみると、地下で杉菜の出るところとつながっているのがわかる。被子植物ではないので、それだけを扱った図鑑には登場しない。先端の胞子の付くところは、蜂の巣のような六角形の集まった幾何学模様で面白い。袴と呼ばれるものは葉が退化したもので、この位置で茎を切ってまた繋ぎ、繋いだところを人に当てさせるという遊びがある。

約束の寒の土筆を煮て下さい　川端茅舎
おほかたは亀甲ゆるぶ土筆なり　加藤かな文
畦痩せるほどぞつくりとつくしんぼ　清水　哲
つくし伸び過ぎて色恋沙汰もなし　飯田正盛
上げ潮に旧砲台の土筆たち　伊藤壽文
土筆煮て食細き母愉します　岩田千恵
一握りとはこれほどのつくしんぼ　清崎敏郎
つくし生ひいとこ糸ほど似るえにし　堀切千代
野火の跡頭焦げたる土筆出づ　鳥海高志
土の香がそそる郷愁土筆摘む　松岡君枝
大阿蘇に尻立てて摘む土筆かな　池松幾生
ままごとを土手に忘れて土筆かな　戸塚和夫
車中にて土筆の袴むいてをり　池田ちや子
子の四人うまご八人つくしんぼ　佐藤浪子
つくし野の子らどう転んでも愉快　大西やすし
つくしんぼ袴を着けし日も遠く　荒木いと

杉菜（すぎな）　接ぎ松（つぎまつ）

羊歯植物の一種。全体が黄緑色で、高さは一〇から二〇センチ。葉が退化しているため、枝ばかりの杉の木のような形をしている。地下茎で増え、胞子の付く土筆は日向でないと生えず、日陰では杉菜ばかりが繁る。前項の土筆同様の遊びができる。

母とゆく産土道の杉菜かな　小林康治　杉菜ゆさっ土日のあとの通勤路　白石みずき

雨二日杉菜に厚みくははりぬ　中嶋秀子　だんだんに杉菜遊びの乳母車　姉崎蕗子

蘩蔞（はこべ）　はこべら　あさしらげ

ナデシコ科の越年草または一年草。春の七草の一つで、野草の中では癖がなく、生でも食べられ、よく小鳥の餌にする。花は白くて小さく五弁だが、花びらの先が切れて十弁に見える。春だけ咲くように思われがちだが、ほぼ一年中咲いている。やや大型のみどりはこべ、うしはこべといった種類も普通に見られる。

カナリヤの餌に束ねたるはこべかな　正岡子規　はこべ咲くにも頷く男短命の髭　伊丹三樹彦

はこべらや列車独りも降ろさざり　坂本山秀朗　花はこべ一番低い風に会う　山﨑禎子

桜草（さくらそう）　プリムラ

文字通り桜のような形のピンク色の花を咲かせる草である。すみれと同じように、単独の種類を指す場合とその仲間全体を指す場合がある。単独の種類での桜草は野生のものは、現在では荒川流域の田島が原で保護されているものだけで、この仲間の雪割小桜、白山小桜、九輪草といった種類は深山あるいは高山に分布する。仲間を指す場合、英名はプリムラで、多くの園芸種があり、ポリアンタやジュリアンといった品種は花色もピンクや白だけでなく、ほとんどすべての色がそろっている。

放課後の兎当番桜草　竹川貢代
桜草咲かせてあくまで女がいい　斉藤すず子
風そよぐ田島ヶ原の桜草　新居さくを
わが庭に田島が原のさくら草　森田公司
引導の声のをさなし桜草　柢　太郎
プリムラ並ぶ看護生徒のお辞儀並ぶ　姉崎蕗子

雪割草（ゆきわりそう／ゆきわりさう）
洲浜草（すはまそう）　三角草（みすみそう）

キンポウゲ科の小型の草で、三角草（みすみそう）または州浜草というのが本名である。山野の木陰に自生するが、栽培されることも多い。葉はかんあおいに似て、質厚く濃淡の模様があり、浅く三裂する。花は一センチから一・五センチくらいで白、ピンク、紫などがある。

雪割草古き落葉のかげに咲く　山口青邨
みんな夢雪割草が咲いたのね　三橋鷹女
息止め見る雪割草に雪降るを　加藤知世子
雪割草咲き出て峡の日章旗　唐橋秀子

一輪草（いちりんそう／いちりんさう）
一花草（いちげそう）　裏紅一花（うわべにいちげ）　一輪草

山の湿った木陰に生えるキンポウゲ科の草で、しばしば群生する。その名のように、茎の頂に一つだけ梅花型の白い花をつける。花びらのように見えるのは萼である。近縁種に二輪草、三輪草、あずまいちげ、はくさんいちげなどがある。二輪草は一輪草より背が高く、山菜としても利用されるが、芽出しのころは毒草のとりかぶとによく似ているため、採集するときは注意を要する。

いもの神一輪草が群生し　川上季石　　木の影の漂ってゐる一輪草　小沢比呂子
竹林を透く日なだれて一輪草　海老原真琴　　一輪草やがて少女は愛に死ぬ　岡本　伸

虎杖（いたどり）　さいたずま

山野の至る所に自生するタデ科の多年草。若い頃は柔らかく、少し酸味があり、茹でてアスパラガスのように食べられる。春から夏にかけてぐんぐん成長して、高さ一メートル以上に達する茎は中が空洞になっている。葉は十から十五センチの卵型で、これを煙草の代用にした時代があった。花は夏から秋にかけて茎の先端につく。花びらはなく、白い萼片が雪を散らしたように見えるが、あまり見栄えはしない。花が赤みを帯びるものを君影草といって区別する。

虎杖の芽は蓚酸（しゅうさん）の赤ならむ　新谷ひろし　　最上川みる虎杖を手にあまし　皆川盤水

酸葉（すいば）　すかんぽ　酸模（すいば）　すいすい

土手や田の畦に生えるタデ科の多年草で、前項のいたどりと同様、茎葉に酸味があるのでこの名がある。この酸味は蓚酸（しゅうさん）という酸によるもので、系統的に近い、姿形が似ているほうれん草もこれを含んでいる。花は初夏のころ茎の先に円錐状につくが、緑褐色で目立たない。

すかんぽの野に筒抜けの拡声器　名取思郷　　すかんぽのむかしむかしよ日のゆらぐ　兼間靖子
すかんぽや鎌倉街道庭よぎり　白岩てい子　　すかんぽや声の昂ぶる方言詩　五代儀幹雄

薊（あざみ）　花薊

キク科の多年草で、非常に種類が多く、また、区別が難しい。共通しているのは、花が紅紫色で花弁が針状ということと切れ込みのある葉に鋭い刺があることである。春、まだ葉が柔らかい頃は上質の山菜である。多くの種類の花は夏から秋にかけて咲くが、野薊だけは五月頃から咲き始める。栽培され、花屋で売られているものはドイツアザミと呼ばれる園芸種である。↓夏薊（夏）

ながらへて見てきし地獄鬼薊　石橋　哲　　花薊小鳩くるみの歌きこゆ　柢　太郎

座禅草（ざぜんそう）　達磨草

サトイモ科の湿地に群生する多年草。太くじょうぶな根を張り塊状の茎から広いハート形の葉が束になって出る。早春、若葉のひらく前にチョコレート色の包葉のなかから、だえん形の花序を出す。淡紫色の花被四片、菊が黄色のおしべ四本めしべ一本からなる。この仏焔苞の中の花の姿が僧の座禅を組む姿に似ているところから名づけられた。（早春から晩春あるいは初夏まで）本州中部以北に自生。

見えそめて数多見えだす座禅草　藤木倶子　　座禅草暮れゆく水に色かさね　江口良子
座禅草葉ばかりとなり坐禅解く　板谷芳浄　　木洩れ日に息整へて座禅草　中島正夫
まっさおな津軽に雫（しず）る座禅草　上田多津子　　風向きを信じる向きに座禅草　長谷川洋児
ざぜん草みるみる巨大に道ふさぐ　熊谷愛子　　太陽にいづれも背き座禅草　上木彙葉

蕨（わらび）　早蕨（さわらび）　初蕨　蕨狩　干蕨

草原や伐採跡地などの日当たりのよいところに好んで生える羊歯植物。四〜五月に葉が拳状に丸まって茎（実は葉の柄）の先について出てくるのが特徴で、この頃に山菜として採集される。アクが大変強いので、それをしっかり抜かなければならないが、山菜の王者といってもよい存在である。平野から高原まで広く分布する。→夏蕨（夏）

早蕨や若狭を出でぬ仏たち　上田五千石
蕨狩ひとり離れてしまひけり　藤谷令子
赤き紐むすび分け入る蕨狩り　中村順子
缶に銭落して阿蘇の蕨買ふ　岡部きよみ
性格をむき出しにして蕨狩　井村順子
弁天の触れし手に摘む初蕨　平　清
山畑に仲間顔するわらびかな　水上郁子
蕨狩迷彩服の子と一緒　光成敏子
初わらび東下りに坂いくつ　百瀬七生子
簡明なさわらび山の日和かな　坂本ひろし

薇（ぜんまい）　狗背（ぜんまい）　紫蕨（ぜんまい）　おに蕨　いぬ蕨

わらびと並んで山菜の代表とされる羊歯植物で、綿毛をかぶった葉が渦巻き状に丸まって出てくる。株立ちになること、多少日当たりが悪いところにも生えるところがわらびと異なる。わらびやぜんまいの仲間は何種類かあるが、食用にならないいぬわらびは芽出しの頃はぜんまいに似る。

ぜんまいのの字ばかりの寂光土（じゃっこうど）　川端茅舎
ぜんまいの月の中までのびあがる　野中亮介
ぜんまいの拳ほどけよ雲と水　桂　信子
ぜんまいにどっと風吹く賤ヶ岳　すだ左千子

芹（せり）　根白草　根芹　田芹　芹摘む

春の七草の一つで、古くから食用にされてきた。常に水に浸るような湿地や流れの側に生える。葉は二回羽状複葉で、細かくて白い花は夏に咲く。また、茎は地面を這うように広がる。最近では、芹の生えるような場所に外来種のクレソンが生えたり植えられたりすることが多い。

昃れば風まだ寒き田芹摘む　野林博子
芹噛んで風音に聴く化粧川　藤城茂生
鈴鹿より落ちくる水に芹洗ふ　中谷畦雪
芹貰ふその手で喪服吊るしけり　佐野笑子
芹洗ふ同じ流れに鷺がゐて　中村智子
クレソンの盛りや忍野小学校　一町田愛子

野蒜（のびる）　ひる

らっきょうに近いユリ科の球根草で、ねぎやにんにくに似た匂いがある。道端や土手に生える。細長い灰緑色の葉は中が空洞で断面が丸い。花は長い花梗の先に小さい毬状につき、夏に咲く。春の七草のすずなはこの草のことともいわれ、らっきょうのような球根（りんけい）（鱗茎）を古くから食用にしてきた。軽く茹でて酢味噌、マヨネーズなどをつけて食べるとおいしい。

遠江（とおうとみ）国分寺跡野蒜摘む　野末美代子
野蒜摘みつつスカートの不思議　若森京子
八丁味噌たっぷり付けて野蒜食ぶ　吉田木魂
指先に風の離れぬ野びる摘む　角田よし子

犬（いぬ）ふぐり　いぬのふぐり

ゴマノハグサ科の高さ一〇センチ前後の華著な越年草。日当たりのよい草原や道端に生える。ふぐりとは古語で、睾丸のことである。この草の実の形がそれに似ているので名付けられた。在来種のイヌノフグリは花が貧弱で実の方が印象的だったのであろう。一方、ヨーロッパから渡来した帰化植物のオオイヌノフグリは澄んだ青空のような色をした花が、花の少ない時季にはひときわ目を引く。この花は一月から六月頃まで見られる。

すぐそこに日暮が来るよ犬ふぐり　加藤　紅
犬ふぐりもう咲いてもう涙ぐむ　古賀紀子
いぬふぐり雪山は雲湧き立たせ　斎木直治
厚底の靴に恋した犬ふぐり　三宅李佳
開発とは戦車の下の犬ふぐり　熊谷静石
犬ふぐり見てゐる前で踏まれけり　奥田杏牛
花閉じて明日も晴れる犬ふぐり　旗川万鶴子
いぬふぐり昔は驢馬のパン屋来て　角　長子
あを空の近寄つて来る犬ふぐり　守谷ゆき
犬ふぐり瑠璃濃き日なり素陶干す　中村　彌
測量器の脚さだまらず犬ふぐり　大西恵美子
わが影を置きしところに犬ふぐり　浅野敏夫
納骨の膝つけば瑠璃いぬふぐり　さぶり靖子
脚下より湧きくる瀬音犬ふぐり　佐藤脩一
町中を水の音して犬ふぐり　濱田のぶ子
あふれきし涙に似たりいぬふぐり　阿部陽子

山吹草（やまぶきそう／やまぶきさう）　草山吹

ケシ科の多年草で、山の木陰に咲く。その名のように山吹に似た黄色い花をつけるが、花びらは四枚である。葉は羽状複葉だが、小葉は山吹に似ている。一カ所での花の見られる期間は短いが、群生して咲き誇る様は草山吹の名に相応しい。

杣（そま）小屋へ山吹草の雪崩咲（なだれざき）　辻田克巳
窯出しの壷のかがやき山吹草　小俣幸子
空濠の崩るるままに山吹草　中村姫路
山吹草夕日うするる隠れ里　桑山ヨシミ

春蘭（しゅんらん）　ほくろ

林の下で早春に咲く、日本の野生蘭の代表である。別名「ほくろ」とか「じじばば」と呼ばれるのは、中央の花弁の表面に褐色の斑点があるためである。日本画の稽古では、運筆の練習に一度は描く。花全体が薄い黄緑で、深緑の葉は厚くスラリと伸び、いかにも東洋的であるからであろう。↓蘭（夏）

春蘭の花とりすつる雲の中　飯田蛇笏
春蘭や香のかたちに香の灰　日野草城
春蘭の匂ふ胎内くぐりかな　小形さとる
春蘭に山盧先生莞爾（かんじ）たり　植村通草
春蘭や杣とは違ふ足の音　和田祥子
春蘭や実生の松にかこまれて　星野立子
母の顔春蘭（ほくり）に重ね家郷恋ふ　原田孵子
春蘭や野坂参三百歳に　柴野公子
春蘭に畳の埃とぶことも　吉井幸子
春蘭の花芽をかぞえ癒えており　根岸たけを

金鳳花（きんぽうげ）　金鳳華（きんぽうげ）　きんぽうげ　馬の脚形　駒の脚形

響きのよい金鳳花というのは別名で、和名は馬の脚形という。この名の由来は、葉の形が馬の蹄の形に似ていることというが、深く裂けたその葉の形はどうもそのようには見えない。日当たりのよい山野に生え、すらりと伸びた茎の先に春から初夏にかけて黄金色の梅型の花をつける。有毒植物。

母の灯へつづくよ風の金ぽうげ　高橋美智子
近道のはずがある日の金鳳花　大塚美智子
金鳳花揺れ太陽と遊ぶ花　加藤絹子
体操の時間を遠見きんぽうげ　田村千代子

吉野静　まゆはき草

一人静（ひとりしずか／ひとりしづか）

山野の林下に咲くセンリョウ科の多年草。茎は枝分かれせずに直立して二〇～三〇センチ。葉は必ず四枚で、それが開ききらないうちに茎の先端の穂に白い糸状の花をブラシのようにつける。静とは義経の愛妾の静御前をさす。一人というのは、次項の二人静に対比させた名である。

励めとて一人静の花の百　三浦千賀　大勢で一人静を囲みけり　豊田喜久子

電話して一人静の風伝へ　北村典子　灯台に近くてひとりしづか殖ゆ　村谷龍四郎

二人静（ふたりしずか／ふたりしづか）

ひとりしずかと同じセンリョウ科の多年草で、生える場所もひとりしずかと同じようなところだが、花はこちらがやや遅れて咲く。名のように茎の先に二本の穂をつけるが、三本や四本になることもある。草全体が大型で、花は糸状ではなく、白い小さな玉のようなものがつくだけなので、一人静に比べ、優雅さは劣る。

ふたりしづかひとりしづかよりしづか　川崎展宏　足許へ夕日の二人静かな　海老原真琴

二人静片方の花穂吹きゐたり　中澤　春　二人静家系図はただ「女」にて　松田ひろむ

母子草（ははこぐさ）

鼠麴草（ほうこぐさ）　ははこ　おぎょう

きく科の越年草で、春の七草の一つ、「ごぎょう」のことである。細長い葉には柔らかい毛がたくさんはえており、緑白色を呈し、兎の耳のようである。昔はこの葉を餅に混ぜて食べた。花は黄色で、茎の先にかたまってつく。一つの花に見えるのは、さらに小さな花が集まっている頭花である。
→御行（新年）

母子草山々人の世を離れ　飯田龍太　薄ら日や風に安らぐ母子草　田川美枝
山母子夕べは風も地に還る　宇咲冬男　闇のほか土偶は知らず母子草　柴田三津雄

父子草（ちちこぐさ）

母子草に似ているが、毛が少なく、全体に痩せた感じで貧弱に見える。しかし、いいように見れば、高山植物の薄雪草の仲間、エーデルワイスに似ている。母子草のように食用にすることはない。地表を這う茎を伸ばし、花は春から秋まで咲くが、大変地味で目立たない。近年、市街地を中心に帰化種のちちこぐさもどきが増えてきた。

こころざし揺らぐに遠き父子草　北光星　許し合ふ時いつの日か父子草　五十嵐郁子
嫁ぐ瞳（め）にうなづけば足る父子草　佐野鬼人　木に石に供物のありぬ父子草　小沢比呂子

蕗の薹（ふきのとう）

蕗の芽　蕗の花　春の蕗

夏には大きな葉を広げる蕗の花の芽である。土筆よりも早く、二月中には地上に頭をのぞかせ、三月以降に花を咲かせる。雪が遅くまで残る北国の山では七月頃でも見られる。食用にするには蕾の覗く前がよい。花のあとには綿毛を作るが、そのころには茎の高さは三〇センチ以上になっている。

塵取に入れて戻りぬ蕗の薹　鈴鹿野風呂　同じ事同時に言へり蕗の薹　高橋良子

蕗の薹雲の中より巨人の手　齊藤美規
蕗のとう一年爺は病んで喃（のう）　古沢太穂
老いの立志はむっくりと地に蕗の薹　原子公平
精舎へは寄らず戻りぬ蕗の薹　平橋昌子
蕗の薹まじめな貌の山ばかり　倉橋弘躬
みほとけの素足はるけし蕗の薹　原　和子
ぎこちなき良寛の恋ふきのたう　永井一見
袴少しゆるめて笑ふ蕗の薹　本杉勢都子
蕗の薹影一寸の日暮かな　大城きせの
昨日摘みつくせしはずの蕗の薹　森井美知代
蕗の薹踏んづけており摘んでおり　みやのあきら
はるかなる風を覚ましてふきのたう　小野口　繁

蓬（よもぎ）　餅草　艾草（がいそう）　さしも草　蓬生（よもぎう）　蓬摘む

草餅に入れる草、お灸に使う艾（もぐさ）の原料として有名である。荒れ地や道端で普通に見られ、地下茎を伸ばして繁殖する。葉は羽状に深裂する。冬から春にかけての茎が伸びていないうちは葉に毛が多く緑白色で、食べてもおいしい。茎の高さは一メートル前後になり、花は秋に茎の先に穂状につくが、薄汚れた黄色で小さく、目立たない。

母ゆきて天の河原に蓬摘む　香坂恵依
子と摘みにゆく銀の蓬かな　山西雅子
蓬摘む由比の峠の暮るるまで　大橋利雄
蓬野にしばらく預け乳母車　大谷史子

嫁菜（よめな）　萩菜　よめがはぎ

キク科の多年草で丈夫な地下茎を持つ。若葉を山菜として利用するが、花は夏から秋にかけて咲く。花色は青紫で、野菊としては美しい。近縁種に、関東地方に分布する関東嫁菜や、白嫁菜、優雅菊などがある。

みちのくの摘んでつめたき嫁菜かな　細川加賀
炊きあげてうすきみどりや嫁菜飯　杉田久女
一面の嫁菜庄屋の屋敷跡　五十嵐みい
父の座に父戻りけり嫁菜飯　田中良次

茅花(つばな)　白茅(ちがや)の花(はな)

イネ科の茅の花のことである。野や丘に群生し、高さ三〇～八〇センチで五～六月頃に穂を出すが、その様子は、秋のすすきと並ぶ美しさである。この若い穂が茅花であるが、甘味があるので子供がこれを食べたというのは今は昔の話である。

まながひに青空落つる茅花かな　芝　不器男
浜風のゆふべ茅花の吹かれをり　谷中隆子
炎(ほ)むらなすひと日もありぬ茅花風　政野すず子
つばな土手サッカー少年作戦中　岡崎万寿
くちびるが覚えてゐたり茅花吹く　山本美代
月照らす茅花野ははや真白なり　斉藤栄子

髢草(かもじぐさ)　雛草(かつらぐさ)　鬘草(かつらぐさ)

路傍や田の畦などで見かけるイネ科の草。高さは五〇～九〇センチで葉は平たく細長い。四月から五月にかけて、長い穂状に花をつける。茎や葉はやや紫色を帯び、女の子が若葉を取って髪結いの遊びをすることからこの名がある。

髢草をとこには手を汚させぬ　津高里永子
髢草論語忘れてしまひけり　小田中柑子
髢草すげなき仕草うらまるる　岡本　伸
久女(ひさじょ)の墓ひそとありけり髢草　前田和子

片栗の花（かたくりのはな）　かたかごの花

かつてはその鱗茎が片栗粉の原料に用いられたほどありふれた草だったが、現在では山草として珍重され、栽培される。野生のものは雑木林の下に群生する。花色は園芸品種には白や黄色があるが、野生種は赤紫色だけである。春を告げる和製のチューリップといったところだが、俯いて、花弁をそらせて咲く様子は清楚であり、気品を感じさせる。葉には独特の模様があり、その葉がそれぞれの株から隔年で二枚出て、その年に花をつける。つまり、一つの株は、二年間で一つしか花をつけない。

かたくりの花の韋駄天（いだてん）走りかな　綾部仁喜
稿起すべし堅香子も萌え出でぬ　藤木倶子
片栗も深反り木曽の大まがり　北村貞子
かたかごの径火薬庫へつづきけり　山本　悠
片栗の花咲き閉ざすキャンプ場　吉井竹志
片栗の花の山より駅が見ゆ　今井真寿美
かたくりの十輪ほどの日陰かな　浅賀君女
かたかごやむかしむかしの母の恋　深沢暁子
かたくりの花に夕日の端とどく　井上あい
かたかごに凪の科あり人語あり　橋本真砂子

春竜胆（はるりんどう）　筆竜胆　苔竜胆

春に咲く竜胆は、数種類あるが、いずれも高さ五～一〇センチで、花も小型である。花の色は秋に咲くものと同じ青系だが、いくぶん薄い色である。日差しを受けないと花が開かないのは秋の竜胆と同じである。春竜胆は根元に広い葉があるのが特徴で、ここから数本の茎が伸びて花をつける。

息つめて春りんどうの咲くといふ　岸田稚魚
春竜胆森の雫の如く咲く　岩本尚子
春龍胆芝ぬきんでて咲きにけり　大久保橙青
日が差して春竜胆の牧となる　伊原正江

水草生う（みずくさおう・みづくさおふ）　水草（みくさ）生う　藻草生う

三月の彼岸のころになると池や沼の水温が上昇し、それとともに水草類が生えてくる。ここでいう水草は、水中にあるきんぎょ藻やすぎな藻の類、水面に浮かんでいるうきくさの類、水底に根を下ろして水面に顔を出す菱や蓮の類などをすべて含む。

はづされてスクリュー春の藻のびつしり　田口彌生
水草生ふこの辺りまで禁裡跡　沢村越石
天皇に家のありけり水草生ふ　鳥居真理子
水草とゆれ少女らは真珠をかくす　天野素子

萍生い初む（うきくさおいそむ・うきくさおひそむ）　萍生う

萍は夏の間は幾らでも増えて、水面を覆い尽くすほどになるが、秋になるといつの間にか消えてしまう。晩秋に出た冬芽が古株から離れ、水底に沈んだものが翌春再び水面に浮かぶ。それで三月頃池や沼に萍が生いはじめる。

萍や生ひそめてより軒の雨　白雄
孤独なれば浮草浮くを見に出づる　細見綾子

蓴生う（ぬなわおう・ぬなはおふ）　蓴菜（じゅんさい）生う

蓴とは蓴菜のことである。地下茎から青い芽が出て成長し、水面に丸い小さな葉を浮かべる。他の水草より時期は遅れる。この若葉や茎には独特の滑りがあり、古代から食用にされてきた。夏に暗紅紫色の小さい花をつける。

蓴生ふ沼のひかりに漕ぎにけり　西島麦南
蓴生う富士の伏流水ぞんぶん　若林つる子

蘆(あし)の角(つの)　蘆牙(あしかび)　蘆の芽　角組む蘆　蘆の錐(きり)

芦の芽である。芦の芽は鋭い角のような恰好で生え出てくることから、芦の錐とか、角組む芦とも呼ばれる。この芽は二〜三メートルにも成長するが、もともと芦は群生するので、芽がそろって伸びるさまは壮観である。↓蘆の若葉

あかときの津の国にをり蘆の角　石脇みはる
捨て舟の底つらぬきし芦の角　畑中とほる
舟着けば水攻めに会ふ芦の角　藤野豊子
丸子船廃れて久し蘆の角　尾亀清四郎
景色まだ動いてをらず芦の角　細井路子
満月の夜をひしめきて蘆の角　塚原いま乃
あしかびのみづよりあはくあふみかな　佐々木咲
さざ波の終点に立つ葦の角　石平周蛙

蘆(あし)の若葉(わかば)　若蘆

蘆の芽が伸びて、やがて瑞々しい若葉となる。若蘆ともいい、これがさらに成長すると「青蘆」となる。蘆は芦、葦とも書き、花こそ地味であるが、季節に従い、その色合いを変えて、古くから季節感を感じさせる景色として親しまれてきた。↓蘆の角

遠つ世へ水路つづけり葭若葉　古賀まり子
若芦に来て浦波の光りけり　菅井たみよ
田にひとりまたひとり増え芦若葉　松田ひろむ
ロープ伝ひ近づく小舟芦若葉　小俣幸子

真菰の芽（まこものめ）　若菰　芽張るかつみ　かつみの芽

沼や沢の岸辺近くに生じ、三月ごろ、古い根株から赤味がかった芽を出す。真菰は古名を「かつみ」といい、新芽が角張る様を指して「芽張るかつみ」といった。真菰の実は非常時の食料になるということから、「糧実」が変化して「かつみ」になったともいわれる。

朝市や盛嵩高（もりかさだか）の真菰の芽　阿波野青畝
真菰の芽あひる汚れて遊びをり　平林孝子

松露（しょうろ）

海岸の松林に生える茸の一種。二～三センチの球状で、外皮は膜質で白いが、掘り取って空気に晒すと紅くなる。熟すと外皮が破れて、埃のように胞子が出てくる。胞子が未熟で内部が白いものを汁などに入れて食べる。

跼（かが）まれば消えたる風や松露掻　草間時彦
右大臣実朝の世の松露かな　井上信子
松露掻そのまま海を渡りけり　水野恒彦
修女また一島人や松露掻く　西田浩洋

若布（わかめ）　和布（わかめ）　若布刈　若布刈舟

昆布に似た長さ六〇～九〇センチになる黄褐色の海草で、日本全国ほとんどの近海に生育する。二月から四月にかけてが採取の時期で、「若布刈舟」が出て、「若布刈竿」で刈る。干すと黒みを帯びる。汁の実、酢味噌、三杯酢の他ふりかけなどにして食べる。

みちのくの淋代（さびしろ）の浜若布寄す　山口青邨
若布刈竿塩屋の角を廻りけり　平橋昌子
風を読み雲を読みして若布刈舟　佐野志摩人
若布刈り上ぐる水位のさがるほど　矢野滴水

搗布（かじめ/かぢめ）

荒布ともいう。本州や九州の沿岸の深さ一〇メートルほどの荒磯の岩礁に生える海草。六〇センチ内外のものが普通だが、二メートルを越えるものもある。円柱形の茎の両脇から褐色で羽のように裂けた部分が生じて薄い葉となる。ヨウ素を多く含む。

べた〳〵と落として運ぶかぢめかな　唐笠何蝶
搗布焚く神火の島の礁波　小田中柑子
沖かけてものものしきぞかぢめ舟　石塚友二
搗布干す浜に女の揃ひけり　清水教子

鹿尾菜（ひじき）　鹿角菜（ひじき）　ひじき刈

外海の波の荒い岩礁上に付着して生育する海草。茎は円柱状で小枝や葉を多数出し、高さ一メートル足らずの樹状形を成す。黄褐色だが、乾燥すると黒褐色になる。春に採取して乾燥加工して製品とする。水に浸してもどし、油揚げなどといっしょに煮て食べる。

生鹿尾菜干して巌を濡れしむる　富安風生
韓国の遙かに見えて鹿尾菜干す　福地貞子
鹿尾菜煮て男厨に立つ世なる　福岡　涛
合図待つ間の算段やひじき刈　土屋いそみ

角叉（つのまた）

太平洋沿岸の干満線付近の岩礁に群生する海草。紫紅色または緑紫色を呈し、長さ一〇センチくらい。やや肉厚の偏平な葉を不規則に出す。春に採取し、乾燥貯蔵するが、食用ではなく、壁用の糊料に使う。普通の角叉のほかにこまた、おおばつのまた等の品種がある。

ふはふはと角叉踏みて紀に遊ぶ　阿波野青畝
角叉干す島にひとりの医師着いて　水沼三郎

海雲（もずく）　水雲（もずく）

波の静かな内湾の干満線直下に生じる糸状をした褐色の海草で、分枝が多く、全体として大きな総状となる。独特の滑りがあり、三、四月ごろ掻き取って集め、塩蔵する。三杯酢で食べるのが一般的である。地方によって、多くの呼び名がある。

雲とも素（す）ともならぬもづくを煮る男　赤尾兜子
酔ひつぶれまいと海雲酢すすりをり　守屋明俊
海雲寄る波打際の島の迹　大野岳翠
海雲をすすり宿世の縁おもうかな　安西篤一
日を降りつくしたる海雲かな　野中広司
きげんよく海雲を啜り月終る　南　典二
さみしさの声とはならず海雲食ふ　佐保朱夏
郷愁を島ごと啜る海雲かな　武田涓滴

石蓴（あおさ）　石蓴（あをさ）　川菜（かわな）

日本の沿岸にごく普通に見られる海草で、岩石や棒杭、他の海草に付着したり、これらから離れて浮遊する。藍緑色もしくは黄緑色を呈し、薄い葉状で一〇～一五センチくらいになる。若いときは食用にするが、一般的ではなく、多くは肥料や鶏・豚などの餌にする。

さむく青く石蓴を透きて指の紋　加藤楸邨
石蓴採る影の溺れてゐたりけり　岡本　伸
二人居て声を交はさず石蓴採り　秋沢　猛
波にもてあまされてをる石蓴かな　明石洋子

海苔（のり）　甘海苔　岩海苔　海苔篊（ひび）　海苔粗朶（そだ）　海苔舟（ぶね）　海苔採（とり）　海苔掻（か）く　海苔干（ほ）す

海、川を問わず水中の岩石などに付着して生じる紅藻・緑藻の類を総称して海苔というが、一般的には「浅草海苔」と呼ばれる「甘海苔」の類を指していう。おだやかで、海水と淡水の混じり合うところが適し、暗紫色の柔かい葉状体で長さは二〇センチほどになる。古くから養殖が盛んに行われ、秋の彼岸ころに海中に「海苔ひび」を立て、これに胞子をつけて育て、成長したところを冬から春にかけて採取する。

かわききる海苔に残れる空の傷　中嶋秀子　海苔育つ雲仙噴煙真向かひに　石田慶子

音もなくゆれて暮れたる海苔の海　佐々木千代子　生麦酒紙破るごと海苔を食ぶ　木島茶筅子

声高に海苔漉き小屋へ回覧板　赤松蕙子　命綱結びて能登の海苔掻女　松前暁歩

海髪（うご）　おご　おごのり

おごのりともいう。海水と淡水が混じり合う波の静かな湾内の浅い砂泥地の岩石や貝殻に付着して育つ。緑褐色で全体が頭髪の乱れたさまに似ているのでこの名がある。春に採取する。石灰を混ぜた熱湯をかけると鮮緑色に変化する。刺し身のつまや三杯酢にして食べるほか、寒天の原料や織物の糊料にする。

与謝の海恋ひくれば海髪流れ寄る　目迫秩父　婚永し幾夜重ねて海髪を選る　守屋明俊

索　引

（収録したすべての季語を五十音順に配列した。ゴシック体は「見出し季語」を示す）

あ

く

け

こ

し

に

ぬ

ね

の

は

ひ

監修・編纂・執筆者一覧（敬称略）

●監　修（五十音順）

桂信子・金子兜太・草間時彦・廣瀬直人・古沢太穂

●編纂委員（五十音順）

綾部仁喜（泉）
伊藤通明（白桃）
茨木和生（運河）
宇多喜代子（草苑）
老川敏彦（秋）
大牧　広（港）
加藤瑠璃子（寒雷）
熊谷愛子（逢）
倉橋羊村（波）
斎藤夏風（屋根）
田口一穂（秋）
寺井谷子（自鳴鐘）
豊田都峰（京鹿子）
中戸川朝人（方円）
成田千空（萬緑）
能村研三（沖）
原　裕（鹿火屋）
深谷雄大（雪華）
福田甲子雄（白露）
星野紗一（水明）
星野麥丘人（鶴）
松澤　昭（四季）
宮坂静生（岳）
森田緑郎（海程）
諸角せつ子（道標）
山田みづえ（木語）

編纂進行

松田ひろむ（鷗座）

●季語解説執筆（追加季語など、一部この一覧に合致しない場合もあります。）

春　時候　綾部仁喜
天文　伊藤通明
地理　茨木和生
生活　宇多喜代子
成田千空
行事　大牧　広
動物　加藤瑠璃子
植物　熊谷愛子
星野紗一
行方克巳

夏　時候　寺井谷子
天文　小澤克己
地理　茨木和生
生活　老川敏彦
田口一穂
大矢章朔
水谷郁夫
上田日差子
藤田　宏
嶋田麻紀
行事　豊田都峰
直江裕子
動物　能村研三
橋本榮治
植物　岩淵喜代子
窪田久美
辻恵美子
三村純也

秋　時候　福田甲子雄
天文　星野麥丘人
地理　茨木和生
生活　松澤　昭
松澤雅世
行事　岩淵喜代子
動物　宮坂静生
植物　諸角せつ子
松田ひろむ
森田緑郎

冬　時候　深谷雄大
天文　山田みづえ
地理　いのうえかつこ
生活　斉藤夏風
伊藤伊那男
中戸川朝人
小島　健
行事　遠山陽子
動物　成井惠子
植物　小島花枝

新年　時候　橋爪鶴麿
天文　橋爪鶴麿
地理　橋爪鶴麿
生活　小林貴子
加古宗也
行事　西村和子
動物　いのうえかつこ
植物　いのうえかつこ

校閲　倉橋羊村

忌日一覧　綾部仁喜
細井啓司

新版・俳句歳時記【第六版】春

二〇〇一年九月 五 日 第一版第一刷発行
二〇〇三年四月 十 日 第二版第一刷発行
二〇〇九年二月 十 日 第三版第一刷発行
二〇一二年六月三十日 第四版第一刷発行
二〇一六年六月二十五日 第五版第一刷発行
二〇二四年四月二十五日 第六版春第一刷発行

監 修 桂 信子
金子兜太
草間時彦
廣瀬直人
古沢太穂

編 集 「新版・俳句歳時記」編纂委員会
発行者 宮田哲男
発行所 株式会社雄山閣
東京都千代田区富士見二-六-九
電話 〇三-三二六二-三二三一

印刷/製本 株式会社ティーケー出版印刷

ISBN978-4-639-02936-6 C0092